PRIMER AMOR

PRIMER AMOR

Planeta Internacional

COLLEEN HOOVER

PRIMER AMOR

Traducción de Lara Agnelli

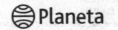

Obra editada en colaboración con Editorial Planeta – España

Título original: *Heart Bones*

© Colleen Hoover, 2020
Todos los derechos reservados
Edición publicada de acuerdo con Dystel, Goderich & Bourret LLC a través de
International Editors and Yañez' Co

© por la traducción, Lara Agnelli, 2025
Composición: Realización Planeta

Créditos de portada: © Murphy Rae
Adaptación de portada: © Genoveva Saavedra / aciditadiseño
Fotografía de la autora: © Chad Griffith
Ilustración de portada: © konoplizkaya / Adobe Stock; © wk1003mike / Shutterstock

© 2025, Editorial Planeta, S.A. – Barcelona, España

Derechos reservados

© 2025, Editorial Planeta Mexicana, S.A. de C.V.
Bajo el sello editorial PLANETA M.R.
Avenida Presidente Masarik núm. 111,
Piso 2, Polanco V Sección, Miguel Hidalgo
C.P. 11560, Ciudad de México
www.planetadelibros.us

Primera edición impresa en esta presentación: mayo de 2025
ISBN: 978-607-39-2523-5

No se permite la reproducción total o parcial de este libro ni su incorporación a un
sistema informático, ni su transmisión en cualquier forma o por cualquier medio,
sea este electrónico, mecánico, por fotocopia, por grabación u otros métodos,
sin el permiso previo y por escrito de los titulares del *copyright*.

Queda expresamente prohibida la utilización o reproducción de este libro o
de cualquiera de sus partes con el propósito de entrenar o alimentar sistemas
o tecnologías de Inteligencia Artificial (IA).

La infracción de los derechos mencionados puede ser constitutiva de delito contra la
propiedad intelectual (Arts. 229 y siguientes de la Ley Federal del Derecho de Autor
y Arts. 424 y siguientes del Código Penal Federal).

Si necesita fotocopiar o escanear algún fragmento de esta obra diríjase al CeMPro
(Centro Mexicano de Protección y Fomento de los Derechos de Autor,
http://www.cempro.org.mx).

Impreso en los talleres de BR Printers
665 Lenfest Road, San Jose, CA 95133, USA.
Impreso en EE.UU. - *Printed in the United States of America*

Kelly Garcia, les dedico este libro a ti,
a tu marido y a su final feliz

1

Verano de 2015

Un retrato de la madre Teresa adorna la pared de la sala en el espacio donde colocaríamos la televisión si pudiéramos permitirnos una de esas que se cuelgan de la pared o, para empezar, una casa con paredes que pudieran sostener el peso de la televisión.

Las paredes de los cámpers no son del mismo material que las de las casas normales. En una casa rodante, las paredes se pulverizan como si fueran de gis si se te ocurre rascarlas.

Una vez le pregunté a mi madre, Janean, por qué había colgado una foto de la madre Teresa en la sala.

—Lo de esa zorra mentirosa era un fraude —respondió.

Lo dijo ella, no yo.

Creo que, cuando eres un sinvergüenza, buscar la maldad en otros se convierte en una táctica de supervivencia o algo así. Te fijas solo en las partes más turbias de los demás con la esperanza de que tus partes oscuras queden disimuladas. Así ha pasado mi madre toda su vida: siempre buscando lo peor en los demás, incluso en su propia hija.

«Incluso en la madre Teresa».

Janean está acostada en el sofá, en la misma posición en que la dejé cuando me fui a trabajar al McDonald's hace ocho horas. Tiene la vista fija en el retrato de la madre Teresa, pero no la está mirando. Es como si sus ojos hubieran dejado de funcionar.

Como si hubieran dejado de absorber lo que tienen delante.

Janean es toxicómana. Me di cuenta hace tiempo, con nueve años más o menos, pero por aquella época sus adicciones se limitaban a los hombres, el alcohol y el juego.

Con los años, sus adicciones se fueron volviendo más evidentes, y mucho más mortíferas. Debía de tener unos catorce años cuando la vi meterse cristal por primera vez. En el momento en que una persona empieza a consumir cristal, su esperanza de vida se acorta drásticamente. Una vez lo busqué en Google, en la computadora de la biblioteca: «¿Cuánto tiempo puede vivir una persona adicta al cristal?».

De seis a siete años, fue la respuesta.

La he encontrado inconsciente varias veces estos últimos años, pero esta vez es distinto; tengo la sensación de estar ante algo definitivo.

—¿Janean?

Mi voz suena demasiado calmada en un momento como este. Siento que debería sonar temblorosa o incluso que tendría que haberme quedado temporalmente muda, lo que me hace sentirme un poco avergonzada por mi falta de reacción.

Dejo caer la bolsa a mis pies sin apartar la vista de su cara en ningún instante. Afuera está lloviendo y ni siquiera he cerrado la puerta, por lo que me sigo mojando, pero cerrarla para protegerme la espalda de la lluvia es lo que menos me preocupa en estos momentos, mientras observo a Janean observar a la madre Teresa.

Janean tiene un brazo cruzado sobre el estómago y el otro colgando. Sus dedos rozan la alfombra gastada casi con delicadeza. Está un poco hinchada, lo que la hace parecer más joven. No es que le quite años —solo tiene treinta y nueve—, sino que se ve más joven de lo que las adicciones la hacían aparentar. No tiene las mejillas tan chupadas y las arrugas que se le habían formado alrededor de la boca en estos últimos años parecen haberse rellenado, como si se hubiera inyectado bótox.

—¿Janean?

Nada.

Tiene la boca entreabierta, y puedo ver los dientes que le quedan, amarillentos y destrozados. Es como si hubiera estado a media frase cuando la vida la abandonó.

Me había imaginado este momento más de una vez. A veces, cuando odias mucho a alguien, no puedes evitar darle vueltas a la cabeza por la noche y preguntarte cómo sería la vida si esa persona estuviera muerta.

Me lo había imaginado muy distinto, mucho más dramático.

Sigo observándola unos instantes, por si estuviera en trance o algo parecido. Cuando al fin me acerco a ella, me detengo en seco al verle el brazo, y la aguja que le cuelga a la altura del pliegue del codo.

Y es esa imagen la que me hace ser consciente del momento. La realidad es como una sustancia viscosa que me da un baño y me cubre por completo. Cuando me asaltan las náuseas, me doy la vuelta y salgo corriendo del cámper. Tengo ganas de vomitar, por lo que me inclino sobre el barandal podrido, con cuidado de no apoyar demasiado peso para que no se venza.

En cuanto vomito, siento un gran alivio porque, al menos, puedo dejar de preocuparme por mi falta de reacción en este instante trascendental. Tal vez no esté tan histérica como una hija debería estar en este momento, pero al menos siento algo.

Me limpio la boca con la manga de la camisa del McDonald's y me siento en los escalones, pese a que la lluvia que cae en esta noche despiadada sigue golpeándome con fuerza.

Tengo el pelo empapado, igual que la ropa o que la cara, aunque el torrente líquido que se desliza por mis mejillas no son lágrimas, sino gotas de lluvia.

Tengo los ojos mojados, pero el corazón seco.

Cierro los ojos y hundo la cara entre las manos mientras trato de decidir si mi indiferencia se debe a mi educación o si ya nací rota.

Me pregunto qué tipo de educación es peor para un ser humano: una en la que te protegen y te quieren tanto que no te dejan darte cuenta de lo cruel que es el mundo hasta que es demasiado tarde para aprender a sobrevivir, o la que tuve yo: la versión más fea de una familia, en la que lo único que aprendes es a sobrevivir.

Cuando todavía no tenía edad para trabajar, pasé muchas noches despierta, porque tenía tanta hambre que no podía dormir. Janean me había contado que los rugidos que oía en mi estómago los causaba un gato famélico que vivía dentro de mí y que protestaba cada vez que estaba hambriento. Después de que me dijera aquello, cada vez que tenía hambre me imaginaba al gato buscando una comida que no iba a encontrar. Tenía miedo de que me devorara las entrañas si no le daba de comer, y por eso a veces tragaba cosas que no eran comestibles para calmar al gato hambriento.

Una vez me dejó tanto tiempo sola que me comí las cáscaras de plátano y los cascarones de huevo de la basura. Mastiqué también el relleno del cojín del sofá, pero era demasiado difícil de tragar. Pasé casi toda mi infancia aterrada, con miedo de que ese gato muerto de hambre me estuviera devorando poco a poco desde dentro.

En realidad, no sé cuánto tiempo pasaba fuera Janean; tal vez no fuera más de un día, pero el tiempo se alarga cuando eres una niña y estás sola en casa.

Recuerdo que, cuando volvía tambaleándose, se acostaba en el sofá y permanecía allí horas y horas. Yo me dormía hecha un ovillo en la otra orilla, porque me daba miedo dejarla sola.

Por la mañana, cuando nos despertábamos tras la noche de borrachera, preparaba el desayuno en la cocina. No tenía por qué ser un desayuno tradicional. A veces eran chícharos, otras veces huevos o una lata de sopa de pollo con fideos.

A los seis años, más o menos, empecé a prestar atención a lo que hacía en la cocina por las mañanas, para poder prepararme algo la próxima vez que desapareciera.

Me pregunto cuántos niños de seis años tienen que aprender solos cómo funciona la cocina por miedo a que, si no lo hacen, morirán devorados por su famélico gato interior.

Supongo que la vida es una lotería. La mayoría de los niños tienen padres a los que añorarán cuando se mueran, pero a otros nos tocan padres que lo mejor que pueden hacer por sus hijos es morirse.

Y sí, mi madre está en el segundo grupo.

Buzz me dijo que podía sentarme en la patrulla para no mojarme mientras sacaban el cadáver del cámper. Aturdida, contemplé cómo se la llevaron en una camilla, cubierta por una sábana blanca, y la metieron en la parte trasera de la camioneta del forense. Ni siquiera se molestaron en llamar a una ambulancia. ¿Para qué? Casi todos los menores de cincuenta años que mueren en esta ciudad lo hacen por las adicciones.

Da igual a qué estén enganchados, todas las adicciones resultan mortales al final.

Apoyo la cara en la ventanilla del coche y alzo la mirada al cielo, pero hoy no hay estrellas. Ni siquiera se ve la luna. De vez en cuando, un relámpago ilumina los nubarrones negros.

«Muy adecuado».

Buzz abre la puerta trasera de la patrulla y se inclina hacia mí. La tormenta ha amainado y la lluvia se ha transformado en una especie de niebla. Tiene la cara mojada, pero da la sensación de que está sudado.

—¿Necesitas que te lleve a alguna parte? —me pregunta, y yo niego con la cabeza—. ¿Tienes que llamar a alguien? Puedes usar mi teléfono.

Vuelvo a negar en silencio.

—Estaré bien. ¿Puedo entrar ya?

No es que tenga ganas de volver al cámper donde mi madre acaba de exhalar su último aliento, pero ahora mismo no tengo una opción mejor.

Buzz se aparta del coche y abre un paraguas, aunque la tormenta amainó y yo ya estoy empapada, pero me sigue, sosteniendo el paraguas sobre mi cabeza mientras me dirijo a casa.

A Buzz apenas lo conozco. No puedo decir lo mismo de su hijo, Dakota, al que conozco a muchos niveles, demasiados.

Me pregunto si Buzz sabrá qué clase de hijo ha educado. El padre me parece un tipo decente, que nunca nos ha molestado, ni a mi madre ni a mí. A veces, mientras patrulla por el estacionamiento de cámpers, se detiene frente al nuestro y me pregunta cómo estoy. Cada vez que me lo pregunta, tengo la sensación de que espera que algún día le ruegue que me saque de allí, pero no lo hago, porque las personas como yo somos expertas en fingir que todo va bien. Siempre le sonrío y le aseguro que estoy estupendamente, a lo que él reacciona con un suspiro de alivio, como si me agradeciera no tener que llamar al Servicio de Protección a la Infancia.

Una vez dentro de casa, la vista se me va hacia el sofá. Lo veo distinto.

«Como si alguien acabara de morir en él».

—¿Necesitas algo? —me pregunta Buzz.

Al voltear, veo que está esperando junto a la entrada, con el paraguas sobre la cabeza. Trata de transmitirme compasión con la mirada, pero noto que en realidad está pensando ya en el papeleo que deberá hacer.

—No gracias, todo bien.

—A partir de mañana ya puedes ir a la funeraria para organizar el servicio. Dijeron que a partir de las diez.

Asiento en silencio, pero él no se va. Permanece en el umbral, cambiando el peso de un pie al otro. Cierra el paraguas fuera de la casa, como si fuera supersticioso, y da un paso al frente.

—Una cosa —añade mientras arruga el ceño con tanta fuerza que la calva le desborda la frente—. Si no vas a la funeraria, lo tramitarán como un entierro de beneficencia. No le harán ningún tipo de funeral, pero al menos no te cobrarán.

Parece avergonzado de habérmelo sugerido. Alza la mirada hacia la madre Teresa y agacha la cabeza al momento, como si la religiosa lo hubiera regañado.

—Gracias.

¿Qué más da? Dudo mucho que alguien apareciera si le organizara un funeral.

Es triste, pero es la verdad. Mi madre era una persona solitaria. Coincidía en el bar de siempre con la gente habitual que lo frecuentaba. Llevaba yendo al mismo sitio unos veinte años, pero quienes iban no eran sus amigos; no eran más que un grupo de solitarios que se buscaban para compartir su soledad.

Además, cada vez son menos por culpa de la adicción que está devastando la ciudad. Y el tipo de gente con la que pasaba el rato no es de la que suele asistir a funerales. Muchos de ellos tienen órdenes de arresto en vigor y evitan acudir a cualquier tipo de acto público por si es una trampa de la policía para efectuar una redada.

—¿Llamarás a tu padre? —me pregunta.

Lo observo en silencio. Sé que es lo que acabaré haciendo, pero me pregunto hasta cuándo podré retrasar el momento.

—Beyah —añade, pronunciándolo «Biya».

—Se pronuncia «Beiya».

No sé por qué me molesto en corregirlo. Ha pronunciado mal mi nombre toda la vida y hasta ahora nunca me había molestado en decirle nada.

—Beyah —esta vez lo pronuncia bien—. Sé que no es asunto mío, pero deberías irte de aquí. Ya sabes lo que le pasa en este pueblo a la gente como... —se detiene, como si lo que estuviera a punto de decir fuera a resultarme ofensivo, así que acabo yo por él.

—¿La gente como yo?

Parece todavía más avergonzado que antes, aunque sé que lo decía en sentido amplio: gente con madres como la mía, pobres que no tienen medios para salir de este pueblo, personas que acaban trabajando en restaurantes de comida rápida hasta que se sienten muertas por dentro y el cocinero les ofrece una dosis de algo que hace que el resto de la jornada sea tan estimulante como una noche en la discoteca. Y antes de que se den cuenta ya no pueden pasar ni un segundo de su miserable vida sin meterse algo. Conseguir esa sensación empieza a ser más importante que la seguridad de su hija, y, al final, llega un día en que se inyectan la sustancia directamente en la vena y se mueren de manera accidental con la vista fija en la madre Teresa, cuando lo único que buscaban era escapar de la fealdad de la vida.

Buzz parece muy incómodo. Ojalá se fuera de una vez. Siento más pena por él que por mí, a pesar de que soy yo la que acaba de encontrar a su madre muerta en el sofá.

—No conozco a tu padre, pero sé que ha estado pagando la renta del cámper desde que naciste. Y ya solo por eso sé que es mejor para ti estar con él que quedarte en este pueblo. Si tienes una oportunidad, debes aprovecharla. Esta vida que has estado viviendo… no es buena para ti. Te mereces algo mejor.

Creo que eso es lo más amable que me han dicho en la vida. Y tenía que salir justamente de la boca del padre de Dakota.

Me observa callado, como si quisiera añadir algo o como si esperara a que lo dijera yo, pero el cámper permanece en silencio hasta que se va. Por fin.

Cuando cierra la puerta, me volteo hacia el sofá y sigo contemplándolo. Lo observo durante tanto tiempo que siento como si hubiera entrado en una especie de trance. Es increíble cómo puede cambiar la vida en el intervalo que va desde que te levantas hasta que te acuestas.

Por mucho que odie admitirlo, Buzz tiene razón: no puedo quedarme aquí. No tenía intención de hacerlo, pero contaba con poder prepararme durante el verano.

Llevo tiempo partiéndome la espalda para poder largarme. Mi idea era irme en autobús a Pensilvania en cuanto llegara agosto.

Me concedieron una beca universitaria en la Penn State, donde podré alternar mis estudios con el volibol. En agosto abandonaré esta vida por mis propios méritos, y no será por nada que mi madre haya hecho por mí ni porque mi padre me haya pagado la fianza para salir de esta cárcel que es mi pueblo. Por MIS méritos.

Quiero que la victoria sea MÍA.

Quiero que la responsable de que mi vida sea como va a ser sea YO.

No permitiré que le adjudiquen a Janean el mérito de cualquier cosa buena que pueda pasarme en el futuro. No le conté que había conseguido la beca de volibol; no se lo he contado a nadie. Le hice jurar a mi entrenador que lo mantendría en secreto, que no aparecería anunciado en la revista de la escuela ni en el anuario.

Tampoco le dije nada a mi padre. No creo que ni siquiera sepa que juego volibol. Mis entrenadores se encargaron de que no me faltara nada, ni material ni uniforme. Era demasiado buena para perderme como miembro del equipo por culpa de mi situación económica.

Nunca les he pedido a mis padres nada que tuviera que ver con el volibol. La verdad es que me resulta raro referirme a ellos como «mis padres». Me dieron la vida, pero eso es lo único que he recibido de ellos.

Soy el fruto del ligue de una noche. Mi padre vivía en Washington, pero estaba en Kentucky de viaje de negocios cuando conoció a Janean. Yo ya había nacido y tenía tres meses cuando él se enteró de que la había dejado embarazada. Se enteró de que era padre cuando Janean le envió los papeles para reclamarle una pensión alimenticia.

Solía venir a verme una vez al año hasta que cumplí cuatro años. A partir de entonces me enviaba un boleto de avión para que fuera a visitarlo a Washington.

No sabe nada de mi vida en Kentucky ni de las adicciones de mi madre. Tampoco sabe nada de mí, aparte de lo que le cuento, que es poca cosa.

Soy muy reservada en todas las facetas de la vida.

Los secretos son mi única moneda de cambio.

No le he contado nada a mi padre sobre la beca por lo mismo que tampoco se lo dije a mi madre: porque no quiero que se sienta orgulloso de tener una hija que ha conseguido algo en la vida. No merece sentirse orgulloso de una hija a la que dedica tan poco tiempo y esfuerzo. Piensa que un cheque mensual y alguna llamada esporádica a mi trabajo disimulan el hecho de que no me conoce en absoluto, pero no es verdad.

«Es el clásico padre que solo ejerce dos semanas al año».

La gran distancia que nos separa en el mapa es la excusa perfecta para no estar presente en mi vida. Solía pasar quince días en su casa cada verano a partir de los cuatro años, pero hace ya tres que no nos vemos.

Al cumplir los dieciséis, mi equipo entró en la liga preuniversitaria y el volibol pasó a ocupar un lugar más destacado en mi vida. Llevo tres años poniéndole excusas para no ir a Washington en verano.

Él finge que la noticia le entristece.

Yo finjo estar ocupada y que me afecta no poder ir.

Lo siento, Brian, pero una pensión mensual te convierte en un hombre responsable, no en padre.

De repente alguien golpea la puerta; me sobresalto y se me escapa un grito. Al voltearme, veo al casero por la ventana de la sala. Cualquier otro día no le abriría la puerta a Gary Shelby, pero no estoy en posición de ignorarlo. Sabe que estoy despierta, ya que tuve que usar su teléfono para llamar a la policía. Además, voy a necesitar ayuda para librarme del sofá, porque no lo quiero en casa ni un día más.

Cuando abro la puerta, Gary me entrega un sobre y me aparta de la puerta para entrar y protegerse de la lluvia.

—¿Qué es esto? —le pregunto.

—Orden de desalojo.

Si se tratara de cualquier otra persona, me sorprendería.

—Acaba de morir, literalmente. ¿No podías esperar una semana?

—Me debe tres meses de renta, y no rento a adolescentes. O firmamos un nuevo contrato con alguien mayor de veintiún años, o vas a tener que irte.

—Mi padre le paga la renta. ¿Cómo puede ser que te deba tres meses?

—Tu madre me dijo que le había dejado de enviar los cheques hace unos meses. Renaldo está buscando un cámper más grande, por lo que había pensado rentarle este.

—Eres un idiota, Gary.

Él levanta los hombros.

—Son negocios. Ya le había enviado dos avisos. Estoy seguro de que tienes otro sitio adonde ir. No puedes quedarte aquí sola, solo tienes dieciséis años.

—Cumplí diecinueve la semana pasada.

—Da igual; si no tienes veintiuno, no puedes quedarte. Está en las condiciones del contrato, donde también dice que hay que pagar la renta.

Estoy segura de que un desalojo es un proceso largo que debe pasar por los tribunales antes de que me echen a la calle, pero es absurdo luchar cuando ni siquiera quiero seguir viviendo aquí.

—¿Cuánto tiempo tengo?

—Esta semana.

«¿Una semana?».

Tengo veintisiete dólares en el bolsillo y ningún lugar adonde ir.

—¿Puedo quedarme dos meses? Me iré a la universidad en agosto.

—Si no me debieran tres meses, tal vez lo pensaría, pero no puedo permitirme regalarle a nadie casi medio año de renta.

—Vaya imbécil —refunfuño.

—Sí, eso ya lo hemos dejado claro antes.

Repaso mentalmente la lista de potenciales amigas con las que podría vivir los próximos dos meses, pero Natalie se fue a la universidad el día después de la graduación, porque se había apuntado a cursos de verano. Y el resto, o bien han dejado los estudios y van camino de convertirse en una versión de Janean, o tienen una familia que no permitiría que me instalara con ellos.

Está Becca, pero su padre es tan baboso que preferiría instalarme en casa de Gary.

Voy a tener que echar mano de mi último recurso.

—Tengo que hacer una llamada.

—Es tarde. Hazla mañana.

Le doy un empujón y bajo los escalones.

—¡Pudiste haber esperado a mañana para decirme que me echabas a la calle, Gary!

Me dirijo a su casa bajo la lluvia. Gary es el único de todo el parque de cámpers que tiene teléfono fijo, y como los que vivimos aquí somos demasiado pobres para comprarnos un celular, todos acabamos usando su teléfono. Al menos, los que están al corriente en la renta y no salen huyendo cuando lo ven.

Ha pasado casi un año desde la última vez que llamé a mi padre, pero me sé su teléfono de memoria. Es un celular y no ha cambiado de número en los últimos ocho años. Él me llama al trabajo una vez al mes, más o menos, pero suelo inventar alguna excusa para no contestarle el teléfono. No tengo mucho de que hablar con un hombre al que apenas conozco y prefiero no charlar con él para no tener que soltarle las mentiras de siempre: «Mamá está bien, las clases van bien, el trabajo va bien, la vida me va bien».

El orgullo es como una cápsula gruesa, compacta, pero me lo trago y marco su número. Espero que me conteste el buzón de voz, pero mi padre responde al segundo tono de llamada.

—Habla Brian Grim.

Tiene la voz ronca, lo desperté. Me aclaro la garganta antes de hablar.

—Em, hola, papá.

—¿Beyah? —ahora que sabe que soy yo, suena mucho más alerta, y también un poco preocupado—. ¿Qué pasa? ¿Va todo bien?

«Janean ha muerto».

Lo tengo en la punta de la lengua, pero no soy capaz de pronunciarlo. Brian apenas conocía a mi madre y lleva tanto tiempo sin venir a Kentucky que la última vez que la vio todavía era bastante guapa y no parecía un esqueleto hueco y tambaleante.

—Sí, estoy bien.

Me parece raro comunicarle su muerte por teléfono. Prefiero decírselo en persona.

—¿Por qué me llamas tan tarde? ¿Qué pasa?

—Acabo el turno muy tarde y no siempre tengo un teléfono a mano.

—Por eso mismo te envié un celular.

«¿Me envió un celular?».

Ni siquiera me molesto en preguntarme qué pasó con él. Tengo claro que mi madre lo vendió a cambio de alguna de las sustancias que aún debe de tener en las venas.

—Mira —le digo—. Sé que hace tiempo que no nos vemos, pero ¿qué te parecería si fuera a visitarte antes de empezar la universidad?

—Claro, ven —responde sin dudar—. Dime qué día te va bien y te compro el boleto de avión.

Miro a Gary, que está demasiado cerca observándome los pechos, por lo que le doy la espalda.

—¿Podría ser mañana?

Brian no responde, pero oigo ruidos, como si se estuviera levantando de la cama.

—¿Mañana? ¿Seguro que estás bien, Beyah?

Dejo caer la cabeza hacia atrás y cierro los ojos para volver a mentirle.

—Sí. Janean acaba de… Necesito un descanso… Y te extraño.

No lo extraño, apenas lo conozco, pero ahora mismo diría cualquier cosa a cambio de un vuelo que me saque de aquí.

Oigo sonido de teclas al otro lado de la línea, como si mi padre estuviera ante una computadora. Lo oigo murmurar horarios y nombres de aerolíneas.

—Hay un vuelo de United Airlines a Houston mañana por la mañana. Tendrías que estar en el aeropuerto dentro de cinco horas. ¿Cuántos días piensas quedarte?

—¿A Houston? ¿Por qué a Houston?

—Vivo en Texas. Llevo viviendo aquí un año y medio.

Eso es algo que una hija debería saber de su padre. Menos mal que no ha cambiado de celular.

—Es verdad, lo había olvidado —me sujeto la nuca—. ¿Podrías comprar solo un boleto de ida? No he decidido el tiempo que me quedaré, quizá varias semanas.

—Sí, ahora mismo lo compro. Busca el módulo de United en el aeropuerto para que te impriman el pase de abordar. Te esperaré en la salida de equipajes cuando aterrices.

—Gracias.

Cuelgo antes de que pueda decir nada más.

Cuando me doy la vuelta, Gary señala la puerta con el pulgar.

—Puedo llevarte al aeropuerto si quieres —me ofrece—, pero no te saldrá gratis.

Me dirige una sonrisa que me agria el estómago. Cuando Gary Shelby se ofrece a hacerle un favor a una mujer, nunca es a cambio de dinero.

Y si voy a tener que hacerle un favor a alguien a cambio de que me lleve al aeropuerto, prefiero hacérselo a Dakota que a Gary Shelby. A Dakota ya estoy acostumbrada. Por mucho que lo desprecie, sé que es un tipo de fiar.

Levanto el auricular de nuevo y marco el número de Dakota. Ya sé que no hace falta que llegue al aeropuerto hasta dentro de cinco horas, pero si Dakota se duerme seguramente no responderá al teléfono, por lo que más me vale ir ahora mismo.

Siento un gran alivio cuando Dakota responde al teléfono.

—¿Sí? —suena adormilado.

—Hola, necesito un favor.

Él tarda unos segundos en responder:

—¿En serio, Beyah? Es plena madrugada.

Ni siquiera me pregunta qué necesito o si estoy bien. Lo que hace es enojarse conmigo. Debería haberle puesto fin a lo que sea que haya entre nosotros en cuanto empezó.

Me aclaro la garganta.

—Necesito que me lleves al aeropuerto.

Lo oigo suspirar como si fuera una molestia para él. Sé que no lo soy. Tal vez para él no sea más que una transacción, pero al parecer soy una transacción de la que no se cansa.

Oigo el crujido de su colchón, como si se estuviera sentando en la cama.

—No tengo dinero.

—No quiero… No te llamo por eso. Necesito que me lleves al aeropuerto, por favor.

Dakota suelta un gruñido, pero luego dice:

—Dame media hora.

Cuando él cuelga, yo lo hago también.

Paso por delante de Gary y, al salir, cierro azotando el mosquitero.

Con los años he aprendido a no fiarme de los hombres. La mayoría de los tipos con los que he interactuado son versiones de Gary Shelby. Buzz es un tipo decente, pero no hay que olvidar que él creó a Dakota, que no es sino una versión más joven y atractiva del propio Gary Shelby.

He oído decir que existen hombres buenos, pero empiezo a pensar que es un mito. Durante un tiempo pensé que Dakota era de los buenos. De hecho, hay muchos como él, tipos que parecen normales por fuera, pero que esconden algo podrido que les recorre las venas bajo las capas de tejido epidérmico y subcutáneo.

De vuelta en mi casa, miro a mi alrededor y me pregunto si quiero llevarme algo. No tengo gran cosa que valga la pena meter en una maleta, así que guardo varias mudas de ropa, el cepillo del pelo y el de los dientes. Meto la ropa en bolsas de plástico para que no se me mojen dentro de la mochila si no deja de llover.

Antes de dirigirme a la puerta para esperar a Dakota, descuelgo el retrato de la madre Teresa de la pared. Trato de meterlo en la mochila, pero no cabe, así que lo guardo en otra bolsa de plástico y salgo de casa con él.

2

Una madre muerta, una escala en Orlando y varios retrasos debidos al mal tiempo más tarde, estoy aquí.

En Texas.

En cuanto salgo del avión y entro por la puerta de acceso a la terminal, siento el calor de la tarde que crepita en mi piel, haciendo que se derrita como si fuera mantequilla.

Camino sin ánimos ni ganas de nada, siguiendo los carteles que me guían hacia la zona de entrega de equipajes para reunirme con el padre al que le debo la mitad de mi existencia, pero que es un extraño para mí.

No tengo malos recuerdos de él, no hemos compartido experiencias negativas. De hecho, las semanas que pasé con mi padre durante los veranos son de los pocos recuerdos positivos que guardo de la infancia.

Los sentimientos negativos que me despierta nacen de las experiencias que no hemos compartido. Cuanto más maduro, más me doy cuenta de lo poco que se ha esforzado en formar parte de mi vida. A veces me pregunto cómo sería yo en la actualidad si hubiera pasado más tiempo con él que con Janean.

¿Habría sido tan desconfiada y escéptica si hubiera vivido más momentos buenos que malos?

Tal vez, o tal vez no. A veces pienso que las experiencias dolorosas marcan más la personalidad que las acciones amables.

La bondad no cala tan hondo como el maltrato, que se cuela en el alma y la ensucia de un modo que no puede limpiarse. Es como una marca permanente y tengo la sensación de que todo el mundo puede distinguir mis manchones a simple vista.

Las cosas podrían haber sido muy distintas si la bondad y el maltrato hubieran tenido el mismo peso en mi pasado, pero por desgracia no fue así. Podría contar las veces que alguien ha sido amable conmigo con los dedos de las manos, pero para contar las veces que me han maltratado necesitaría las manos de todas las personas que hay en este aeropuerto.

No fue fácil hacerme inmune a las agresiones. Tardé tiempo en aprender a levantar el muro que nos protege, a mi corazón y a mí, de la gente como mi madre o como Dakota, pero a estas alturas de la vida soy de acero.

«Ven por mí, mundo. No puedes lastimar lo impenetrable».

Al dar vuelta en la esquina, veo a mi padre a través del cristal que separa la parte vigilada del aeropuerto de la parte no vigilada. Me detengo un instante y le observo las piernas.

Las dos.

Me gradué en la escuela hace dos semanas, y aunque no contaba con que viniera, me quedaba una mínima esperanza. Pero una semana antes de la graduación me dejó un mensaje en el trabajo, diciendo que se había roto la pierna y que no podría venir a Kentucky.

Sin embargo, desde aquí no parece que ninguna de las piernas esté rota.

Doy las gracias por haber conseguido ser invulnerable, porque, si no, esta mentira probablemente me habría dolido.

Está junto a la entrega de equipajes, sin muletas, caminando de un lado a otro sin dificultades, sin cojear. No soy doctora, pero diría que una pierna rota tarda más en sanar. Y aunque se le hubiera curado, me imagino que le quedaría alguna secuela.

Él todavía no me ha visto y ya me arrepiento de haber venido.

Las cosas han sucedido a un ritmo tan trepidante a lo largo de las últimas veinticuatro horas que no he tenido tiempo de digerirlas. Mi madre está muerta; no volveré a pisar Kentucky y tengo que pasar las próximas semanas con un hombre con el que he convivido menos de doscientos días desde que nací.

Pero saldré adelante.

Porque eso es lo que hago siempre.

Cuando cruzo la puerta de la zona de entrega de equipajes, mi padre alza la mirada. Deja de andar de un lado a otro, pero no saca las manos de los bolsillos de los pantalones de mezclilla. Parece nervioso y eso me gusta. Quiero que se sienta incómodo por lo poco que se ha involucrado en mi vida.

Este verano quiero tomar las riendas de mi vida. Si piensa que va a poder recuperar el tiempo perdido abrumándome durante estas semanas, está muy equivocado. Preferiría que conviviéramos tranquilamente, haciendo cada uno su vida hasta que llegue el momento de irme a la facultad en agosto.

Nos dirigimos el uno hacia el otro. Él dio el primer paso, por lo que yo doy el último. No nos abrazamos porque voy cargada con la mochila, mi bolsa y la bolsa de plástico con el cuadro de la madre Teresa. Además, los abrazos no van conmigo. No le veo el sentido a tanto tocarse, estrujarse y sonreír.

Nos saludamos con una inclinación de cabeza. Los dos estamos igual de incómodos y resulta obvio que no somos más que dos extraños que compartimos ADN y un apellido deprimente. Sí, el apellido de mi padre —Grim— significa «lúgubre», «sombrío». Más que un apellido parece un *spoiler* de mi vida.

—¡Guau! —me examina de arriba abajo mientras niega con la cabeza—. Cómo has crecido. Estás preciosa, estás tan alta y...

Me obligo a sonreírle.

—Tú estás... más viejo.

Tiene el pelo oscuro, en el que destacan las nuevas canas que le han aparecido, y ha ganado algo de peso, por lo que no tiene las mejillas tan hundidas. Siempre ha sido un hombre guapo, pero casi todas las niñas piensan que sus padres son guapos. Ahora que ya soy adulta, puedo afirmar que lo es.

Supongo que no hay nada que impida que los padres irresponsables sean atractivos.

También lo noto distinto por algo que no tiene nada que ver con la edad. No sé de qué se trata y no sé si me va a gustar.

Señala hacia la cinta giratoria.

—¿Cuántas maletas traes?

—Tres —la mentira me brota de manera natural. A veces me sorprendo por la facilidad que tengo para inventar cosas. Es otro de los mecanismos de defensa que aprendí al vivir con Janean—. Tres maletas rojas, grandes. Había pensado quedarme unas cuantas semanas, por eso cargué con todo.

Suena un timbre antes de que la cinta empiece a girar. Mi padre se dirige hacia la zona por la que salen las maletas. Yo me recoloco la correa de la mochila sobre el hombro, la mochila que contiene todas mis pertenencias.

No tengo ninguna maleta y mucho menos tres maletas grandes, pero tal vez si mi padre cree que el aeropuerto perdió mi equipaje se ofrezca a reponer mis inexistentes pertenencias.

Sé que lo que estoy haciendo no es muy honesto, pero él tampoco se rompió la pierna, así que estamos empatados.

«Ojo por ojo, mentira por mentira».

Incómodos, esperamos durante un rato a que aparezca un equipaje que sé que no va a salir.

Le digo a mi padre que voy al baño y me paso allí al menos diez minutos. Me quité el uniforme de trabajo antes de subir al avión y me puse uno de los vestidos arrugados que llevaba en la mochila. Tras un día entero en aviones y salas de espera, está más arrugado todavía.

Me miro en el espejo del baño. No me parezco en nada a mi padre, bueno, solo en los ojos verdes, pero heredé el aburrido pelo castaño de mi madre. En realidad, en la boca también me parezco a mi padre. Mi madre tenía los labios muy finos, casi invisibles, por lo que es injusto decir que lo único que heredé de mi padre es el apellido.

Sin embargo, aunque me parezco a ellos en algunos rasgos concretos, nunca he sentido que formara parte de su vida. Es como si me hubiera adoptado a mí misma cuando era niña y hubiera vivido sola desde entonces. En estos momentos, lo que siento es que estoy de visita. No siento que haya vuelto a casa; ni siquiera siento que me he ido de casa.

Mi casa, mi hogar, siguen siendo palabras que designan un lugar mitológico que llevo buscando toda la vida.

Cuando salgo del baño, el resto de los viajeros ya se fueron y mi padre está en un mostrador rellenando un formulario de reclamación de equipaje extraviado.

—Aquí dice que este boleto no llevaba equipaje documentado —le informa el agente—. ¿Tienen el recibo? A veces lo pegan en la parte trasera del boleto.

Cuando mi padre se voltea hacia mí, levanto los hombros.

—Se me hacía tarde, así que mamá me ayudó después de que me dieran el boleto.

Me alejo del mostrador fingiendo estar interesada en un cartel pegado a la pared. El agente le dice a mi padre que se pondrán en contacto si localizan el equipaje.

Mi padre se acerca a mí y señala la puerta.

—El coche está por ahí.

El aeropuerto queda atrás. El GPS indica que nos hemos alejado quince kilómetros y que nos quedan cien más para llegar a nuestro destino. El coche huele a loción para después de afeitarse y a sal.

—Cuando te hayas instalado, le diré a Sara que te acompañe a comprar lo que necesites.

—¿Quién es Sara?

Mi padre me mira de reojo, como si no tuviera claro si estoy bromeando o no.

—Sara, la hija de Alana.

—¿Alana?

Él vuelve a centrar la atención en la carretera. Al fijarme, veo que se le tensa un poco la mandíbula.

—Mi esposa. Te envié una invitación para la boda el verano pasado, pero dijiste que no podías faltar al trabajo.

Ah, esa Alana. No sé nada de ella aparte de lo que decía en aquella invitación.

—No sabía que tuviera una hija.

—Ya, bueno. No hemos hablado mucho este año.

Lo dice como si estuviera dolido y me lo echara en cara. Espero haber interpretado mal su tono de voz, porque no me cabe en la cabeza qué podría estar echándome en cara. Él es el progenitor; yo no soy más que el producto de sus malas decisiones y de haberse olvidado de los anticonceptivos.

—Tenemos que ponernos al día en muchas cosas —añade.

«Ni se lo imagina».

—¿Sara tiene hermanos?

Espero que no. La perspectiva de tener que pasar el verano con alguien más además de mi padre ya me dejó en *shock*. No necesito aumentar el voltaje de las descargas.

—Es hija única, un poco mayor que tú. Está en el primer año de la carrera y volvió a casa para pasar el verano. Te va a encantar.

«Eso está por verse. ¿Te suena la historia de Cenicienta?».

Mi padre alarga la mano hacia la rejilla del aire acondicionado.

—¿Tienes calor? ¿Está demasiado frío el aire?

—Está bien.

—¿Cómo está tu madre?

Me tenso cuando me hace esa pregunta.

—Ella…

No sé cómo acabar la frase. He tardado tanto en contárselo que temo que le va a parecer raro o preocupante que no haya sacado el tema antes. Anoche, por ejemplo, o en cuanto lo vi al llegar. Y encima le dije al agente que mi madre me había acompañado al aeropuerto.

—Llevaba una temporada muy mal, pero ahora está mucho mejor, más tranquila.

Busco con la mano la palanca para reclinar el asiento, pero lo que hay son un montón de botones. Los presiono hasta que logro echar el asiento hacia atrás.

—¿Me despiertas cuando lleguemos?

Cuando él asiente en silencio me da un poco de pena, pero el viaje será largo y prefiero cerrar los ojos para descansar y, de paso, evitar que me haga preguntas para las que no tengo respuesta.

3

Una brusca sacudida me despierta de golpe. Al abrir los ojos, no reconozco dónde estoy.

—Es un *ferry* —me aclara mi padre—. Lo siento, es imposible subir la rampa sin dar saltos.

Me volteo hacia él, un tanto desconcertada, pero enseguida me ubico.

«Mi madre murió anoche».

«Mi padre todavía no tiene ni idea».

«Tengo una madrastra y una hermanastra».

Miro por la ventanilla, pero las hileras de coches a ambos lados me bloquean la vista.

—¿Por qué estamos en un *ferry*?

—El GPS dice que hay dos horas de tráfico en la autopista 87. Debe de haber habido un accidente. Pensé que llegaríamos antes tomando el *ferry* hasta la península Bolívar.

—El *ferry*… ¿hasta dónde?

—Es donde está la casa de verano de Alana. Te va a encantar.

—¿Casa de verano? —alzo una ceja—. ¿Te casaste con alguien que cambia de casa según la estación del año?

Mi padre ríe entre dientes, aunque no era un chiste.

La última vez que estuve con él, vivía en un departamento barato de una recámara en Washington y yo dormí en el sofá. ¿Y ahora tiene una esposa con más de una casa?

Lo observo unos instantes y al fin descubro qué es lo que había notado distinto en él. No era la edad, ¡era el dinero!

Mi padre nunca ha sido rico, ni de broma. Ganaba lo suficiente para pagarle una pensión alimenticia a su hija y vivir en un departamento de una recámara, pero era el tipo de hombre que se corta el pelo en casa y reutiliza los vasos de plástico.

Al fijarme, me doy cuenta de los pequeños detalles que delatan que su nivel adquisitivo ha aumentado. Para empezar, el pelo: ese corte no se lo hizo él. Lleva ropa de marca y conduce un coche que tiene botones en vez de palancas.

En el centro del volante veo un gato plateado que salta.

«¿Mi padre conduce un Jaguar?».

No puedo evitar que se me escape una mueca de repugnancia, así que me volteo rápidamente hacia la ventanilla para que no se dé cuenta.

—¿Ahora eres rico?

A él se le vuelve a escapar la risa por la nariz. Lo odio. Odio que la gente se ría entre dientes, me parece la risa más condescendiente que existe.

—Me ascendieron en el trabajo hace un par de años, pero con eso solo no me podría permitir tener una casa para cada estación del año. Alana se quedó con varias propiedades tras su divorcio, y además es dentista, por lo que le va muy bien.

Dentista.

«Oh, no».

Me crie en un campamento de casas rodantes con una madre drogadicta y ahora resulta que voy a pasar el verano en una casa de playa con una madrastra doctora, y lo más seguro es que su hija sea una malcriada y que no tengamos nada en común.

Debería haberme quedado en Kentucky.

La gente no se me da bien, pero la gente rica se me da todavía peor.

Necesito salir del coche, necesito estar un momento a solas.

Enderezo el asiento y miro si los demás pasajeros bajan de los vehículos. Nunca he visto el mar ni he estado en un *ferry*. Mi padre vivía en Spokane, que está en el interior. Hasta ahora, los dos únicos estados en los que he vivido han sido Kentucky y Washington.

—¿Se puede salir del coche?

—Sí. Hay un mirador en la cubierta del piso de arriba. El trayecto dura un cuarto de hora.

—¿Tú vas a salir?

—Tengo que hacer unas llamadas —me responde negando con la cabeza mientras toma el celular.

Al bajar del coche miro hacia la parte trasera del *ferry*, donde algunas familias están echándoles pan a las gaviotas. Hay más gente en la parte delantera y también en el mirador. Camino hasta que salgo del campo de visión de mi padre y, al ver un sitio vacío al otro lado del *ferry*, me dirijo hacia allí sorteando los coches.

Cuando alcanzo el barandal, me agarro con fuerza e inclino el cuerpo hacia delante para ver el mar por primera vez en mi vida.

Si la nitidez tuviera olor, sería este.

Estoy segura de que nunca he respirado un aire tan puro y cristalino como el que estoy inhalando ahora mismo. Cierro los ojos y aspiro tanto como puedo. Hay algo reparador en la brisa salada que se mezcla con el aire viciado de Kentucky que todavía llevo pegado a los pulmones.

El viento me alborota el pelo. Me lo recojo con las manos y luego utilizo la liga que he llevado todo el día en la muñeca para hacerme una cola de caballo.

Miro hacia el oeste. El sol está a punto de ponerse y el cielo se ha convertido en un lienzo lleno de espirales rosadas, rojas y anaranjadas. He visto muchos atardeceres, pero nunca uno en el que lo único que me separa del sol es el mar y una delgada franja de tierra. Me recuerda la llama de una vela que flota sobre el mundo.

Es la primera vez que un atardecer me afecta de esta manera. La belleza me despierta sensaciones tan intensas que se me llenan los ojos de lágrimas.

Todavía no he soltado ni una lágrima por mi madre, pero al parecer me sobran para ir derramándolas por un acto repetitivo de la naturaleza.

No creo que eso me deje en muy buen lugar como hija, pero no puedo evitarlo. El cielo se ha convertido en un torbellino de colores, como si la tierra estuviera escribiendo un poema de colores como muestra de agradecimiento hacia los humanos que cuidan de ella.

Vuelvo a inspirar hondo, porque quiero almacenar estas sensaciones en mi memoria junto con el olor a sal y el sonido de las gaviotas. Tengo miedo de que su efecto se vaya debilitando con el paso de los días. Siempre me he preguntado si la gente que vive junto al mar lo valora menos que los que solo ven el pórtico trasero de su mierda de casa rentada.

Miro a mi alrededor y me pregunto si las personas que viajan conmigo han dejado de apreciar esta vista. Algunos están contemplando el atardecer, pero hay bastantes que no han salido del coche.

Si paso el verano entero en un sitio así, ¿dejaré de valorarlo yo también?

Alguien en la proa del *ferry* grita que hay delfines y, aunque me encantaría ver un delfín, prefiero ir en dirección contraria a la multitud. Los que estaban en la popa del *ferry* se dirigen en masa hacia la proa, como luciérnagas hacia la luz de un pórtico.

Aprovecho el momento para dirigirme a la parte trasera del *ferry* ahora que está vacía. La vista no es tan buena, pero queda más apartada de los coches.

En el suelo hay una bolsa de pan de molde medio vacía, la que los niños habían usado para darles de comer a las gaviotas. Se le debe de haber caído a alguien que fue corriendo a ver los delfines.

Mi estómago ruge al ver el pan, lo que me recuerda que casi no he comido nada durante las últimas veinticuatro horas. Aparte de la bolsita de pretzels que me comí en el avión, no he probado bocado desde la pausa que hice ayer al mediodía en el trabajo, cuando me comí una ración pequeña de papas fritas.

Miro a mi alrededor para asegurarme de que no hay nadie cerca y me agacho a recoger la bolsa. Meto la mano y saco una rebanada de pan antes de volver a dejar la bolsa donde estaba.

Me apoyo en el barandal y parto la rebanada en trozos, que convierto en bolitas que luego me llevo a la boca.

Siempre me como el pan así, despacio.

La gente cree que los pobres engullimos la comida, pero, al menos en mi caso, no es así. Siempre la he saboreado con parsimonia, porque no sabía cuándo volvería a tener algo en el plato. Cada vez que llegaba al final de una bolsa de pan, hacía que la última rebanada me durara todo el día.

Voy a tener que cambiar de hábitos este verano, sobre todo si la esposa de mi padre sabe cocinar. Probablemente cenarán todos juntos en una mesa, y esas cosas.

Qué raro se me va a hacer todo.

Y qué triste que tener acceso habitual a la comida me resulte raro.

Me meto otra bolita de pan en la boca y me doy la vuelta para echar un vistazo al *ferry*. El nombre está escrito en la pared de la cubierta superior en letras grandes: ROBERT H. DEDMAN.

«¿Un *ferry* llamado Dedman? Suena a muerto. Me daría más confianza si se llamara Batman o Superman».

Varias personas regresan hacia la popa del *ferry*; los delfines deben de haber desaparecido.

Me fijo en un tipo que está en la cubierta superior y que sostiene una cámara fotográfica como si nada. Ni siquiera tiene enrollada la cinta alrededor de la muñeca para que no se rompa. La cinta cuelga de manera descuidada, como si tuviera cámaras de repuesto en casa por si se le rompe esta.

Me está enfocando con la cámara, o eso es lo que parece. Miro a mi espalda, pero no hay nada, solo estoy yo. Cuando vuelvo a mirarlo, sigue observándome. Aunque no estamos en la misma cubierta, mis mecanismos de defensa se activan inmediatamente, como siempre que alguien me parece atractivo.

En cierto modo, me recuerda Kentucky, los chicos que pasaban los veranos en alguna granja, trabajando bajo un sol inclemente, y que volvían con la piel bronceada y mechas doradas por el sol.

Me pregunto de qué color tendrá los ojos.

No, no me lo pregunto. Me da igual. De la atracción a la confianza hay un paso, y de esta al amor, otro. Y no quiero saber nada de estas cosas. He aprendido a desconectar el botón de la atracción en cuanto esta asoma la cabeza. Y así, un instante más tarde, ya no me parece atractivo.

Desde aquí abajo no logro descifrar su expresión. No me entiendo demasiado bien con la gente de mi edad porque nunca he tenido muchos amigos, pero al parecer todavía me entiendo menos con la gente rica de mi edad.

Miro hacia abajo y veo que mi viejo y gastado vestido está arrugado. Llevo unas sandalias que logré me duraran dos años y todavía tengo media rebanada de pan en la mano.

Alzo de nuevo la mirada hacia el tipo de la cámara, que sigue enfocándome. De pronto, siento mucha vergüenza.

¿Cuánto tiempo lleva sacándome fotos? ¿Me fotografió mientras robaba la rebanada de pan? ¿Mientras me la comía?

¿Tendrá previsto subirlas a internet con la intención de que se hagan virales como esas publicaciones crueles del blog *People of Walmart*?

La confianza, el amor, la atracción y el desengaño son algunas de las cosas de las que he aprendido a protegerme, pero todavía me queda mucho camino por recorrer en el tema de la vergüenza, porque me ruborizo de la cabeza a los pies.

Miro a mi alrededor, nerviosa, catalogando a la gente que viaja en el *ferry*. Hay turistas que van con sus Jeeps, y llevan sandalias y la piel untada de crema solar. También hay hombres y mujeres de negocios vestidos con trajes, que no se molestan en bajar de sus vehículos.

Y luego estoy yo, la chica que no puede pagarse ni un coche ni unas vacaciones.

No tengo nada que ver en este *ferry* lleno de coches elegantes que transportan a personas elegantes que sostienen cámaras como si fueran baratijas.

Levanto la vista de nuevo y el tipo de la cámara sigue observándome. Supongo que se estará preguntando qué hago aquí, en medio de tanta elegancia, con mi ropa vieja, mis puntas del pelo abiertas, mis uñas sucias y mis asquerosos secretos.

Al mirar al frente veo una puerta que lleva a una zona interior del *ferry*. Voy corriendo y me meto. Hay un baño a la derecha y me apresuro a encerrarme en él.

Me observo en el espejo. Tengo la cara sofocada, aunque no sé si es por la vergüenza o por el asfixiante calor de Texas.

Me quito la liga del pelo y trato de peinarme un poco con los dedos.

No puedo creer que esté a punto de conocer a la nueva familia de mi padre con estas fachas. Seguro que son de esas mujeres que van al salón de belleza a peinarse y a hacerse las uñas, y al médico para que les alise las imperfecciones. Seguro que hablan bien y huelen a gardenias.

Yo, en cambio, además de estar blancuzca y sudada, huelo a moho y a grasa del McDonald's.

Tiro el resto de la rebanada a la basura del baño.

Cuando vuelvo a examinarme en el espejo, solo veo una versión tristísima de mí misma. Tal vez haber perdido a mi madre anoche me está afectando más de lo que quiero admitir. O tal vez me precipité al llamar a mi padre, porque no quiero seguir aquí.

Pero tampoco quería seguir allá.

A estas alturas, lo más duro es seguir.

Y punto.

Vuelvo a recogerme el pelo, suspiro y abro la puerta del baño. Es una puerta pesada, de acero macizo, por lo que se cierra a mi espalda con contundencia. No he dado ni dos pasos cuando me detengo porque alguien se aparta de la pared donde estaba apoyado y me bloquea el paso en el estrecho pasillo.

Me encuentro con la mirada impenetrable del tipo de la cámara, que me está observando como si supiera que estaba en el baño y hubiera venido hasta aquí con un propósito.

Ahora que lo veo más de cerca, creo que me equivoqué al pensar que era de mi edad. Imagino que me lleva varios años, o tal vez la gente rica parezca mayor. Es como si estuviera envuelto en una nube de confianza, una nube que huele a dinero, lo juro.

No conozco a este tipo, pero ya sé que no me gusta.

Me desagrada tanto como todos los demás. El individuo este se cree que tiene derecho a tomarle fotos a la chica pobre en una situación vulnerable y embarazosa mientras que él sostiene la cámara como un idiota irresponsable.

Trato de esquivarlo para llegar a la puerta, pero él se mueve al mismo lado para seguir cerrándome el paso.

Mientras me examina la cara, le veo al fin los ojos, que son de color azul claro e impresionantes, por desgracia. Odio que esté tan cerca. Tras mirar por encima del hombro para asegurarse de que seguimos solos, desliza algo en mi mano. Al bajar la mirada, veo que se trata de un billete de veinte dólares.

Mientras vuelvo a alzar la vista hacia él, me doy cuenta de lo que me está ofreciendo. Estamos junto a un baño, sabe que soy pobre…

«Piensa que estoy tan desesperada que voy a arrastrarlo al baño para ganarme los veinte dólares que me acaba de dar».

¿Por qué demonios todos los tipos me tratan así? ¿Es esa la imagen que doy?

Me enfurezco tanto que arrugo el billete para tirárselo a la cara, pero el tipo es ágil y lo esquiva.

Le quito la cámara que aún lleva en la mano y le doy la

vuelta en busca de la ranura de la tarjeta de memoria. La abro y, tras apoderarme de la tarjeta, le devuelvo la cámara. Esta vez no reacciona con agilidad y la cámara se cae al suelo. Ya solo con el ruido habría sabido que se ha roto, pero es que además un trozo sale volando y va a parar a mis pies.

—¿Qué demonios? —el tipo se agacha a recogerla.

Me doy la vuelta, dispuesta a salir corriendo, pero choco con alguien más. Como si no fuera lo bastante malo haberme quedado atrapada en un pasillo estrecho con un tipo que pretende que le haga una mamada a cambio de veinte dólares, ahora estoy atrapada con dos. El nuevo no es tan alto como el tipo de la cámara, pero huelen igual. Huelen a golf.

«¿El golf es un olor?».

Debería serlo. Podría embotellarlo y vendérselo a idiotas como estos.

El recién llegado lleva una camiseta negra con la palabra «HisPanic» escrita, pero usando dos tipografías distintas: una para «His» y otra para «Panic». Lo releo y me doy cuenta del juego de palabras en inglés entre «Hispánico» y «SuPánico». Aunque me parece ingenioso, no me quedo a comentárselo, porque necesito salir de ahí.

—Lo siento, Marcos —se excusa el tipo de la cámara mientras trata de montar las piezas rotas.

—¿Qué pasó? —pregunta el tal Marcos.

Por un instante pensé que tal vez el Marcos este vio lo que pasó y se acercó a defenderme, pero parece más preocupado por la cámara que por mí. Ahora que sé que la cámara no era del tipo alto, me siento mal de que se haya roto.

Me pego a la pared, con la esperanza de salir de allí sin que se den cuenta, pero el tipo que sostiene la cámara señala en mi dirección.

—Choqué con ella y se me cayó —responde en tono despreocupado.

Marcos me mira antes de voltearse hacia su amigo, el idiota de ojos azules. Percibo algo en la mirada que cruzan, algo que ambos entienden, como si se estuvieran comunicando en un lenguaje silencioso que yo desconozco.

Marcos se dirige hacia el baño y abre la puerta.

—Nos vemos en el coche, estamos a punto de atracar.

Vuelvo a quedarme a solas con el tipo de la cámara y no veo el momento de escapar de aquí y volver al coche de mi padre. Mientras trata de recomponer las piezas del aparato, me dice:

—No te estaba haciendo proposiciones deshonestas. Te vi tomar el pan y pensé que necesitabas que alguien te echara una mano.

Ladeo la cabeza cuando alza la vista hacia mí y estudio su expresión en busca de mentiras. Aunque no sé qué es peor, una proposición de este tipo o que me tenga lástima.

Me gustaría pensar en algo ingenioso que decirle, pero no se me ocurre nada y me quedo pasmada, contemplándolo en silencio. Hay algo en él que se me clava, como si su aura tuviera garras.

Siento una melancolía oculta en su mirada que me sorprende, pensaba que era algo que solo tenía la gente como yo. ¿Qué puede haberle pasado a un tipo acomodado como él que sea tan terrible como para haberle dejado una cicatriz tan evidente?

Porque solo con mirarlo me doy cuenta de que es una persona dañada. Los que hemos sido castigados por la vida reconocemos a otras personas dañadas. Es como un club del que nadie quiere ser socio.

—¿Me devuelves la tarjeta de memoria? —extiende la mano hacia mí.

No tengo intención de devolverle las fotos que me tomó sin mi permiso. Me agacho a recoger el billete y se lo pongo en la mano.

—Toma, veinte dólares. Cómprate una nueva.

Y con esas palabras lo dejo plantado y me escapo hacia la puerta. Mientras camino entre las hileras de coches para llegar hasta el de mi padre, agarro con fuerza la tarjeta de memoria para no perderla.

Entro por la puerta del acompañante y me mantengo en silencio porque Brian está hablando por teléfono y suena a llamada de negocios. Alargo la mano hacia el asiento de atrás para alcanzar mi mochila y guardar la tarjeta de memoria. Cuando vuelvo a mirar al frente, los dos tipos están saliendo de la zona interior del *ferry*.

Marcos está hablando por teléfono y el otro parece que sigue empeñado en arreglar la cámara de fotos. Al ver que se dirigen hacia un coche que no queda lejos del nuestro, me encojo en el asiento tratando de pasar desapercibida.

Entran en un BMW a dos hileras de distancia del lado de mi padre, que cuelga el teléfono cuando el *ferry* empieza la maniobra de atraque. Ya solo queda la mitad del sol colgando del cielo, la otra mitad se la tragaron la tierra y el mar. Ojalá el mar hiciera lo mismo conmigo.

—Sara tiene muchas ganas de conocerte —dice mi padre mientras pone el coche en marcha—. Aparte de su novio, no hay mucha gente que viva en la península todo el año. Casi todas las viviendas son de verano, o están en Airbnb, Vrbo o plataformas por el estilo. La gente va y viene, y no suele quedarse muchos días. Me alegro de que vaya a tener una amiga.

Los coches empiezan a abandonar el *ferry* de manera ordenada. No sé por qué, pero echo un vistazo a los ocupantes del BMW mientras pasan junto a nuestro coche. El tipo de la cámara está mirando por la ventanilla.

Me tenso cuando me reconoce al pasar.

Me observa fijamente y no rompe el contacto visual hasta que desaparecen. No me gusta el modo en que mi cuerpo reacciona a sus miradas, por lo que me volteo hacia mi ventanilla antes de preguntar:

—¿Cómo se llama el novio de Sara?

Deseo con todas mis fuerzas que no se trate de Marcos o de su amigo idiota de ojos bonitos.

—Marcos.

«Por supuesto».

4

Aunque no es tan ostentosa como me temía, sigue siendo la casa más espectacular en la que he estado, de dos pisos y situada en primera línea de playa, por supuesto. Está construida sobre pilares de madera, como todas en esta zona. Tienes que subir dos tramos de escalera antes de llegar a la planta baja.

Me detengo al llegar al final del segundo tramo antes de entrar en casa de mi padre para conocer a su nueva familia.

Durante un instante me entretengo con la vista. Es como un muro de playa y mar que llega hasta donde alcanza la vista. El agua parece estar viva, como si se agitara y respirara; es tan majestuoso como aterrador.

Me pregunto si mi madre vería el mar alguna vez antes de morir. Nació y vivió siempre en Kentucky, en el mismo pueblo que ayer la vio morir. No recuerdo que me hablara nunca de ningún viaje, ni vi fotos suyas de vacaciones, ni siquiera de niña. Lo siento mucho por ella. No era consciente de lo que significaría para mí ver el mar, pero ahora que lo he visto me gustaría que todos los seres humanos pudieran experimentarlo.

Ver el mar en persona me parece casi tan importante como tener comida y un techo sobre la cabeza. Me parecería lógico que existiera una organización benéfica que se dedicara a organizar viajes pagados para que las personas pudieran ir a la playa. Debería ser un derecho humano básico, irrenunciable. Ver el mar es como una terapia de años concentrada en segundos.

—¿Beyah?

Aparto la mirada de la playa y me volteo hacia una mujer que espera en el centro de la sala. Es tal como me la imaginaba. Radiante, como una paleta de hielo, con los dientes blancos y las uñas impecables, de color rosa. Es rubia y parece recién salida del salón de belleza.

Se me escapa un gruñido. No pretendía que se oyera, pero supongo que lo hice con más fuerza de la prevista, porque ladea la cabeza, aunque no deja de sonreír.

Llevo la mochila y el retrato de la madre Teresa ante el pecho, como una barrera para librarme de los abrazos.

—Hola.

Entro en la casa. Huele a ropa limpia y a… tocino. Es una combinación curiosa, pero incluso el olor de la ropa recién lavada mezclada con tocino es mejor que la peste a humedad y a humo de cigarro de nuestro cámper.

Al no poder abrazarme, Alana parece no saber cómo saludarme. Mi padre lanza las llaves en la repisa de la chimenea y pregunta:

—¿Dónde está Sara?

—Ya voy —responde una voz aguda y artificial, acompañada por el sonido de unos pasos que bajan la escalera a saltos.

Y así es como aparece una versión más joven de Alana. Su sonrisa muestra unos dientes aún más blancos que los de su madre. Verla dar saltitos en el sitio, aplaudir y soltar un gritito histérico me parece de película de terror.

Cruza la sala a toda prisa y exclama:

—¡Ay, Dios mío! ¡Qué guapa eres! —me toma de la mano y añade—: Vamos, te enseñaré tu habitación.

No me da ni tiempo a protestar, por lo que las sigo a ella y a su cola de caballo que va de lado a lado. Lleva unos shorts de mezclilla y la parte de arriba de un bikini negro, nada más. Huele a aceite de coco.

—¡La cena estará lista en media hora! —grita Alana desde abajo.

Cuando llegamos al piso superior, Sara me suelta la mano y abre una puerta de un empujón.

Echo un vistazo a mi nueva habitación. Las paredes están pintadas de un azul pálido, relajante, que me recuerda el de los ojos del tipo del *ferry*. La colcha es blanca, decorada con un enorme pulpo azul. La cama está impecable y hay tantos cojines sobre ella que me resulta hasta ofensivo.

Está todo tan reluciente y huele tan bien que no me atrevo a tocar nada, pero Sara se acuesta sobre la cama y me observa mientras yo me familiarizo con la habitación, que es tres veces más grande que el cuarto en el que me crie.

—Yo duermo ahí enfrente —señala el otro lado del pasillo. Luego me muestra la puerta doble que lleva a la terraza con vista a la playa—. Esta habitación es la que tiene la mejor panorámica de la casa.

Debe de tener algún defecto si nadie se ha instalado aquí a pesar de la vista. Probablemente haya mucho ruido en la playa por las mañanas y por eso nadie quiere dormir aquí.

Sara se levanta de un salto y abre una puerta. Cuando enciende la luz, veo que es el baño.

—No tiene tina, pero la regadera es linda —abre otra puerta—. El vestidor. Aún tengo algunas cosas por aquí; las iré quitando esta semana.

Cierra la puerta antes de dirigirse al tocador y abrir el cajón inferior, que está lleno de cosas.

—Ese es el cajón de los triques, pero los otros tres están vacíos, puedes usarlos —vuelve a cerrarlo y se sienta en la cama—. ¿Y bien? ¿Te gusta?

Asiento en silencio.

—Bien. No sé dónde vives, pero espero que la casa esté a tu altura y no te haya decepcionado —alarga el brazo hacia la mesita de noche y toma el control de la televisión—. Hay de todo en cada una de las habitaciones: Netflix, Hulu, Prime… Puedes usar nuestras cuentas. Están configuradas.

No es consciente de que está hablando con una chica que nunca ha tenido televisión. No me he movido ni he pronunciado una sola palabra desde que entramos en la habitación. Aunque ella se encarga de hablar por las dos, logro musitar:

—Gracias.

—¿Cuánto tiempo piensas quedarte?

—No estoy segura. Tal vez todo el verano.

—Oh, caramba. Genial.

Frunzo los labios y asiento con la cabeza.

—Sí, genial.

Sara no capta la ironía. Me sonríe, o tal vez debería decir que sigue sonriendo. Creo que no ha dejado de hacerlo en ningún momento.

—Puedes moverte, ¿eh? Y dejar tus cosas.

Me acerco a la cajonera y pongo la bolsa de plástico encima. La mochila la dejo en el suelo.

—¿Dónde está el resto de tus cosas?

—Perdieron las maletas en el aeropuerto.

—¡Ay, Dios! —exclama con una empatía exagerada—. Te dejaré ropa hasta que vayamos a comprar.

Vuelve a levantarse con agilidad y sale de la habitación.

No sabría decir si su sonrisa es auténtica. Estoy más nerviosa ahora que antes de conocerla. Confiaría más en ella si se mostrara distante o incluso si se comportara como una auténtica perra.

Me recuerda un poco a las chicas de mi escuela. Las llamo chicas de vestidor, porque en la cancha y delante del entrenador son todo sonrisas, pero en el vestidor se quitan la máscara.

Lo que no sé es si ahora mismo estoy en la cancha o en el vestidor.

—¿Qué talla usas? —me grita desde el otro lado del pasillo.

Me acerco a la puerta y la veo rebuscar en los cajones de un tocador en la habitación de enfrente.

—La 34, creo. O tal vez la 36.

Veo que se detiene en seco. Me mira y asiente con brusquedad, como si mi respuesta la hubiera incomodado de alguna manera.

Si estoy tan flaca no es por voluntad propia. Llevo toda la vida batallando por lograr consumir las suficientes calorías para poder practicar un deporte como el volibol, ya que no tengo acceso a tanta comida como la mayoría de la gente. Espero ganar un poco de peso antes de que acabe el verano, porque me hace falta.

—Bueno, yo no uso esas tallas ni por casualidad —comenta Sara al entrar de nuevo en mi habitación—, pero te dejo unas camisetas y un par de vestidos de tirantes —me pasa la ropa—. Te quedarán holgados por todas partes, pero servirán hasta que te devuelvan el equipaje.

—Gracias.

—¿Estás a dieta? —me pregunta examinándome de arriba abajo—. ¿O siempre has estado tan flaca?

No sé si es un comentario malicioso. Podría tomármelo como un insulto, pero lo más probable es que no sepa por qué estoy tan delgada. Niego con la cabeza. Necesito que pare de hablar. Necesito bañarme, cambiarme y estar a solas un rato. No ha dejado de hablar desde que nos conocimos.

Pero no hay manera, no se va. Se acerca a la cama y se sienta de nuevo. Esta vez se acuesta de lado y apoya la cabeza en la mano.

—¿Tienes novio?

—No —llevo la ropa al vestidor.

—Perfecto. Hay un chico que creo que te gustará. Se llama Samson, vive aquí al lado.

Quiero decirle que no se moleste, que todos los hombres son una mierda, pero probablemente sus experiencias con los hombres han sido distintas a las mías. Dakota no le ofrecería dinero a una chica como Sara, trataría de ligar con ella gratis.

Sara vuelve a levantarse de la cama, cruza la habitación y abre las cortinas que cubren una de las paredes.

—Esa es la casa de Samson —señala por la ventana—. Nada en dinero. Su padre tiene una petrolera o algo así —apoya la frente en el cristal—. ¡Ay, madre! ¡Corre, ven!

Me acerco a ella y miro por la ventana. La casa de Samson es más grande que esta. Hay una luz encendida en la cocina, que es hacia donde Sara está señalando.

—¡Mira! ¡Está con una chica!

Hay un tipo entre las piernas de una chica, que está sentada en la isla central. Se están besando, pero cuando él se separa contengo una exclamación.

Samson es el idiota de ojos azules, el mismo que me ofreció veinte dólares a cambio de meterme en un baño del *ferry* con él.

Qué asco me da.

Aunque al mismo tiempo me impresiona su rapidez. Iba en el mismo *ferry* que yo, lo que significa que llegó a casa hace diez minutos.

«Me pregunto si le habrá ofrecido veinte dólares a ella también».

—¿Ese es el tipo con quien quieres emparejarme? —le pregunto mientras observamos a Samson explorar el cuello de la chica con la lengua.

—Sí —responde Sara, como si fuera lo más normal del mundo.

—Pues diría que ya está enamorado.

Sara se echa a reír.

—Para nada. Ella se irá pronto. Samson solo se liga a chicas que vienen a pasar el fin de semana.

—No suena muy bien.

—Es el clásico niño rico y mimado.

La miro cada vez más confundida.

—Y ¿quieres que me involucre con él?

—Es lindo —sara levanta los hombros—. Y es amigo de mi novio. Sería increíble que pudiéramos salir los cuatro juntos, en plan parejitas. A veces, cuando salimos a algún sitio, Samson parece que es el mal tercio.

Niego con la cabeza mientras me alejo de la ventana.

—No me interesa, gracias.

—Ya, él dijo lo mismo cuando le conté que venías a pasar el verano, pero tal vez cambies de idea cuando lo conozcas.

«Ya lo conocí y sigo sin estar interesada».

—Lo último que necesito en estos momentos es un novio.

—¡Ay, no, chica! No me refería a ese tipo de relación —protesta Sara—. Me refería a…, ya sabes, una aventura de verano, pero da igual, lo entiendo —suspira como si mi negativa la entristeciera.

Estoy deseando que se vaya para poder disfrutar de un poco de privacidad. Me observa un rato más y noto que se está esforzando por encontrar algún otro tema de conversación.

—Mi madre y tu padre no serán muy estrictos, porque ya terminamos la escuela. Lo único que piden es saber dónde estamos en cada momento, aunque no hay muchas opciones. Solemos reunirnos en la playa, delante de casa. Todas las noches encendemos una fogata y pasamos el rato.

Me doy cuenta de que esta chica sabe más sobre qué tipo de padre es Brian que yo. Yo sé que se llama Brian, que no tiene la pierna rota y que es asesor financiero. Eso es todo.

—¿Adónde quieres que vayamos de compras? Tendremos que ir a Houston; por aquí cerca no hay más que un Walmart y supermercados similares.

—El Walmart me va bien.

Sara se echa a reír, pero cuando ve que no hago lo mismo se muerde el labio.

—Ah, lo decías en serio.

Sara se aclara la garganta. Parece muy incómoda; creo que por fin se dio cuenta de que no tenemos nada en común.

No sé cómo voy a aguantar un verano entero con una chica que cree que comprar en Walmart es motivo de risa. He comprado en mercaditos y tiendas de segunda mano toda la vida. Para mí, comprar en Walmart es un lujo.

Siento muchas ganas de llorar. No sé por qué, pero me cuesta contener las lágrimas.

De repente extraño mi casa, mi refrigerador vacío y mi madre drogadicta. Incluso añoro el olor de sus cigarros, cosa que nunca creí posible, pero al menos ese olor era auténtico.

Esta habitación huele a riqueza, a sofisticación y lujo, pero también a falsedad.

Señalo hacia el baño.

—Creo que voy a bañarme.

Sara se voltea hacia el baño y, cuando vuelve a mirarme, veo que se ha percatado de que la estoy echando educadamente.

—Date prisa. Los fines de semana a mamá le gusta que cenemos en familia —pone los ojos en blanco al pronunciar la palabra *familia*.

Cuando cierra la puerta, me quedo en el centro de esta habitación que aún no siento mía.

Estoy abrumada, sobrepasada por la situación. Creo que nunca me había sentido tan sola. Al menos cuando estaba en el cámper con mi madre sabía que encajaba allí. Estábamos juntas porque era como debían ser las cosas, por muy incompatibles que fuéramos. Aprendimos a vivir esquivándonos la una a la otra, pero no sé si podré pasar desapercibida en esta casa. Sus habitantes me parecen muros contra los que voy a chocar cada vez que me los encuentre.

Siento claustrofobia.

Me dirijo al balcón, abro una de las puertas y salgo. En cuanto siento la brisa en la cara, comienzo a llorar. Y no es un llanto discreto, es como un sollozo que hubiera estado conteniendo durante veinticuatro horas.

Con los codos apoyados en el barandal, hundo la cara entre las manos, tratando de calmarme por si a Sara se le ocurre volver a entrar en la habitación. O, peor aún, a mi padre.

Pero es inútil. No puedo parar de llorar. Paso por lo menos cinco minutos contemplando el mar con la visión borrosa mientras sollozo.

Tengo que contarle a mi padre lo que pasó anoche.

Inspiro hondo varias veces y me seco los ojos mientras busco en mi interior fuerzas para controlar mis emociones. Al cabo de un rato logro tener la vista lo bastante nítida para poder apreciar el espectáculo del océano a la luz de la luna.

La chica a la que Samson estaba besando en la cocina hace un rato se dirige a la duna que se alza entre las dos casas y se une a un grupo de gente reunida alrededor de una fogata. Es gente joven, algunos adolescentes y otros ya de veintitantos años. Probablemente son todos ricos, seguros de sí mismos y no tienen ninguna preocupación en la vida. Eso debe de ser lo que hace Sara todas las noches, pasar el rato con sus amigos.

Más personas con las que no tengo nada en común.

No quiero que nadie me vea llorar, por lo que me doy la vuelta para entrar en la habitación.

Pero no llego a hacerlo.

Samson está en la terraza de la casa de al lado. Está solo y me contempla con una expresión inescrutable.

Le sostengo la mirada un par de segundos antes de entrar en la casa.

Lo que faltaba. Primero me ve comerme las sobras del pan en el *ferry*. Después me ofrece dinero, y todavía no tengo muy claros los motivos de esa oferta. Y ahora, para acabarla, resulta que es mi nuevo vecino.

«Estupendo».

Que se vaya al carajo el verano.

Que se vaya al carajo toda esta gente.

«Que se vaya al carajo mi situación actual».

5

Me dieron mi primer beso a los doce años.

Fue un sábado por la mañana. Estaba en la cocina, a punto de prepararme unos huevos revueltos. No había oído volver a mi madre la noche anterior, por lo que me imaginé que estaba sola en casa. Acababa de partir dos huevos sobre el sartén cuando oí que se abría la puerta de la habitación de mi madre.

Al mirar hacia allí vi que se trataba de un desconocido, que salía de la habitación con unas botas de trabajo en la mano, y que se detuvo al verme frente a la estufa.

Era la primera vez que lo veía. Mi madre cambiaba constantemente de pareja; o tenía novio nuevo o acababa de romper con alguien. Yo procuraba no molestar, ya estuviera en pleno proceso de enamoramiento o con el corazón roto, porque ella vivía ambas situaciones como si fuera una diva de las telenovelas.

Nunca olvidaré cómo me miró ese hombre. Me barrió lentamente con los ojos, de arriba abajo, como si tuviera hambre y yo fuera su comida. Fue la primera vez que un hombre me miró de esa manera. Sentí que se me erizaba el vello de los brazos y me volteé a toda prisa hacia el sartén.

—¿No saludas? —me preguntó.

No le respondí. Esperaba que, si pensaba que era una maleducada, se iría, pero no lo hizo. Entró en la cocina y se apoyó en la barra, junto a mí, que estaba concentrada en revolver los huevos.

—¿Hay para mí?

Negué con la cabeza.

—Solo hay dos huevos.

—Suficiente. Me muero de hambre.

Se sentó a la mesa y se ató las botas. Cuando terminó, los huevos ya estaban listos. No sabía qué hacer. Tenía hambre y no quedaban más huevos, pero él seguía sentado a la mesa, como si esperara que le diera de comer, aunque no sabía ni quién era.

Serví los huevos en un plato, tomé un tenedor y traté de escabullirme, pero él me alcanzó en el pasillo, me sujetó por la muñeca y me empujó contra la pared.

—¿Así es como tratas a los invitados?

Me agarró por la barbilla y me besó.

Traté de librarme de él. Su boca me hacía daño y apestaba a comida podrida. Además, no se había rasurado y me raspaba la cara. Yo cerraba los dientes con todas mis fuerzas, pero él me apretaba la barbilla cada vez más para que abriera la boca. Al final le di un golpe en la cabeza con el plato de los huevos.

Él se apartó y me dio una bofetada.

Luego se fue.

No volví a verlo nunca más; ni siquiera sé cómo se llamaba. Cuando mi madre se despertó, varias horas más tarde, y vio los huevos y el plato roto en la basura, me regañó por haber malgastado los últimos huevos que quedaban.

Desde ese día no he vuelto a probar los huevos, pero he abofeteado a un montón de novios de mi madre.

Y si hago referencia a este episodio de mi vida es porque, cuando salí de la regadera hace unos minutos, la casa entera olía a huevos. No puedo librarme del olor, y me están dando ganas de vomitar.

En cuanto acabo de vestirme, llaman a la puerta. Sara asoma la cabeza y me dice:

—La cena bautismal estará lista en cinco minutos.

No sé a qué se refiere. ¿He ido a parar a una especie de secta?

—¿Qué es una cena bautismal?

—Marcos y Samson cenan con nosotros los domingos por la noche para celebrar que se van los que vienen a rentar. Comemos juntos y es como si nos sumergiéramos en una pila bautismal para quitarnos de encima el olor a dominguero —abre un poco más la puerta antes de añadir—: Te queda bien el vestido. ¿Quieres que te maquille?

—¿Para cenar?

—Sí, estás a punto de conocer a Samson —recalca su nombre y sonríe.

Acabo de darme cuenta de lo mucho que odio que traten de emparejarme con alguien, aunque es la primera vez que lo intentan. Estoy tentada de contarle que ya conozco a Samson, pero me lo guardo junto al resto de secretos que voy acumulando.

—No, no tengo ganas de maquillarme; bajo enseguida.

Sara parece decepcionada, pero se va. Al menos se le da bien entender las indirectas.

Instantes después, oigo voces que no pertenecen a ninguno de los habitantes de la casa.

Me quedo mirando el vestido arrugado que he tenido puesto todo el día. Está hecho bola en el suelo, junto a la cama. Lo recojo y me lo vuelvo a poner. No tengo intención de impresionar a nadie ahí abajo. En todo caso, me gustaría conseguir el efecto contrario.

Mi padre es el primero en darse cuenta de mi presencia cuando bajo la escalera y entro en la cocina.

—Fresca como una rosa —comenta al verme—. ¿Te gusta la habitación?

Asiento con la cabeza.

Cuando Sara voltea hacia mí, veo su expresión de sorpresa al darse cuenta de que me quité su vestido y volví a ponerme el mío. Sin embargo, reacciona con rapidez y disimula bien. Marcos está a su lado, sirviéndose un vaso de té frío. Cuando establecemos contacto visual, se sorprende igual que su novia, pero por otro motivo: es evidente que no esperaba encontrar aquí a la chica del *ferry*.

Samson no debe de haberle contado que me vio antes llorando en el balcón. Por cierto, Samson es el único de los presentes que no me está mirando. Está distraído buscando algo dentro del refrigerador, mientras Sara sacude la mano y me señala.

—Marcos, te presento a mi hermanastra, Beyah. Beyah, él es mi novio, Marcos —señala con el pulgar por encima del hombro antes de añadir—: Y él es Samson, escolta y vecino de al lado.

Samson se da la vuelta y me observa un instante. Me saluda alzando la barbilla y se abre una lata de refresco. Y mientras se lleva la bebida a los labios, yo solo puedo pensar en esa boca pegada al cuello de otra chica.

—Bienvenida a Texas, Beyah —me saluda Marcos, fingiendo no haberme visto en el *ferry*.

Agradezco que ninguno de los dos haya montado una escena.

—Gracias —murmuro.

Entro en la cocina, sin saber qué tengo que hacer. No me siento lo bastante cómoda para pedir una bebida o prepararme un plato de algo, así que me quedo quieta y observo a los demás moverse tranquilamente.

Aunque estoy muerta de hambre, no se me antoja nada esta cena. Si pudiera escaparme de aquí, lo haría. Por alguna razón que no comprendo, la gente tiene la costumbre de hacer preguntas cuya respuesta no le interesa a nadie para romper la tensión de los momentos incómodos. Tengo la sensación de que así va a ser toda la cena. Me temo que van a estar lanzándome preguntas como si fueran bateadores, y yo lo único que quiero es llenar mi plato de comida, llevármela a la habitación, cenar en silencio y echarme a dormir.

Y no despertarme hasta dentro de dos meses.

—Espero que te guste el desayuno, Beyah —comenta Alana mientras lleva un plato con galletas a la mesa—.

A veces nos gusta cambiar el orden de las comidas y desayunar a la hora de cenar.

Mi padre deja una sartén con huevos revueltos en la mesa, donde hay también tocino y *hotcakes*. Al ver que todos se sientan, hago lo mismo. Sara ocupa la silla entre Marcos y su madre, lo que significa que tengo que sentarme junto a mi padre. Samson es el último en venir a la mesa y se detiene un instante al darse cuenta de que debe sentarse a mi lado. Lo hace a regañadientes. Tal vez solo me lo parezca a mí, pero me da la sensación de que está tratando de ignorarme.

Todos empiezan a mover los platos de un lado a otro. Cuando me llegan los huevos, los paso rápidamente a mis vecinos de mesa, pero su olor ahoga el de todo lo demás. Mi padre empieza a acribillarme a preguntas en cuanto me meto el primer trozo de *hotcake* en la boca.

—¿Qué has estado haciendo desde la graduación?

Trago antes de responder:

—Trabajar, dormir y repetir.

—¿A qué te dedicas? —me pregunta Sara.

Y lo hace al estilo de los ricos. No dice: «¿Dónde trabajas?», sino: «¿A qué te dedicas?», como si mi trabajo requiriera de alguna habilidad especial.

—Soy cajera en McDonald's.

Esta vez no logra disimular la sorpresa.

—Oh, qué divertido.

—Me parece muy bien que decidieras trabajar aunque aún estuvieras en la escuela —comenta Alana.

—No lo hice por elección; tenía que comer.

Cuando Alana se aclara la garganta, me doy cuenta de que mi respuesta sincera la incomodó. Y si eso le resulta molesto, me pregunto cómo va a tomar la noticia de que mi madre murió por una sobredosis.

Mi padre trata de enderezar la conversación.

—Al parecer cambiaste de opinión acerca de los cursos de verano. ¿Decidiste empezar en otoño?

Su pregunta me deja fuera de juego.

—Nunca me inscribí a ningún curso de verano.

—Ah, pues tu madre me dijo que necesitabas dinero para inscribirte en verano cuando le envié la pensión para el otoño.

«¿Mi madre le pidió dinero para la inscripción?».

Pero… si conseguí una beca que me lo cubre todo, ni siquiera tengo que pagar la inscripción.

¿Cuánto dinero le habrá enviado a mi madre del que no he visto ni un céntimo? Entre otras cosas, porque al parecer también me envió un celular que nunca recibí. Y ahora me entero de que le reclamó dinero para pagar una educación por la que nunca se preocupó.

—Ah, ya —busco una excusa para justificar por qué estoy aquí y no en los cursos de verano de la universidad por los que pagó—. Es que me inscribí demasiado tarde; ya no había plazas.

Se me fue el hambre de repente. No soy capaz ni de tragar el segundo trozo de *hotcake* que me metí en la boca.

Mi madre nunca me preguntó sobre la universidad; nunca hablamos sobre el tema y, sin embargo, con la excusa de la inscripción, le sacó a mi padre dinero que probablemente fue a parar a un tragamonedas del casino o acabó circulando por sus venas. Y él lo pagó sin dudarlo. Si me lo hubiera comentado, le habría explicado que podía estudiar gratis en una universidad local, donde podría obtener un diploma. Pero no quería quedarme en aquel pueblo. Necesitaba alejarme de mi madre todo lo posible.

Supongo que al menos ese deseo se hizo realidad.

Dejo el tenedor en la mesa, porque me dieron ganas de vomitar.

Sara me imita y pone sus cubiertos en la mesa. Bebe un poco de té sin dejar de observarme.

—¿Sabes ya en qué quieres especializarte? —me pregunta Alana.

Niego con la cabeza y tomo el tenedor, para fingir que sigo interesada en la comida. Me fijo en que Sara toma el tenedor en cuanto yo lo hago.

—Todavía no estoy segura —respondo.

Muevo los trozos de *hotcake* en el plato, pero no me meto ninguno en la boca. De nuevo, Sara hace lo mismo que yo.

Dejo el tenedor en la mesa. Sara también.

La conversación sigue fluyendo, pero yo no le presto demasiada atención, porque me preocupa que Sara esté imitando todos mis movimientos. Me doy cuenta, por mucho que ella crea que está siendo discreta.

Si esto sigue así, no voy a poder quitármelo de la cabeza en todo el verano. Creo que alguien debería decirle a esta chica que tiene que comer lo que quiera, y no basar su ingesta de comida en lo que coma yo.

Me esfuerzo en comer unos cuantos bocados, aunque estoy tan nerviosa que siento náuseas y cada uno de ellos es una tortura.

Por suerte, es una cena rápida; no pasamos más de veinte minutos en la mesa. Samson no ha abierto la boca en todo ese rato, pero a nadie parece extrañarle. Ojalá sea siempre tan callado, así me será menos difícil no fijarme en él.

—Beyah necesita ir a Walmart a comprar unas cosas. ¿Podemos ir esta noche? —pregunta Sara.

«No quiero ir esta noche, lo que quiero es dormir».

Mi padre saca varios billetes de cien dólares de la cartera y me los da.

«Cambié de idea; sí quiero ir a Walmart».

—¿Por qué no esperan a mañana y la llevas a algún sitio mejor en Houston? —sugiere Alana.

—Walmart está bien —le aseguro—. No necesito gran cosa.

—Cómprate uno de esos celulares prepagados, ya que vas —mi padre me da varios billetes más.

Los ojos se me abren como platos. Es la primera vez que tengo tanto dinero en la mano. Debe de haberme dado unos seiscientos dólares.

—¿Nos llevas? —le pregunta Sara a Marcos.

—Claro.

«Si Marcos y Samson van a venir con nosotras, ya no tengo ganas de ir».

—Yo no voy —samson recoge su plato y lo lleva al fregadero—. Estoy cansado.

«Está bien. Pues si Samson no viene, yo sí voy».

—No seas maleducado —lo regaña Sara—. Tú vienes con nosotros.

—Sí, tú vienes con nosotros —insiste Marcos.

Veo que Samson me mira de reojo, y me consuela comprobar que parece tan poco interesado en mí como yo en él.

Sara se dirige hacia la puerta.

—Voy a buscar los zapatos —murmuro antes de volver a la habitación.

Al parecer, no hay ningún Walmart en la península Bolívar, por lo que tenemos que tomar un *ferry* que nos lleve a la isla de Galveston. No entiendo nada. Hay que tomar un *ferry* desde tierra firme hasta una isla para hacer cualquier compra. Este lugar no tiene sentido.

El *ferry* tardó unos veinte minutos en llegar allí. En cuanto Marcos estaciona el coche, nos bajamos todos. Al darse cuenta de que yo no abría la puerta, Sara lo hizo por mí.

—Vamos, sal. Vamos a la cubierta superior.

Sé que parece una invitación, pero en realidad es una orden.

Solo han pasado cinco minutos desde que llegamos a la cubierta, pero Sara y Marcos ya desaparecieron, dejándome a solas con Samson. Es bastante tarde, cerca de las nueve y media, por lo que el *ferry* va casi vacío. Los dos contemplamos el mar, tratando de que no se note lo incómodos que estamos. Yo, por lo menos, lo estoy, porque no sé qué decirle. No tengo nada en común con este tipo, y él conmigo tampoco. Desde que llegué hace unas horas, ya interactuamos un par de veces, y no se cuál ha sido peor. Ojalá pudiera borrarlas de mi historial.

—Tengo la sensación de que nos dejaron solos para que liguemos —comenta Samson.

—No es una sensación, es un hecho.

Él asiente con la cabeza, pero no dice nada. No sé por qué sacó el tema, tal vez para romper la tensión del momento. Aunque tal vez podría estar planteándoselo como posibilidad.

—Que quede claro que no estoy interesada. Y no es un «no estoy interesada» de esos en que esperas que insistan porque te gusta jugar. Es literal. No estoy interesada, ni en ti ni en nadie más. La gente en general no me interesa.

A él se le escapa una sonrisa sarcástica, pero sigue sin mirarme. Es como si no quisiera rebajarse a mantener contacto visual conmigo.

—No recuerdo haber expresado interés —replica sin alterarse.

—Pero tampoco has expresado falta de interés, así que quise poner el tema sobre la mesa para que no haya malentendidos.

Voltea la cara hacia mí lentamente.

—Gracias por aclarar algo que no necesitaba aclaración.

Por Dios, qué guapo es el imbécil…, incluso cuando se comporta como un tonto.

Noto que me ruborizo. Me arden las mejillas. Aparto la vista con brusquedad, sin saber cómo superar este nuevo bache en nuestra comunicación. Cada vez que nos hemos visto he acabado sintiéndome humillada, y todavía no sé si es culpa suya o mía.

Sospecho que debe de ser culpa mía, por permitir que me haga sentir avergonzada. Si una persona te importa una mierda, no logrará humillarte por mucho que lo intente, así que supongo que en algún recóndito lugar de mi interior me importa su opinión.

Samson se aparta del barandal y endereza la espalda. Para ser una chica, soy alta, mido metro setenta y ocho, pero él me saca un buen trecho. Debe de andar por el metro noventa.

—Seamos amigos, entonces —comenta mientras se mete las manos en los bolsillos.

A mí se me escapa una risa seca.

—La gente como tú no se hace amiga de personas como yo.

Él ladea un poco la cabeza.

—Eso es un poco presuntuoso, ¿no crees?

—Dice el tipo que creyó que era una persona sin hogar.

—Te estabas comiendo el pan del suelo.

—Tenía hambre. Eres rico, no lo entenderías.

Él entorna los ojos y voltea hacia el mar. Lo contempla con tanta concentración que parece que le estoy hablando, respondiendo en silencio a sus preguntas mudas.

Al cabo de un rato, Samson se cansa tanto del mar como de mí.

—Me regreso al coche.

Lo veo desaparecer escaleras abajo.

No sé por qué me pongo tan a la defensiva cuando estoy con él. Quizá pensó que era una persona sin hogar, pero no me ignoró. Vino a buscarme y me dio dinero. Debe de tener un alma escondida dentro de ese cuerpo.

Tal vez soy yo la que perdió el alma en algún momento.

6

Decir que me siento aliviada cuando Marcos y Samson se separan de nosotras al llegar a la tienda es quedarme corta. Solo llevo unas cuantas horas en Texas y buena parte de ese tiempo lo he pasado en presencia de Samson. Demasiado tiempo.

—¿Qué necesitas aparte de ropa? —me pregunta Sara mientras cruzamos la sección de salud y belleza.

—Pues un poco de todo. Shampoo, acondicionador, desodorante, cepillo de dientes, pasta de dientes…, las cosas que solía robar los sábados de los carritos de las limpiadoras.

Sara se detiene y se me queda mirando.

—¿Es una broma? Todavía no acabo de entender tu humor.

Niego con la cabeza.

—No podíamos permitirnos esas cosas —no sé por qué soy tan sincera con ella—. A veces, cuando eres pobre, tienes que echar mano de la imaginación.

Entro en el siguiente pasillo y Sara se apresura para seguirme el ritmo.

—¿Brian no les pasaba una pensión?

—Mi madre era adicta. Nunca me llegó ni un céntimo de ese dinero.

Sara camina a mi lado. Intento no mirarla, porque sé que mi realidad está arrebatándole parte de su inocencia, aunque tal vez no le venga mal una dosis de realidad.

—¿Se lo dijiste a tu padre alguna vez?

—No. No ha visto a mi madre desde que yo tenía cuatro años. Por entonces, ella aún no había caído en las drogas.

—Deberías habérselo contado. Habría hecho algo, seguro.

Tomo un desodorante y lo meto en el carrito.

—No pensé que fuera mi deber ponerlo al día de mis circunstancias vitales. Creo que un padre debería preocuparse de lo que pasa en la vida de sus hijos.

Noto que mi comentario la incomoda. Es evidente que ella tiene una imagen muy distinta de mi padre. Tal vez mis palabras sean la semilla que rompa la burbuja que es su vida de vacacionista y le hagan cambiar un poco de perspectiva.

—Vamos por la ropa —propongo para cambiar de tema.

Sara permanece callada mientras recorremos la sección de ropa. Elijo varias cosas, aunque no estoy segura de si me quedarán bien, por lo que nos dirigimos a los probadores.

—Te va a hacer falta un bikini —dice Sara—. O mejor un par. Nos pasamos el día en la playa.

La sección de trajes de baño queda cerca de los probadores, por lo que tomo un par de bikinis y me meto en un probador con el resto de la ropa.

—Sal cada vez que te pruebes algo. Quiero ver cómo te queda todo —me pide Sara.

¿Es eso lo que hacen las chicas cuando van de compras? ¿Desfilan las unas para las otras?

Primero me pruebo un bikini. La parte de arriba me queda un poco grande, pero he oído que cuando engordas la primera parte donde se nota es en los pechos, y si de algo estoy segura es de que este verano voy a engordar. Salgo del probador y me miro en el espejo. Sara está sentada en una banca, mirando el celular. Cuando alza la vista hacia mí, se le abren mucho los ojos.

—Guau, podrías incluso llevar una talla menos.

Niego con la cabeza.

—No, tengo previsto ganar peso este verano.

—¿Por qué? Yo mataría por tener un cuerpo como el tuyo.

Odio que me diga eso.

Me mira haciendo pucheros, lo que me lleva a pensar que está comparando nuestros cuerpos y sacando como conclusión que el suyo está lleno de defectos.

—Tus muslos no se tocan —susurra en tono de admiración, casi anhelante—. Siempre he deseado que se me formara un hueco como ese entre las piernas.

Niego con la cabeza mientras vuelvo a entrar en el probador. Me pruebo el segundo traje de baño y me pongo los pantalones de mezclilla encima para asegurarme de que son de mi talla. Sara gruñe al verme.

—Por favor, te queda bien todo —se levanta, se pone a mi lado y observa nuestro reflejo. Aunque mide unos cinco centímetros menos que yo, no es bajita. Se pone de perfil y se apoya una mano en el vientre—. ¿Cuánto pesas?

—No lo sé.

En realidad sí lo sé, pero darle una cifra solo serviría para que tuviera un objetivo que alcanzar, y no necesita eso.

A ella se le escapa un suspiro de frustración mientras vuelve a sentarse en la banca.

—Todavía me falta bajar nueve kilos para conseguir mi objetivo de este verano; tengo que esforzarme más. ¿Cuál es tu secreto? —me pregunta.

«¿Mi secreto?».

Me río mientras vuelvo a observarme en el espejo y me apoyo la mano en el vientre, ligeramente cóncavo.

—He pasado hambre durante la mayor parte de mi vida. No todo el mundo tiene siempre comida en casa.

Miro a Sara, que me observa con una expresión inescrutable. Luego parece mirar a todos lados antes de fijar la vista en la pantalla del celular. Se aclara la garganta antes de preguntarme:

—¿En serio?

—Sí.

Se muerde la mejilla por dentro y añade:

—Y entonces ¿por qué cenaste tan poco esta noche?

—Porque las últimas veinticuatro horas han sido las peores de mi vida, y estaba sentada en la mesa con cinco desconocidos, en una casa donde nunca he estado, en un estado al que nunca he viajado. Incluso a la gente hambrienta se le cierra el estómago de vez en cuando.

Sara no me mira. No sé si mi franqueza la incomoda o si está tratando de asimilar lo distintas que son nuestras vidas. Quiero sacar el tema de su comportamiento en la mesa —que solo comía cuando lo hacía yo—, pero no lo hago. Siento que ya le he hecho bastante daño por una noche; al fin y al cabo, acabamos de conocernos.

—¿Tienes hambre? —le pregunto—. Porque yo me muero de hambre.

Ella asiente y me dirige una sonrisita. Por primera vez, noto una conexión entre nosotras.

—Tengo un hambre ahora mismo que no te imaginas.

Me echo a reír al oírla.

—Pues ya somos dos.

Entro en el probador y vuelvo a ponerme mi ropa. Al salir, tomo a Sara de la mano y la jalo para que se levante.

—Vamos.

Lanzo las cosas dentro del carrito y me dirijo hacia la zona de alimentación.

—¿Adónde? —me pregunta.

—A la sección de comida.

Buscamos hasta localizar el pasillo del pan y detengo el carro delante del pan dulce.

—¿Qué te gusta más? —le pregunto.

Sara señala una bolsa blanca llena de minidonas de chocolate.

—Esos.

Tomo una bolsa, la abro allí mismo y me meto una dona en la boca antes de pasársela.

—Vamos a necesitar leche también —le digo con la boca llena.

Ella me mira como si estuviera loca, pero me sigue a la sección de lácteos. Tomo un par de licuados de chocolate individuales y le señalo un lugar junto a los huevos. Llevo el carro hasta allí, me siento en el suelo y apoyo la espalda en el refrigerador largo donde se guardan los huevos.

—Siéntate —le digo.

Ella mira a su alrededor, dudosa, pero acaba sentándose lentamente en el suelo, a mi lado.

Le paso uno de los licuados, abro el otro y doy un buen trago antes de tomar otra dona.

—Estás loca —me dice en voz baja, pero al fin se rinde y toma una dona.

Levanto los hombros.

—La línea que separa el hambre de la locura es muy fina.

Sara da un trago al licuado y apoya la cabeza en el refrigerador.

—Dios santo. Esto es el paraíso —admite mientras estira las piernas.

Nos quedamos así un rato en silencio, comiendo donas y viendo cómo el resto de los clientes nos dirige miradas extrañadas.

—Si hice algún comentario sobre tu peso que te ofendió, lo siento —se disculpa al fin.

—No me ofendiste, pero no me gusta ver que te comparas conmigo.

—Me cuesta no hacerlo. Me paso el día en la playa y me comparo con todas las chicas que veo en bikini.

—No deberías hacerlo, aunque lo entiendo. ¿No te parece raro? ¿Por qué la gente se dedica a juzgar a los demás basándose en lo pegada que tiene la piel a los huesos? —me meto otra dona en la boca para obligarme a callar.

—Amén —murmura ella antes de dar otro sorbo al licuado.

Un empleado del supermercado pasa por delante y se detiene al ver que estamos en el suelo, consumiendo productos de la tienda.

—Vamos a pagarlo —le aseguro sacudiendo la mano con descaro.

Él se aleja negando con la cabeza.

Tras unos nuevos instantes de silencio, Sara retoma la conversación.

—Me puse muy nerviosa al enterarme de que vendrías. Tenía miedo de que me odiaras.

Me echo a reír.

—Ni siquiera sabía que existías; me enteré hace un rato.

Sara parece herida por mi comentario.

—¿Tu padre nunca te había hablado de mí?

Niego con la cabeza.

—No es que quisiera ocultar tu existencia. Es solo que… no manteníamos ningún tipo de relación. Apenas hablamos desde que se casó. La verdad es que me había olvidado de que se había casado.

Sara me mira como si quisiera decir algo, pero la interrumpen.

—¿Están bien? —nos pregunta Marcos.

Cuando alzamos la vista, nos encontramos con que Marcos y Samson nos contemplan extrañados.

Sara le muestra el licuado de chocolate.

—Beyah me dijo que deje de obsesionarme con mi peso y me hizo consumir comida chatarra.

Marcos se echa a reír y alarga el brazo para tomar una dona de chocolate.

—Beyah tiene razón; eres perfecta.

Samson me observa. Él no es como Marcos, que parece pasarse el día sonriendo.

Sara se levanta y me ofrece la mano.

—Vámonos.

7

Pusimos todo en la cajuela, excepto el teléfono prepagado. Traté de iniciarlo, pero está oscuro en el coche y me cuesta trabajo leer las instrucciones. Ni siquiera sé cómo encenderlo.

—¿Te ayudo? —se ofrece Samson al ver que no lo consigo.

Al voltearme hacia él, veo que tiene la mano extendida. Se lo doy dentro de la caja y él utiliza su celular para iluminar las instrucciones.

Cuando Marcos estaciona en el *ferry*, Samson sigue configurándolo.

Sara abre la puerta y, antes de salir, pregunta:

—¿Vienen?

—Enseguida —señalo el celular que Samson tiene en la mano—. Me lo está configurando.

Antes de cerrar la puerta, Sara me dirige una sonrisa cómplice, como si el hecho de que Samson me esté ayudando con el celular fuera el preludio de un romance de verano. Odio que ese sea su objetivo, porque no me interesa relacionarme con alguien que no siente interés por mí.

Samson tiene que llamar a un número para finalizar la instalación. Un mensaje grabado le indica que debe esperar dos minutos mientras se activa el número.

Dos minutos no parecen gran cosa, pero tengo la sensación de estar entrando en la eternidad. Miro por la ventanilla, tratando de ignorar la tensión silenciosa que va llenando el espacio que nos separa.

Me siento tan incómoda que estoy deseando que él diga algo cuando solo han pasado diez segundos.

A los veinte segundos, estoy tan nerviosa que le suelto lo primero que se me ocurre.

—¿Por qué me estabas tomando fotos en el *ferry*?

Al mirarlo, veo que tiene apoyado el codo en el punto donde la portezuela se une con la ventanilla. Se está acariciando el labio inferior con los dedos, lentamente, pero deja de hacerlo al notar que lo estoy observando. Aprieta el puño y da golpecitos contra la ventanilla.

—Por tu modo de contemplar el océano.

Su respuesta me envuelve la columna vertebral como si fuera un lazo.

—¿Cómo lo miraba?

—Como si fuera la primera vez que lo veías.

Me revuelvo en el asiento, incómoda, porque sus palabras caen sobre mí como si fueran de seda.

—¿Ya las viste? —me pregunta.

—Si vi... ¿qué cosa?

—Las fotos.

Niego con la cabeza.

—Bueno, pues cuando las veas, elimina las que no quieras que tenga, pero te agradecería que me devolvieras la tarjeta de memoria. Tengo fotos ahí que me gustaría conservar.

Asiento con la cabeza.

—¿Qué más cosas… aparte de fotografías de chicas en *ferris*?

Él sonríe.

—Imágenes de naturaleza, básicamente. El mar, amaneceres, atardeceres…

Pienso en el atardecer de hace un rato. Ojalá haya sacado alguna foto mía donde se vea el sol poniéndose. Le preguntaré a Sara si tiene computadora, para poder ver lo que hay en la tarjeta de memoria. Me despertó la curiosidad.

—El de hoy fue un atardecer precioso.

—Pues ya verás el amanecer desde tu balcón.

—Bueno, no suelo madrugar tanto —replico riendo.

Samson baja la vista hacia el celular cuando entra la notificación que nos avisa de que la configuración se completó.

—¿Quieres que te anote los teléfonos de todos? —me pregunta mientras busca en su celular el contacto de Sara.

—Sí, claro.

Tras anotar los números de Sara y Marcos, añade también el suyo. Toca un par de cosas más y al fin me lo devuelve.

—¿Necesitas un tutorial?

Niego con la cabeza.

—Una amiga de mi pueblo tenía uno como este. Ya me las arreglaré.

—¿De dónde eres?

Es una pregunta sencilla, pero hace que me arda la piel. Es algo que preguntas cuando quieres conocer mejor a alguien.

Me aclaro la garganta.

—Kentucky. ¿Y tú?

Me observa en silencio unos instantes. Luego aparta la vista y agarra la manija de la puerta, como si se hubiera arrepentido ya de haber iniciado una conversación conmigo.

—Voy a tomar un poco el aire —comenta mientras abre la puerta. La cierra y se aleja del coche.

Supongo que debería ofenderme por su extraña reacción, pero lo que siento es alivio. Quiero que sienta tan poco interés por mí como yo por él. O, al menos, que esté tan poco interesado como yo trato de estar.

Bajo la vista hacia el celular y añado el contacto de Natalie. Es una de las pocas amigas que tenía en el pueblo: llevo queriendo hablar con ella desde anoche. Estoy segura de que ya se enteró de que murió mi madre, porque se lo habrá contado la suya. Si es así, debe de estar preocupadísima al no saber dónde estoy. No ha sido fácil mantener el contacto desde que se fue a la universidad, porque yo no tenía celular. Esa es, sin duda, una de las principales razones por las que apenas tengo amigos. Es difícil estar en contacto con la gente cuando estás tecnológicamente aislada.

Bajo del coche y me dirijo a una zona vacía del *ferry* para hacer la llamada. Marco su número y espero mientras contemplo el mar.

—¿Hola?

Se me escapa un suspiro de alivio al oír su voz. Por fin algo que me resulta familiar.

—Ey.

—¿Beyah? Carajo, estaba preocupadísima por ti. Ya me enteré de lo que pasó, lo siento mucho —su voz suena muy fuerte. Intento quitar el altavoz, pero en la pantalla solo veo números. Miro a mi alrededor y no veo a nadie, por lo que me limito a cubrir el celular con la mano para amortiguar el ruido—. ¿Beyah? ¿Hola?

—Sigo aquí, sí. Disculpa.

—¿Dónde estás?

—En Texas.

—¿Qué demonios haces en Texas?

—Mi padre se mudó y ahora vive aquí. El plan es quedarme con él este verano. ¿Qué tal te va en Nueva York?

—Bien. Es distinto, pero en el buen sentido —hace una pausa antes de continuar—. Dios santo, aún no acabo de creer que Janean se haya muerto. ¿Estás segura de que estás bien?

—Sí. Ayer lloré mucho, pero… Yo qué sé. Igual no estoy tan bien.

—Da igual. Era la peor madre del mundo.

Por eso me cae tan bien Natalie, porque siempre dice lo que piensa. No hay mucha gente que sea tan sincera.

—Y ¿qué tal las cosas con tu padre? Llevaban mucho tiempo sin verse, ¿no? ¿Es incómodo?

—Sí, es un poco más incómodo ahora que cuando era niña. Pero vive en una casa en la playa, lo que es un gran aliciente. Aunque está casado y tiene una hijastra.

—Eh, yupi por la casa en la playa, pero, oh, no, ¿una hermanastra? ¿Es de tu edad?

—Tiene un año más que yo. Se llama Sara.

—Suena a que es rubia y guapa.

—Lo es.

—¿Te cae bien?

Lo pienso un instante.

—Todavía no sé qué pensar de ella. Tengo la sensación de que podría ser una chica de vestidor.

—Ah, mierda, esas son las peores. ¿Algún chico guapo, por lo menos?

Justo cuando Natalie acaba de hacerme esa pregunta, algo me llama la atención por el rabillo del ojo. Al voltear la cara, veo que Samson se acerca. Por su modo de mirarme, diría que escuchó el final de la conversación. Aprieto los dientes antes de responder:

—No, no hay ningún chico guapo por aquí. Tengo que colgar. Guarda mi número.

—Está bien. Lo guardo.

Cuelgo y me quedo con el celular en la mano. Es que, de verdad, siempre aparece en los momentos más inoportunos.

Se acerca hasta que se coloca a mi lado en el barandal. Me dirige una mirada curiosa, con los ojos entornados.

—¿Qué es una chica de vestidor?

Mierda, ¿por qué tuvo que oír eso? Me cae bien Sara. No sé por qué le dije eso a Natalie.

Suspiro, me doy la vuelta y apoyo la espalda en el barandal.

—Era como llamaba a las bullies de la escuela.

Samson asiente en silencio, como si estuviera procesando mi respuesta.

86

—¿Sabes…? Cuando Sara se enteró de que ibas a venir, llevó sus cosas al cuarto de invitados porque quería que tuvieras la mejor habitación de la casa.

Dicho eso, presiona el barandal para apartarse de él, me rodea y se dirige hacia el coche.

Me doy la vuelta, me tapo la cara con las manos y dejo escapar un gruñido.

Nunca he actuado como una idiota tantas veces delante de nadie en toda mi vida, y solo hace medio día que lo conozco.

8

Ya es tarde cuando al fin volvemos y guardo mis cosas en la habitación. Las últimas veinticuatro horas han sido agotadoras, y no exagero. Estoy exhausta y creo que la pena me está pasando factura. Además, aunque Sara y yo compartimos una bolsa de donas de chocolate, sigo teniendo hambre.

Voy a la cocina, donde me encuentro a mi padre sentado a la mesa. Tiene una computadora portátil y varios libros abiertos ante él. Al oírme llegar, levanta la vista.

—Hola —se endereza en la silla.

—Hola —señalo hacia la despensa—. Venía por algo de comer.

Abro la puerta y tomo una bolsa de papas fritas. Cierro la despensa con la idea de volver a mi habitación, pero mi padre tiene otros planes.

—Beyah —me llama en cuanto llego a la escalera—. ¿Tienes un segundo?

Asiento en silencio, con desgana. Me acerco a la mesa y me siento frente a él. Apoyo un pie en el asiento, con la rodilla doblada, para que piense que estoy relajada. Él se echa hacia atrás en la silla y se frota la barbilla, como si estuviera a punto de abordar un tema incómodo.

¿Se habrá enterado de lo de mi madre? Creo que no tenemos ningún conocido en común, así que no sé cómo puede haberlo descubierto.

—Siento no haber ido a tu graduación.

Ah, esto va sobre él. Lo observo unos instantes y abro la bolsa de papas. Levanto los hombros antes de replicar:

—No pasa nada. Es un trayecto muy largo para alguien que se rompió la pierna.

Él frunce los labios, se echa hacia delante y apoya los codos en la mesa.

—Sí, sobre eso también quería hablarte…

—No pasa nada, papá, de verdad. Todos mentimos para librarnos de cosas que no queremos hacer.

—No es que no quisiera asistir. Es solo que… me dio la sensación de que tú no querías que fuera.

—¿Por qué no iba a querer?

—Durante los dos últimos años he tenido la impresión de que me evitabas. Y no te culpo. Sé que no he sido un buen padre para ti.

Bajo la vista hacia la bolsa de papas y la sacudo.

—No, no lo has sido.

Me como otra papa con parsimonia, como si no acabara de atacarlo con el peor insulto con el que una hija puede herir a un padre.

Mi padre frunce el ceño y abre la boca para replicar, pero Sara baja la escalera a la carrera y desparrama su energía por la cocina, con un ímpetu exagerado a estas horas de la noche.

—Beyah, ve a ponerte el traje de baño. Nos vamos a la playa.

Mi padre parece aliviado por la interrupción. Cuando vuelve a concentrarse en la computadora, me levanto y me meto otra papa en la boca.

—¿Qué hay en la playa?

Sara, que trae puestos otra vez shorts y la parte de arriba del bikini, se echa a reír.

—Pues la playa, ¿qué va a haber? No hace falta nada más.

—Estoy muy cansada —protesto.

Ella hace una mueca exasperada.

—Una horita, luego ya te acuestas.

Cuando llegamos al otro lado de las dunas, me desanimo. Pensaba que habría más gente reunida y que podría pasar desapercibida, pero parece que se fue todo el mundo. Solo quedan Samson y Marcos, y un par de personas más que están en el agua, nadando.

Marcos está sentado frente a la fogata, pero Samson se encuentra a unos metros y está contemplando el mar en la oscuridad. Sé que nos oye llegar, pero no se voltea a saludarnos. O está sumido en sus pensamientos o lo hace expresamente para ignorarme.

Voy a tener que encontrar la manera de sentirme cómoda en su presencia si así es como vamos a pasar el verano, siempre cerca de Samson.

Hay seis camastros alrededor de la fogata, pero dos tienen toallas encima y cervezas en los reposabrazos, por lo que parece que están ocupadas. Cuando Sara se sienta junto a Marcos, yo ocupo uno de los dos asientos que quedan libres.

Sara voltea hacia los nadadores.

—¿Es Cadence la que está ahí con Beau?

—Sí —responde Marcos sin entusiasmo—. Creo que se va mañana.

Sara pone los ojos en blanco.

—Ya se tardó. Ojalá se llevara a Beau con ella.

No sé quiénes son Cadence y Beau, pero no parece que Sara y Marcos pertenezcan a su club de fans.

Trato de no mirar a Samson, pero no es fácil. Está a unos tres metros de distancia, sentado en la arena, abrazándose las rodillas mientras observa las olas que arañan la orilla. Odio preguntarme en qué estará pensando, pero tiene que estar pensando en algo. Es lo que pasa cuando observas el mar, que te asaltan pensamientos, muchos pensamientos.

—Vamos a nadar —propone Sara, que se levanta y menea las caderas para librarse de los shorts. Me mira y añade—: ¿vienes?

Niego con la cabeza.

—Es que ya me bañé.

Sara le da la mano a Marcos y lo jala para que se levante. Él la toma en brazos y corre hacia el agua. El grito de Sara rompe el trance en el que se había sumido Samson. Se levanta y se sacude la arena de los shorts. Se da la vuelta para acercarse a la fogata, pero se detiene en seco al darse cuenta de que estoy aquí, sola.

Fijo la vista en Sara y Marcos, porque en algún sitio tengo que fijarla. No quiero tener que mirar a Samson mientras se acerca. Todavía me avergüenza pensar en lo que escuchó antes. No quiero que piense que odio a Sara, porque no es verdad; lo que pasa es que todavía no la conozco, pero me temo que lo que oyó sonaba peor de lo que siento en realidad.

Se sienta en silencio y observa el fuego, sin molestarse en iniciar una conversación. Miro a nuestro alrededor. Es increíble la cantidad de espacio que hay en esta playa. ¿Cómo es posible que me falte el aire?

Inspiro despacio y suelto el aire con cuidado antes de hablar.

—Lo que dije antes, sobre Sara…, no era en serio.

Samson me dirige una mirada estoica.

—Bien.

Y eso es todo lo que dice.

Niego con la cabeza y aparto la mirada, pero él alcanzó a ver que ponía los ojos en blanco al oír su respuesta. No sé por qué, pero incluso cuando está defendiendo a sus amigos me parece un idiota.

—¿Qué pasa? —me pregunta.

—Nada —me recuesto en el camastro—. Todo —murmuro.

Samson toma un palo que está en la arena, junto a su camastro, y aviva el fuego, pero no dice nada más. Ladeo la cabeza para observar las casas alineadas a lo largo de la costa. La de Samson es la más bonita, por mucho, y también la más moderna. Está pintada de blanco riguroso, en contraste con el negro intenso de las molduras. Tiene líneas cuadradas y mucho cristal. Me resulta fría al compararla con la de Alana y mi padre.

También me parece solitaria, como si él fuera el único habitante de la casa.

—¿Vives solo en tu casa?

—La verdad es que no la considero mi casa, pero sí, soy la única persona que vive ahí.

—¿Dónde están tus padres?

—Aquí no.

Sé que no me responde con esta brusquedad porque sea tímido; sé que no lo es, lo que me lleva a preguntarme si habla así con todo el mundo o si solo le pasa conmigo.

—¿Vas a la universidad? —le pregunto.

Él niega con la cabeza.

—Me estoy tomando un año sabático.

Se me escapa la risa. No pretendía reírme de él, pero es que su realidad no puede ser más distinta de la mía.

Él alza una ceja, cuestionándome en silencio por qué su respuesta me hace tanta gracia.

—Cuando eres pobre, si no vas a la universidad inmediatamente después de la escuela, te dirán que estás tirando tu futuro a la basura —le aclaro—, pero si eres rico se considera algo sofisticado; incluso se le da un nombre elegante.

Él me observa unos instantes, pero guarda silencio. Me dan ganas de taladrarle el cráneo para que sus pensamientos encuentren una vía de salida, aunque, bien pensado, tal vez no me gusten.

—Además, ¿de qué sirve tomarse un año sabático? —añado.

—Se supone que tienes que pasar el año buscándote a ti mismo —responde con un leve toque de sarcasmo.

—¿Y lo lograste? ¿Te encontraste?

—No me había perdido —recalca—. Y no me he pasado el año recorriendo Europa con una mochila a la espalda. Me he estado encargando de las casas que mi padre tiene en renta. No me parece nada sofisticado.

Lo dice como si se lo echara en cara a su padre, pero a mí me encantaría que me pagaran por vivir en una bonita casa en la playa.

—¿Cuántas casas tiene tu familia aquí?

—Cinco.

—¿Vives en cinco casas?

—No en todas a la vez.

Tal vez sonrió un poco, no estoy segura; quizá fue una sombra proyectada a la luz de la fogata.

Nuestras vidas no pueden ser más distintas y, sin embargo, aquí estamos, sentados a la luz de la misma fogata, en la misma playa, tratando de mantener una conversación que no deje traslucir lo alejados que son nuestros mundos. Pero es que están tan lejos que ni siquiera pertenecen al mismo universo.

Me gustaría vivir dentro de su cabeza durante un día, o en la cabeza de un rico cualquiera, para el caso. ¿Cómo se verá el mundo desde sus ojos? ¿Cómo debe de verme Samson? ¿De qué se preocupan los ricos si no tienen que preocuparse por el dinero?

—¿Qué se siente ser rico? —le pregunto.

—Probablemente lo mismo que ser pobre. La única diferencia es que tienes más dinero.

Es una frase tan ridícula que ni siquiera me echo a reír.

—Solo un rico podría decir algo así.

Él suelta el palo sobre la arena y se reclina en el camastro. Ladea la cabeza y me busca la mirada.

—Dime, pues. ¿Qué se siente ser pobre?

Se me hace un nudo en el estómago al ver que me devuelve la pregunta con efecto. Suspiro y me planteo si vale la pena sincerarme con él.

Sé que debería hacerlo. He contado tantas mentiras en las últimas veinticuatro horas que el karma debe de estar ya detrás de mí. Fijo la mirada en las llamas para responderle.

—No teníamos vales de comida porque mi madre nunca estaba lo bastante sobria para concertar una cita, aunque tampoco habría podido ir porque no teníamos coche. Hay niños que nunca tienen que preocuparse por la comida; otros cuyas familias reciben ayuda del Estado por razones varias, y luego están los niños como yo, que nos colamos por las grietas del sistema. Los que aprendemos a hacer lo que haga falta para sobrevivir. Los que no dudamos en tomar una rebanada de pan del suelo de un *ferry* porque eso es lo normal, eso es la cena.

Samson me mira con los dientes apretados y se mantiene en silencio durante unos instantes. Me parece detectar un rastro de culpabilidad en sus ojos, pero entonces voltea la cara y se queda contemplando las llamas.

—Siento haber dicho que no había mucha diferencia, fue un comentario superficial.

—No eres superficial —replico en voz baja—. La gente superficial no contempla el mar con la profundidad con la que lo haces tú.

Samson se voltea hacia mí cuando digo eso. La mirada que me dirige ha cambiado, es más oscura, con los ojos entornados. Se pasa una mano por la cara y murmura:

—Carajo.

No sé por qué dice eso, pero siento escalofríos en los brazos. Tengo la impresión de que se dio cuenta de algo que tiene que ver conmigo, pero no alcanzo a preguntárselo porque veo que la pareja que estaba nadando sale del agua y se dirige hacia nosotros. Cadence y Beau, si no recuerdo mal.

Cuando se acercan, me doy cuenta de que ella es la chica a la que Samson estaba besando hace un rato en su cocina. Cadence me observa a medida que se aproxima. Cuanto más se acerca, más guapa me parece. En vez de sentarse en un camastro, elige hacerlo sobre el regazo de Samson. Me mira como si esperara una reacción de mi parte al hecho de que esté usando a Samson como su silla personal, pero se me da bien ocultar mis sentimientos.

«¿Por qué demonios estoy sintiendo cosas?».

—¿Quién eres? —me pregunta Cadence.

—Beyah. Soy la hermanastra de Sara.

Su modo de barrerme con la mirada me indica que es una chica de vestidor. Rodea a Samson con un brazo, como si quisiera dejar claro que es de su propiedad, aunque él parece distante, incluso aburrido. Beau, que estaba en el agua con Cadence, se sienta a mi lado.

Me recorre con la vista de abajo arriba; empieza por los pies y se desliza por mi cuerpo lentamente hasta llegar a los ojos.

—Yo soy Beau —se presenta dirigiéndome una sonrisa ambiciosa mientras me ofrece la mano.

Cuando se la estoy estrechando, Sara regresa del agua con Marcos y gruñe al ver que Beau me está prestando atención.

—Beyah está comprometida —le advierte—. Va a casarse, así que no pierdas el tiempo.

Beau baja la vista hacia mi mano.

—No veo ningún anillo.

—Porque el diamante es tan grande que no puede llevarlo puesto todo el día —replica Sara.

Beau se inclina hacia mí y me dirige una sonrisa irónica.

—Está mintiendo porque me odia.

—Ya me di cuenta.

—¿De dónde eres?

—De Kentucky.

—¿Cuánto tiempo te vas a quedar?

—Todo el verano, seguramente.

Él sonríe.

—Genial. Yo también. Si algún día te aburres, vivo en aquella…

Levanta la mano para señalar cuál es su casa, pero se detiene cuando Sara se planta delante de los dos.

—Vamos, Beyah —me toma de la mano—. Volvemos a casa.

Qué alivio. No tenía ningunas ganas de estar aquí.

Cuando me levanto, Beau hace una mueca de fastidio y alza la mano en señal de rendición.

—Ya basta, Sara. Siempre me arruinas la diversión.

Sara se agacha para despedirse de Marcos con un beso. Yo miro a Samson de reojo, pero en lo único que me fijo es en la mano que tiene apoyada sobre el muslo de Cadence.

Cuando empiezo a darme la vuelta para seguir a Sara, Samson busca mi mirada. Me observa con tanta intensidad que siento un pellizco en el pecho.

—¿Qué pasa con Beau? —le pregunto a Sara mientras caminamos hacia casa.

—No sabe comportarse en público… ni en privado. Cada vez que abre la boca dice algo impertinente. Ni se te ocurra prestarle atención, no se la merece.

No se me ocurre cómo prestarle atención a Beau en presencia de Samson. Cuando estamos a punto de dejar las dunas atrás, tengo muchas ganas de voltear para echarle un último vistazo, pero me contengo.

—Y ¿qué hay de la chica? ¿Cadence?

—No te preocupes por ella. Mañana se irá y Samson quedará libre.

Me echo a reír.

—No estoy haciendo fila.

—Pues mejor —comenta Sara cuando llegamos a la puerta—, porque entrará en la Academia de la Fuerza Aérea a finales de verano. Y aunque me hacía ilusión que tuvieran un amorío, sería una desgracia que te enamoraras de él justo antes de que se vaya.

Me detengo a medio subir los escalones, pero ella no se da cuenta porque va delante. Sus palabras me sorprendieron. No me comentó nada cuando hablamos de su año sabático. No sé por qué, pero no me lo imagino haciendo carrera militar.

Al entrar en casa, todas las luces están apagadas.

—¿Tienes ganas de ver una peli? —me propone.

—Estoy agotada. Mejor mañana, ¿está bien?

Sara se sienta en el sofá y toma el control de la televisión. Se reclina en el respaldo y me mira raro.

—Me alegra que estés aquí, Beyah.

Enciende la tele y deja de estar pendiente de mí, pero sus palabras me hacen sonreír porque me lo creo. Creo que de verdad se alegra de que haya venido y eso me hace sentir muy bien, porque no me pasa a menudo. Es muy raro que alguien aprecie mi presencia. De hecho, lo normal es que nadie se dé cuenta de que existo.

Cuando llego a la habitación, cierro con seguro. Me acerco al balcón y abro las puertas, porque quiero dormirme escuchando el sonido del mar. Aunque también quiero ver qué hace Samson.

Marcos y Beau siguen junto a la fogata. Cadence se aleja del grupo caminando en sentido contrario a la casa de Samson, mientras él cruza las dunas en dirección a su casa. Solo.

¿Por qué me hace feliz verlo?

No quiero que se dé cuenta de que estoy aquí fuera, por lo que entro y cierro las puertas de la terraza.

Antes de meterme en la cama, saco a la madre Teresa de la bolsa de plástico y coloco el retrato sobre el tocador. No combina absolutamente nada con el resto de la habitación, tan bonita y bien decorada, pero justo por eso me alegro de haberlo traído. Necesito un trozo de mi hogar que me recuerde que esta habitación, esta casa y esta población no son mi realidad.

9

«¿Qué demonios es ese ruido?».

Me cubro la oreja con la mano, confundida por el sonido que me está sacando a la fuerza de un sueño profundo y reparador. El ruidito llega desde el otro extremo de la habitación. Cuando sube de intensidad, abro los ojos y levanto la cabeza de la almohada. Echo un vistazo afuera, pero apenas hay luz. El horizonte es gris, como si el mundo aún se estuviera preparando para despertarse.

Gruño y aparto la sábana para localizar el origen del escándalo. Parece venir del tocador, por lo que me dirijo hacia allí arrastrando los pies.

Es mi teléfono nuevo. Me froto los ojos para leer la pantalla. Apenas son las 5:59 de la mañana.

Alguien activó la alarma y se molestó en escribir un recordatorio. Dice: «Contempla el amanecer».

Eso es todo.

Apago la alarma y la habitación vuelve a quedarse en silencio. Miro por encima del hombro, hacia el balcón.

«Samson».

Más le vale que valga la pena.

Retiro la colcha de la cama y la uso para taparme antes de salir a la terraza. Cuando miro hacia la casa de Samson, veo que su terraza está vacía.

Me siento en uno de los camastros, me tapo hasta la barbilla y contemplo el mar en la oscuridad. Por el este el sol empieza a asomar tras el horizonte. Por el norte el cielo está oscuro, aunque de vez en cuando un relámpago se abre paso entre los nubarrones. La tormenta parece venir en nuestra dirección y amenaza con ocultar la luz del amanecer.

Sentada en el balcón, contemplo cómo el sol ilumina lentamente la península y escucho el sonido de las olas al estrellarse contra la playa. Se oyen truenos en la distancia mientras las gaviotas empiezan a graznar cerca de aquí.

Permanezco en trance unos minutos cuando se levanta viento. Aunque el amanecer empezó de manera esplendorosa, el cielo se va oscureciendo poco a poco a medida que se acerca la tormenta. Las nubes se tragan cualquier rastro de color que trate de abrirse paso entre ellas hasta que, poco después, todo se vuelve de un gris apagado.

Y entonces empieza a llover. La terraza está cubierta por un pequeño tejado y el viento no es demasiado fuerte, por lo que me quedo ahí, contemplando cómo el día que había empezado de un modo esperanzador se vuelve gris y plomizo.

Me pregunto si Samson sabía que iba a estallar una tormenta a esta hora. Me volteo hacia su casa y lo veo de pie frente a la puerta, apoyado en el marco, con una taza de café en la mano. No está observando ni la lluvia ni el mar ni el cielo.

Me está mirando a mí.

Verlo observarme despierta algo en mí que no quiero que despierte. Le devuelvo la mirada durante unos segundos, mientras me pregunto si se levanta todas las mañanas para ver amanecer o si quería comprobar si le había hecho caso.

Tal vez sea un auténtico amante de los amaneceres. ¿Será una de las pocas personas que los valoran?

Creo que tal vez me formé un concepto equivocado de él. Sospecho que me precipité al juzgarlo, pero ¿qué más da? Las cosas entre nosotros no fluyen y no creo que eso vaya a cambiar a menos que nos hagan un trasplante de personalidad.

Aparto la vista, entro en la habitación y vuelvo a la cama.

Creo que me voy a quedar aquí.

10

He pasado buena parte de los tres últimos días en mi habitación. Entre la lluvia y la semanita que tuve no me han dado ganas de enfrentarme al mundo. Además, esta habitación se está convirtiendo en mi lugar favorito; me siento segura entre estas cuatro paredes. Tiene una vista privilegiada del mar, una televisión que por fin logré hacer funcionar y un baño para mí sola.

Podría pasar el resto del verano sin salir de aquí y no extrañaría nada.

El problema de la casa es toda la gente que vive aquí.

Mi padre vino varias veces a ver cómo estaba. Le dije que me dolía la cabeza y que me costaba hablar porque también me dolía la garganta. Desde entonces se limita a pasar de vez en cuando para preguntarme si estoy mejor.

Sara me trae cosas: comida, agua, medicamentos que no necesito... En algún momento del día de ayer, se acostó en mi cama y vio algo en Netflix conmigo durante una hora antes de salir con Marcos. Aunque apenas hablamos, me sorprendió comprobar que no me molestaba su compañía.

Transmite mucha positividad, por eso a veces me siento como un agujero negro a su lado. Temo absorber toda su energía y dejarla sin vida solo por estar en su presencia, tan pura e inocente.

He estado muy pendiente de los hábitos de Samson, por mucho que me pese admitirlo. No sé por qué me despierta tanta curiosidad, pero el caso es que su rutina me resulta intrigante.

No he desactivado la alarma del teléfono, porque los amaneceres se convirtieron en algo nuestro. Todas las mañanas lo veo en su terraza. Él está solo, igual que yo, pero vemos juntos despertarse el día. Cada vez que vuelvo a entrar en la habitación, mantenemos contacto visual un instante, aunque nunca me dice nada.

O no es una persona madrugadora o prefiere contemplar el amanecer en silencio. En cualquier caso, siento que es una experiencia íntima, como si tuviéramos una cita secreta de la que nadie sabe nada, aunque no nos dirijamos la palabra durante esos encuentros.

Después del amanecer, yo regreso a la cama, pero Samson sale de casa. No sé adónde va tan temprano todas las mañanas, pero pasa fuera casi todo el tiempo. Y cuando regresa por la noche no enciende las luces. Se limita a encender la de la habitación en la que se encuentra en cada momento y la apaga en cuanto sale de ella.

Parece que ya adoptó hábitos militares que cumple con precisión. Tiene la casa impoluta, al menos la parte que veo desde el balcón. Me pregunto cómo será su padre. Si piensa hacer carrera en el ejército, tal vez se crio en un entorno militar. Eso explicaría por qué parece una persona tan controlada y por qué mantiene la casa tan limpia.

Necesito encontrar otra forma de mantener el cerebro ocupado, no puedo perder el tiempo de esta manera. Quizá debería buscar un trabajo, no puedo quedarme en la habitación eternamente.

Podría comprarme una pelota de volibol y una red para practicar un poco, pero no tengo ganas. El entrenador ya nos asignó horarios y rutinas de entrenamiento, pero ni siquiera he abierto el correo. No sé por qué, pero no tengo el menor deseo de tocar una pelota de volibol hasta que llegue a Pensilvania. Llevo los últimos cinco años volcada en el volibol y estoy a punto de dedicarle los próximos cuatro años.

Me merezco un mes o dos de desconexión.

Dejó de llover y el día comenzó soleado. Si sigo fingiendo estar enferma por cuarto día, mi padre es capaz de llevarme al médico. Se me acabaron las excusas para quedarme en la habitación por más tiempo, así que creo que va a ser un buen día para ir a buscar trabajo. Si encuentro empleo de mesera, podré ahorrar las propinas para cuando vaya a la facultad.

Daría cualquier cosa por tener un día igual a estos tres últimos, pero me temo que va a ser imposible porque alguien está llamando a la puerta.

—Soy yo —dice Sara—. ¿Puedo pasar?

—Claro.

Estoy sentada en la cama, con la espalda apoyada en la cabecera. Sara se sube a la cama, repta por ella y se queda acostada a mi lado. Huele a canela.

—¿Te sientes mejor?

Asiento con la cabeza y le dirijo una sonrisa forzada.

—Sí, un poco mejor.

—Me alegro. Por fin dejó de llover. ¿Quieres que pasemos el día en la playa?

—No lo sé. Había pensado que tal vez debería buscar un trabajo de verano. Me vendría bien ahorrar un poco para la universidad.

Ella se echa a reír.

—No, disfruta de tu último verano antes de que la edad adulta te haga efecto. Aprovecha todo esto —ondea la mano en el aire, señalando a su alrededor.

Está muy alegre, pero yo sigo tan apagada como ayer. Hay un obvio desequilibrio entre las dos y Sara se da cuenta. Se le borra la sonrisa de la cara y entorna los ojos.

—¿Estás bien, Beyah?

Trato de sonreír, pero me cuesta tanto trabajo que me rindo y acabo suspirando.

—No lo sé. Es que todo… me resulta un poco raro.

—¿Qué cosa?

—Estar aquí.

—¿Quieres volver a casa?

—No.

Ni siquiera sé dónde está mi casa en estos momentos, pero no se lo digo. Estoy en un limbo; es una sensación muy rara, una sensación deprimente.

—¿Estás triste?

—Creo que sí.

—¿Hay algo que pueda hacer para ayudarte?

Niego con la cabeza.

—No.

Ella se coloca de lado y se apoya en el codo.

—No puedes seguir triste. ¿Es posible que estés así porque te sientes como una extraña en esta casa?

Asiento en silencio porque es verdad, me siento fuera de lugar.

—En parte, supongo.

—Pues lo que debemos de hacer es darle un acelerón a nuestra amistad —se acuesta de espaldas—. Vamos a conocernos mejor, pregúntame lo que quieras.

La verdad es que hay muchas cosas que me gustaría saber de ella, por lo que echo la cabeza hacia atrás y pienso en qué puedo preguntarle.

—¿Tienes buena relación con tu madre?

—Sí, la quiero mucho. Es mi mejor amiga.

«Qué suerte».

—¿Dónde está tu padre?

—Vive en Dallas. Se divorciaron hace cinco años.

—¿Lo ves alguna vez?

Ella asiente con vehemencia.

—Sí, es un buen padre. Se parece al tuyo.

No sé cómo, pero logro mantenerme imperturbable.

Sara tiene unos buenos padres y un padrastro que parece conocerla mejor a ella que a su propia hija. Espero que sepa valorarlo.

Sara no ha pasado penalidades en su vida, es algo que se nota con solo mirarla. Aún conserva la esperanza intacta.

—¿Qué es lo peor que te ha pasado en la vida? —le pregunto.

—El divorcio de mis padres fue muy duro.

—Y ¿qué es lo mejor que te ha pasado?

—Marcos —responde sonriente.

—¿Cuánto tiempo llevan juntos?

—Desde primavera.

—¿Tan poco?

—Sí, unos meses. Pero apuesto a que nos casaremos algún día.

—No hagas eso.

—¿No quieres que me case con él? —Sara se acuesta boca abajo.

—No apuestes. Hace muy poco tiempo que lo conoces.

Ella sonríe.

—Ah, bueno. No quería decir ahora mismo. Esperaremos a terminar la carrera —la sonrisa soñadora no se le borra de la cara—. Voy a cambiarme de universidad para estar más cerca de él.

—¿También está estudiando una carrera?

—Sí, está haciendo dos carreras en la Universidad de Houston. Moda y Administración de Empresas.

—¿Está estudiando Moda?

Ella asiente con la cabeza.

—Quiere lanzar una línea de ropa. Ya tiene el nombre de la marca. Se llamará His-Panic.

—Eso explica lo de las camisetas.

—Sí, es un juego de palabras con mucho gancho. Marcos nació en Chiapas, y su objetivo es donar parte de los beneficios para luchar contra la pobreza de la zona. Si la marca funciona, claro. De momento ya tiene cinco mil seguidores en Instagram.

—¿Eso es bueno? No me entero mucho de eso de las redes sociales.

—Es mejor que no tenerlos —Sara se sienta en la cama y cruza las piernas. No puede estar quieta, ojalá yo tuviera la mitad de su energía—. ¿Puedo hacerte una pregunta?

Asiento con la cabeza.

—Claro, yo te he hecho un montón.

—¿Qué te hace feliz? —me dirige una mirada franca, que no oculta la curiosidad que siente.

Aparto la cara antes de que pueda leer en mi expresión que no tengo ni idea de qué me hace feliz. Yo también siento curiosidad, me gustaría averiguarlo. Me he pasado la vida tratando de sobrevivir, nunca me he planteado una realidad alternativa.

Tener un plato en la mesa me hacía feliz. Que mi madre no trajera desconocidos a casa por la noche me hacía feliz. Los días de cobro en el McDonald's me hacían feliz.

No sé por qué su pregunta me altera tanto, tal vez porque acabo de darme cuenta de que las cosas que me hacían feliz hace unos días ya no son relevantes en mi vida.

Y entonces ¿qué me hace feliz?

—No lo sé —admito. Al mirar por la ventana hacia la gran extensión de agua del océano me invade una sensación de paz—. El mar, diría.

—Pues deberías disfrutarlo mientras puedas. No trabajes este verano; tienes el resto de tu vida para trabajar. Durante estos dos meses céntrate solo en ti. Tengo la impresión de que te mereces ser un poco egoísta por una vez en la vida.

Asiento, porque no puedo estar más de acuerdo.

—Me lo merezco.

Ella sonríe.

—Me alegro de que te des cuenta —se levanta de la cama—. Le prometí a Marcos que lo acompañaría a cortarse el pelo y luego iríamos juntos a comer. Ven con nosotros si tienes ganas.

—No, tengo que bañarme. Igual luego voy a dar un paseo por la playa.

Sara camina de espaldas hacia la puerta.

—Está bien. Estaremos de vuelta dentro de un par de horas. No cenes, esta noche asaremos carne en la playa.

Sara mencionó que a una gran parte de la península se la llama Zoo Beach. En esa zona se permite el acceso con vehículos. Tanto coches como carritos de golf pueden circular sobre la arena, por lo que el tráfico es constante, igual que la fiesta.

La zona donde vive Sara también es bastante concurrida, pero no tanto como otras. A unos tres kilómetros de la casa se abre un mundo muy distinto, aunque no necesariamente mejor. Supongo que eso depende del humor de cada uno. Yo en este momento no tengo ánimo para música estridente ni para masculinidades tóxicas.

Me volteo, dispuesta a volver a casa, porque no quiero adentrarme demasiado en la multitud. Hay un par de chicos sentados en la parte trasera de su camioneta que tratan de llamar la atención de un perro con una hamburguesa.

Al perro se le marcan las costillas. Lo observo acercarse despacio a la camioneta, como si supiera que por la comida que le ofrecen va a tener un precio que pagar.

Inmediatamente empatizo con el perro.

—Así, muy bien —dice uno de los tipos mientras alarga el brazo—. Acércate un poco más.

Cuando el perro está lo bastante cerca, el chico retira la hamburguesa mientras el otro salta sobre el animal y lo aprisiona entre sus rodillas. Le tapa los ojos con un pañuelo y lo suelta. El perro, que no ve nada, tropieza al moverse mientras los chicos se ríen de él.

Corro hacia el perro, que trata de librarse de la cinta con la pata. Cuando se la quito, me dirige una mirada asustada y sale corriendo.

—¡Vamos! —protesta uno de los chicos—. Nos estamos divirtiendo un poco.

Les lanzo el pañuelo con rabia.

—Cabrones de mierda.

El perro salió huyendo. Me acerco a la camioneta, le arrebato la hamburguesa al imbécil y sigo al perro.

—Vaya perra —oigo que murmura uno de ellos.

Regreso por donde vine, por el mismo camino que tomó el perro para huir de la multitud. Al poco tiempo lo veo escondido detrás de un contenedor de basura de color azul. Se agacha al verme. Me acerco a él, despacio, y cuando estoy lo bastante cerca lanzo la hamburguesa en su dirección, con toda la delicadeza posible.

Tras olfatearla, el perro empieza a comer. Yo sigo andando, furiosa. A veces no entiendo a los humanos. Odio que esos dos tipejos me hagan sentir así, pero ahora mismo desearía que toda la humanidad sufriera un poquito más. Tal vez si todos en el mundo hubieran vivido las vicisitudes que ha tenido que aguantar ese perro lo pensarían un poco más antes de actuar como cretinos.

Cuando llevo recorrida ya la mitad del camino de vuelta, me doy cuenta de que el perro me viene siguiendo. Debe de creer que tengo más hamburguesas.

Me detengo y él me imita.

Nos observamos mutuamente, tanteándonos.

—No tengo más comida.

Sigo mi camino y el perro viene tras de mí. De vez en cuando se distrae con algo, pero luego levanta la cabeza para localizarme y me alcanza de nuevo. Cuando al fin llego a casa, aún lo tengo pegado a los talones.

Estoy segura de que no permitirán que un perro tan sucio entre en casa, pero al menos puedo darle algo más de comer. Al llegar a la escalera, me volteo hacia él y lo señalo con el dedo.

—Quieto —le ordeno, y él se sienta donde le indiqué, lo que me sorprende.

«Al menos obedece».

Saco unas cuantas rebanadas de pavo del refrigerador, lleno un tazón con agua y le bajo todo. Me siento en el último escalón y le acaricio la cabeza mientras come. No sé si estaré metiendo la pata al darle de comer aquí; es probable que ahora no quiera irse, pero tampoco me parece tan mala idea. No me vendría mal la compañía de alguien que no me juzgue.

—¡Beyah!

El perro endereza las orejas al oír mi nombre. Miro a mi alrededor y hacia arriba, tratando de localizar a la persona que me habló, pero no veo a nadie.

—¡Aquí arriba!

Miro hacia una casa cercana, que queda en diagonal a esta. Está en segunda línea de mar, pero en el terreno de delante no hay construcción. Hay alguien en el extremo del tejado, que es altísimo. Tan alto está que tardo un poco en darme cuenta de que se trata de Samson.

Me hace un gesto con la mano para que me acerque, y yo, como una idiota, miro a mi alrededor para asegurarme que se dirige a mí, a pesar de que me llamó por mi nombre.

—Ven. ¡Ven aquí! —vuelve a gritar Samson, que no lleva camiseta.

Me siento tan hambrienta y patética como el perro cuando me levanto al momento.

Bajo la vista hacia el perro y le ordeno que no me siga.

—Quédate aquí. Volveré pronto.

Pero en cuanto me dispongo a cruzar la calle vuelve a seguirme.

Entro en el jardín de la casa donde se encuentra Samson. Está demasiado cerca del borde del tejado, a una distancia peligrosa, y me sigue con la mirada.

—Sube hasta la puerta principal. En el pasillo, la primera puerta que veas a la izquierda es el acceso al tejado. Sube, quiero enseñarte algo.

Desde aquí abajo veo el sudor que le baña el cuerpo. Bajo la vista, porque no tengo claro lo que debo hacer. Hasta este momento, las conversaciones entre los dos no han acabado demasiado bien. ¿Para qué exponerme a más experiencias ingratas?

Alzo la cara hacia él y grito:

—¡Me dan miedo las alturas!

Pero Samson se echa a reír.

—A ti no te da miedo nada, sube de una vez.

No me gusta el tono que usó, como si me conociera de siempre, pero no está equivocado. No hay muchas cosas que me asusten en la vida. Me volteo hacia el perro y señalo un lugar junto a la escalera.

—Quieto aquí —el animal camina hasta el punto que le indiqué y se sienta—. Condenado perro, qué listo eres.

Asciendo por la escalera que lleva a la puerta principal. «¿Toco el timbre?».

Lo hago, pero no responde nadie. Supongo que no debe de haber nadie aparte de Samson, o habría bajado a abrirme.

Abro la puerta, que no ofrece resistencia, y me siento muy rara al entrar en la casa de unos desconocidos. Localizo la primera puerta a la izquierda y la abro. Es una escalera que lleva hasta un área circular, cerrada, no muy grande, con asientos alrededor. Tiene forma de mirador de faro y queda en el centro de la vivienda. Está cerrada con vitrales y tiene una vista de trescientos sesenta grados.

Es asombroso. No entiendo por qué no hay un espacio así en todas las casas. Vendría aquí todas las noches a leer un libro.

Uno de los vitrales da al tejado. Samson lo mantiene abierto para que salga por ahí.

—Esto es increíble —reconozco al tiempo que me asomo.

Tardo unos segundos en reunir el valor para salir al tejado. No es cierto que me den miedo las alturas, pero esta casa está construida sobre pilares de madera, y hay dos pisos encima de los pilares.

Samson me da la mano, me ayuda a salir y cierra la ventana.

Inspiro de manera entrecortada mientras me sitúo. Sabía que el tejado estaba a mucha altura, pero no me imaginaba que fuera tanta. No me atrevo a mirar hacia abajo.

Todo se ve distinto desde aquí. Este edificio es tan alto que los demás parecen pequeños en comparación.

Hay un montón de tejas sueltas junto a una caja de herramientas a los pies de Samson.

—¿Es esta una de sus cinco casas en renta?

—No. Estoy ayudando a mi amiga Marjorie. Tiene una gotera.

El tejado tiene dos niveles, uno es medio metro más alto que el otro. Samson asciende al nivel superior y se planta con los brazos en la cintura.

—Ven aquí.

Cuando subo a su lado, él señala en dirección opuesta al mar.

—Desde aquí puedes ver ponerse el sol sobre la bahía.

Al mirar en la dirección que me indica, veo el cielo en llamas en el otro extremo de la península. Rojos, violetas, rosados y azules forman un remolino de color.

—La casa de Marjorie es la más alta de la zona. Desde aquí se divisa toda la península.

Doy una vuelta completa y admiro el paisaje. La bahía está iluminada por salpicaduras de colores tan brillantes que pareciera que alguien está usando un filtro. La playa se extiende hasta donde alcanza la vista.

—Es precioso.

Samson contempla la puesta de sol unos segundos, pero enseguida salta a la parte baja del tejado, se acerca a la caja de herramientas y se arrodilla a su lado. Coloca una teja y se dispone a fijarla.

Ver que se mueve por el tejado como si estuviera a ras de suelo me genera cierto grado de inseguridad; prefiero sentarme.

—Era eso lo que quería mostrarte. Sé que te gusta ver amanecer, por eso te invité a ver el atardecer desde aquí.

—El amanecer de hoy me resultó deprimente.

Él asiente como si supiera de lo que le hablo.

—Sí, a veces las cosas son tan bonitas que hacen que todo lo demás palidezca en comparación.

Lo observo trabajar en silencio durante un rato. Coloca unas cinco tejas mientras el cielo va quedándose sin luz. Samson sabe que lo estoy mirando, pero por alguna razón que se me escapa no me siento incómoda. Es como si supiera que él prefiere mi compañía a la soledad. Es la misma sensación que tengo por las mañanas, cuando cada uno se sienta en su terraza en silencio.

Tiene el pelo mojado por el sudor, lo que hace que el rubio se vea más oscuro de lo habitual. Lleva un colgante al cuello y, cuando se mueve, veo que tiene una marca blanca que contrasta con su piel bronceada. No debe de quitárselo nunca. Es un trozo de madera que cuelga de un fino cordón negro trenzado.

—¿Significa algo ese colgante?

Él asiente, pero no me explica el significado y sigue en lo suyo.

—¿Me vas a contar qué significa?

Niega con la cabeza.

«Pues está bien».

Suspiro mientras me reprendo por tratar de establecer una conversación con él. Me había olvidado de cómo es.

—¿Ahora tienes perro? —me pregunta.

—Fui a dar una vuelta y me siguió hasta casa.

—Vi que le estabas dando de comer; ahora ya no se irá.

—No me importa.

Samson me mira y se seca el sudor de la frente con el antebrazo.

—¿Qué planes tienen Sara y Marcos para esta noche?

Levanto los hombros.

—Sara me habló de una carne asada o algo así.

—Perfecto, me muero de hambre —comenta antes de ponerse a asegurar más tejas.

—¿Quién es Marjorie?

—La dueña de la casa. Su marido murió hace un par de años y desde entonces le echo una mano de vez en cuando.

Me pregunto a cuántos vecinos de la zona conocerá. ¿Se crio en Texas? ¿Dónde estudió? ¿Por qué piensa alistarse en la fuerza aérea? Quiero hacerle tantas preguntas.

—¿Desde cuándo tienes casas por aquí?

—Yo no tengo ninguna, son de mi padre.

—¿Desde cuándo tiene tu padre casas por aquí?

Samson tarda un instante en responder.

—No tengo ganas de hablar sobre las propiedades de mi padre.

Me muerdo el labio. Parece que tiene muchos temas vedados y me da mucha rabia, porque hace que sienta aún más curiosidad. No suelo encontrarme con personas que acumulen secretos como yo. La mayoría de la gente quiere que alguien la escuche, alguien con quien poder abrirse, pero Samson no es de esos, y yo tampoco. Supongo que por eso las conversaciones con él son distintas a las que tengo con los demás.

Nuestra conversación no fluye, es como una pared pintada con una brocha vieja y desgastada, en vez de con un rodillo nuevo; hay manchas aquí y allá, y muchos trozos en blanco.

Cuando Samson recoge sus cosas y las guarda en la caja de herramientas queda algo de luz, pero poca. Se levanta, se acerca a mí y se sienta a mi lado en la parte más elevada del tejado.

Está tan próximo que puedo sentir su calor corporal.

Apoya los codos en las rodillas. Es una persona tan atractiva que es difícil apartar la mirada de él, pero creo que su auténtico carisma proviene de su modo de comportarse, más que de su aspecto físico. Me da la sensación de que tiene un lado artístico que oculta al mundo.

De lo que no hay duda es de que su carácter reservado le da un aire introspectivo, aunque tal vez solo sea un chico cauteloso.

Sean cuales sean los ingredientes que lo componen, no puedo evitar verlo como un proyecto que quiero emprender, un desafío. Quiero romperlo como un huevo para ver qué tiene dentro, qué justifica que sea la única persona en el mundo que me genera curiosidad.

Samson se acaricia el labio inferior, por lo que yo ya tengo la vista clavada en su boca cuando empieza a hablar.

—Había un pescador que venía mucho por aquí. Se llamaba Rake. Vivía en su barco, con el que recorría la costa desde aquí hasta la isla Padre del Sur. A veces echaba el ancla ahí mismo, se acercaba nadando hasta la playa y se unía a cualquier grupo de gente que estuviera asando carne. No conservo muchos detalles sobre él, pero lo que no he olvidado es que solía escribir poemas en trozos de papel y regalárselos a la gente. Eso era lo que más me fascinaba de él, que fuera un intrépido pescador que escribía poemas —sonríe al pronunciar esta última frase—. Recuerdo que pensaba que era una especie de criatura mítica inalcanzable —Samson hace una pausa y se le borra la sonrisa de la cara—. El huracán Ike golpeó la costa en el 2008 y destruyó buena parte de la isla. Mientras ayudaba en las labores de limpieza, encontré el barco de Rake al final de la península, en Gilchrist. Estaba destrozado —baja la vista hacia el colgante que tiene entre los dedos y lo acaricia—. Me llevé un trozo del casco y me hice esto, de recuerdo.

Sin soltar el colgante, contempla el mar, jugueteando con la madera, que hace deslizar por el cordel arriba y abajo.

—¿Qué le pasó a Rake?

Samson voltea hacia mí.

—No lo sé. Técnicamente no era residente de la zona, por lo que no fue contabilizado entre los muertos o desaparecidos, pero sé que nunca se habría separado de su barco, ni siquiera durante un huracán. La verdad, no me consta que nadie lo buscara. Ni siquiera estoy seguro de que alguien se diera cuenta de su ausencia.

—Tú te diste cuenta.

A Samson le cambia la expresión al oírme. Hay una pena que guarda en su interior, pero una pequeña parte logra escapar. No me gusta, porque sospecho que la tristeza es lo que me hace conectar con él. Cuando me mira así, siento que jala mi alma.

Samson no es como supuse que era cuando lo conocí, y no sé cómo procesarlo. Admitir que no se parece en nada a la persona que me imaginé hace que me sienta decepcionada conmigo misma. Hasta ahora nunca me había visto como una persona prejuiciosa, pero me temo que lo soy. Lo juzgué a él, juzgué a Sara...

Aparto la mirada de Samson y me levanto. Bajo al nivel inferior del tejado, y cuando llego a la ventana me doy la vuelta. Cruzamos una mirada que se alarga al menos cinco segundos en silencio.

—Me equivoqué contigo.

Samson asiente sin apartar la vista.

—No pasa nada.

Suena muy sincero, como si no me guardara ningún rencor.

No suelo conocer a mucha gente que me haga pensar que puedo aprender algo de ellos, pero tengo la sensación de que Samson me ha descifrado más a mí que yo a él, y eso me resulta atractivo.

Dejo el tejado y bajo la escalera sintiendo un peso más grande que el que cargaba cuando subí.

El perro sigue sentado donde lo dejé. Me observa descender la escalera emocionado y menea la cola cuando estoy en el último escalón.

—Pero, bueno, qué obediente eres.

Me agacho para acariciarlo. Tiene el pelo apelmazado. El pobre animal al que nadie quiere me recuerda mucho a mí.

—¿Es tuyo el perro?

Sigo el sonido de la voz hasta que veo a una mujer sentada en una mesa de pícnic debajo de la casa. Está manipulando algo en una bolsa que tiene en el regazo. Es una mujer mayor, de unos setenta y tantos años. Debe de ser Marjorie.

—No lo sé —bajo la vista hacia el perro—. Acabamos de conocernos.

Me acerco a la mesa de pícnic y él me sigue.

—¿Eres amiga de Samson? —me pregunta.

—No lo sé —repito—. También acabamos de conocernos.

Ella se echa a reír.

—Bien, pues, si algún día logras descifrarlo, dímelo. Es un chico misterioso.

Ya veo que no soy la única persona que lo piensa.

—Me invitó a contemplar la vista desde su tejado. Es preciosa —desde más cerca, veo que está pelando nueces pecanas. Me apoyo en uno de los pilares que sostienen su casa—. ¿Desde cuándo conoce a Samson?

Ella alza la barbilla, pensativa.

—Desde comienzos de año, diría. Sufrí un infarto en febrero. Ya no me valgo sola como antes, y él viene de vez en cuando a echarme una mano. Le encargo que me arregle cosas y él no protesta. Tampoco me cobra, así que no sé qué sentido le encuentra a venir.

123

Sonrío. Me gusta que no le cobre, aunque ya sé que Marjorie podría pagarle a alguien para que le reparara las cosas. Su casa es la más alta de la que probablemente sea la zona más bonita de la península. No es la más moderna, al contrario, tiene un aire anticuado, pero eso le da carácter. Además se ve que es un hogar, una casa donde vive gente, no como muchas otras de la zona, que son todas iguales, listas para rentarse.

—Me gusta mucho su casa —echo un vistazo alrededor—. ¿Cómo se llama esta parte?

—La planta de los pilares —señala hacia arriba—. Se considera que esa es la planta baja.

Miro hacia las casas que hay alrededor y me fijo en que algunas tienen este nivel cerrado. Algunas lo convirtieron en un estacionamiento, pero me gusta cómo lo tiene Marjorie. Hay un bar tiki hawaiano, una mesa de pícnic y un par de hamacas que cuelgan de los pilares.

—Hay quien decide cerrar esta zona de la casa para tener más habitaciones —sigue diciendo—. Los idiotas de aquí al lado, que se instalaron hace poco, transformaron la planta entera en un departamento para invitados. No es una decisión muy inteligente, pero no estuvieron interesados en mi opinión. Ya se darán cuenta un día de estos. Algunos días el mar es nuestro vecino, pero otros se convierte en un compañero de cuarto —me hace un gesto para que me acerque—. Toma, llévatelas —me entrega una bolsa grande con un montón de nueces peladas.

—No, no hace falta.

Trato de devolvérsela, pero ella insiste.

—Quédatelas. Tengo demasiadas.

No sé qué voy a hacer con medio kilo de pecanas. Supongo que dárselas a Alana.

—Gracias.

Marjorie señala al perro con la cabeza.

—¿Ya le pusiste nombre?

—No.

—Deberías llamarlo Pepper Jack Cheese.

Me echo a reír.

—¿Quiere que le ponga el nombre de un queso picante? ¿Por qué?

—¿Por qué no?

Bajo la vista hacia el perro, que no se parece en nada a un trozo de queso, lo que es normal; dudo que haya algún perro en el mundo que se parezca al queso.

—Pepper Jack —lo llamo, para ver qué tal le queda el nombre—. ¿Te sientes como un Pepper Jack?

—Pepper Jack Cheese —me corrige Marjorie—. Se merece el nombre completo.

Me gusta Marjorie, es rara.

—Gracias por las nueces —me despido de ella antes de mirar al perro—. Vamos, Pepper Jack Cheese. Vamos a casa.

11

La escuela donde estudié la primaria y donde conocí a Natalie era muy pequeña. Estaba a pocas calles de distancia de casa y era tan modesta que solo había un profesor por grado. Tu grupito de amigos era tu salón. En primaria nadie se preocupaba por temas como el dinero, porque no entendíamos de esas cosas.

En secundaria y bachillerato, las cosas cambiaron. Las instalaciones eran mucho más grandes y tu grupo dependía de tu clase social, a menos que fueras excepcionalmente atractivo o, como en el caso de Zackary Henderson, famoso en YouTube. Su familia no era adinerada, pero su estatus en las redes sociales lo elevó al grupo de los ricos. Para buena parte de mi generación, los seguidores son una moneda de cambio más valiosa que el dinero.

Yo vivía en la peor zona de la ciudad y todo el mundo lo sabía. Los niños de mi barrio, que eran tan pobres como yo, fueron dejando de ir a clase. Muchos de ellos siguieron los pasos desafortunados de sus padres y se engancharon a las drogas, pero yo nunca me integré en su grupo, porque siempre traté de ser todo lo contrario a mi madre y a los círculos en los que se movía.

Pero eso en la escuela les daba igual. Natalie fue mi única amiga hasta que entré en el equipo de volibol en tercero de secundaria. Unas cuantas chicas del equipo me aceptaron, sobre todo cuando demostré que era la mejor, pero a la mayoría no les hizo ninguna gracia. Me seguían tratando como si valiera menos que ellas. No estoy hablando del típico bullying. No me insultaban ni me daban empujones por los pasillos. Creo que les resultaba demasiado intimidante y les daba miedo.

Si me hubieran hecho algo, habría respondido, y lo sabían.

Preferían ignorarme. Me evitaban y nunca contaban conmigo para nada. También es verdad que yo era de las pocas alumnas que no tenían ni celular ni computadora portátil, ni siquiera un teléfono fijo en casa. No tenían manera de contactar conmigo fuera del horario escolar, y eso no favorece la vida social. Muchas veces prefería pensar que esa era la razón por la que estuve excluida de todo durante seis años.

Es difícil que no se te agrie el carácter cuando pasas tanto tiempo sola. Y también es difícil no acabar odiando el sistema de clases sociales y en especial a los ricos, porque, cuanto más dinero tenían, más me ignoraban.

Por eso me cuesta tanto estar en esta playa, con gente para la que habría sido invisible si hubiéramos estudiado la secundaria juntos. Quiero creer que Sara me habría tratado igual que me trata ahora. Cuanto más la conozco, más me cuesta imaginármela siendo cruel con alguien.

Y Samson..., ¿cómo trataría a los más débiles?

No todos los que venían de familias adineradas eran idiotas en mi escuela, pero la proporción era tan alta que solía pensar que habían coincidido todos en mi centro. A veces me pregunto si las cosas habrían sido distintas si me hubiera esforzado más, si hubiera sido más abierta. ¿Me habrían aceptado entonces?

Tal vez la única razón por la que no me integré fue porque no quise, porque era más fácil estar sola. Podía contar con Natalie en caso de necesidad, pero ella tenía celular y otras amigas que la mantenían ocupada, por lo que no éramos inseparables. Ni siquiera puedo decir que fuera su mejor amiga.

El caso es que es la primera vez que hago cosas de este tipo. Nunca había salido con un grupo a pasar el rato. En cuanto tuve edad legal para trabajar, trabajé todas las horas posibles, por lo que conceptos como encender fogatas, asar carne o pasar el rato con gente de mi edad me resultan de lo más ajenos. Lo estoy intentando; me esfuerzo en encontrar la manera de sentirme a gusto en este entorno, pero me va a llevar tiempo. He tardado años en convertirme en la persona que soy, no puedo transformarme en alguien distinto en cuestión de días.

Hay unas ocho personas alrededor del fuego, pero ninguna de ellas es Samson. Vino y se comió una hamburguesa, pero, cuando terminó, se regresó a su casa. Las dos únicas personas que conozco son Sara y Marcos, pero la fogata nos separa. Tengo la sensación de que ellos tampoco conocen mucho al resto de los reunidos. Escuché que Marcos le preguntaba a uno de ellos de dónde venía.

Esto debe de ser una costumbre de los que van a la playa, pasar el rato con gente a la que no conocen. Desconocidos que se reúnen alrededor del fuego y se hacen preguntas superficiales hasta que están lo bastante borrachos para fingir que se conocen de toda la vida.

Creo que Sara ya se dio cuenta de que me estoy retrayendo, porque se acerca y se sienta a mi lado. Pepper Jack Cheese está acostado en el suelo junto a mí. Sara baja la vista hacia él y le rasca la cabeza.

—¿Dónde encontraste a esta criatura?

—Me siguió hasta casa cuando fui a dar una vuelta.

—¿Ya le diste un nombre?

—Pepper Jack Cheese.

Me busca con la mirada.

—¿Le pusiste nombre de queso? ¿En serio? —al ver que me limito a levantar los hombros, sigue hablando—. No está mal. Deberíamos darle un baño luego. Hay una regadera abierta en la zona de los pilares.

—¿Crees que tu madre dejará que me lo quede?

—Dentro de la casa, no, pero podemos construirle algo afuera. Lo más probable es que mi madre ni siquiera se entere; pasa muy poco tiempo en casa.

En eso tiene razón, ya lo noté. Los dos llegan a casa muy tarde y se acuestan temprano porque madrugan mucho por la mañana.

—¿Por qué pasan tanto tiempo fuera?

—Los dos trabajan en Houston. El tráfico es tan desquiciante que cenan juntos en la ciudad entre semana para volver luego más tranquilos. Pero los viernes se toman el día libre, por lo que tienen fines de semana de tres días.

—¿Y por qué se molestan en venir aquí de lunes a jueves? Tienen la casa principal en Houston, ¿no?

—Mi madre se preocupa mucho por mí. Ahora ya no es tan estricta como antes, porque voy a cumplir veinte, pero no se queda tranquila si no duermo en mi cama todas las noches. Además, le encanta el mar. Creo que duerme mejor aquí.

—¿Solo vienen aquí en verano?

—Venimos cuando estamos de vacaciones o algún fin de semana de vez en cuando —deja de acariciar a Pepper Jack Cheese y me mira—. ¿Dónde vivirás cuando empieces las clases en agosto? ¿Volverás a casa de tu madre?

Se me encoge el estómago al oírla. Todos creen que voy a ir a algún centro de formación profesional en Kentucky. Y, lo que es más grave, todavía no le he contado a nadie lo de mi madre.

—No, iré a…

Marcos aparece y levanta a Sara del camastro antes de que pueda terminar la frase. Ella grita y se aferra a su cuello mientras él echa a correr hacia el agua. Pepper Jack Cheese se levanta y ladra, alterado.

—No pasa nada —le apoyo la mano en la cabeza—. Acuéstate.

Él retoma la posición sobre la arena y yo echo un vistazo a la casa de Samson, preguntándome qué estará haciendo. ¿Estará con alguna chica? Eso explicaría por qué no está aquí, socializando.

No estoy a gusto aquí, ahora que Sara y Marcos están nadando. No conozco a nadie y el ambiente está empezando a cambiar de tono. Creo que soy la única que no ha bebido.

Me levanto y me voy a dar un paseo antes de que a alguien se le ocurra jugar botella o alguna otra actividad igual de terrorífica. Pepper Jack Cheese me sigue.

Me está empezando a caer muy bien este perro. Me encanta su lealtad, aunque el nombre me resulta un poco largo. Creo que lo llamaré PJ.

Hay un castillo de arena medio derruido a unos metros del grupo. PJ se dirige hacia él y lo olfatea. Yo me siento junto al castillo y me pongo a reparar uno de los muros.

La vida es bien rara. Un día estás contemplando el cadáver de tu madre muerta y días más tarde estás reconstruyendo un castillo de arena en la playa, a oscuras, con la única compañía de un perro con nombre de queso picante.

—Dentro de una hora se lo llevará la marea.

Alzo la vista hacia Samson, que se aparece a mi lado. Siento alivio al verlo, lo que me resulta extraño. Me estoy empezando a acostumbrar a su compañía, que me reconforta de un modo que no acabo de entender.

—Pues más te vale ayudarme a construir un muro de contención.

Samson rodea el castillo y se sienta al otro lado. Mira al perro y me dice:

—Le gustas.

—Le di de comer. Seguro que si tú le dieras una hamburguesa, también te seguiría.

Samson se inclina hacia delante y empieza a apilar arena en su lado del castillo. Ver a un tipo guapo sin camiseta como él jugando con la arena me hace sonreír.

Lo miro de reojo de vez en cuando, impresionada por su concentración.

—Se llama Pepper Jack Cheese —le informo al cabo de un rato para romper el silencio.

Samson sonríe.

—¿Conociste a Marjorie?

—¿Cómo sabes que fue idea suya?

—Tiene dos gatos, que se llaman Cheddar Cheese y Mozzarella.

Me echo a reír.

—Me pareció una mujer interesante.

—Lo es.

La marea se acerca y un poco de agua inunda el área en la que estamos trabajando. Al verlo, Samson deja de palmear la arena.

—¿Ya nadaste? —me pregunta.

—No. El mar no me de mucha confianza.

—¿Por qué?

—Por las medusas, los tiburones y todo que se esconde bajo la superficie.

Samson se echa a reír.

—Hace un rato estábamos en el tejado de una casa de tres pisos. Eso es mucho más peligroso que el mar —se levanta y se sacude la arena de las manos—. Vamos.

Se dirige hacia el agua sin esperarme. Busco a Marcos y Sara, pero están a bastante distancia de aquí.

El océano es inmenso; no entiendo por qué meterme en el agua con Samson me parece un acto tan íntimo. Me pongo de pie y me quito los shorts, que lanzo junto a Pepper Jack Cheese.

—Cuida mi ropa, ¿está bien?

Cuando me meto en el agua, me sorprende encontrarla más caliente de lo que esperaba. Samson me lleva unos metros de ventaja. Sigo andando, sorprendida por lo mucho que tengo que adentrarme en el mar para que el agua me cubra hasta las rodillas. Samson se tira de cabeza contra una ola y desaparece bajo la superficie.

Cuando el agua me llega a la altura del pecho, Samson reaparece a medio metro de distancia. Se echa el pelo hacia atrás y baja la mirada hacia mí.

—¿Lo ves? Nada que temer.

Se hunde hasta que el agua lo cubre hasta el cuello. Me roza las rodillas de manera accidental, pero actúa como si no se hubiera dado cuenta. Como no se aparta, soy yo la que retrocedo para que no vuelva a suceder. No lo conozco lo suficiente y no quiero que se forme una idea equivocada. El otro día tenía a otra chica sentada encima; no tengo ningún interés en convertirme en un adorno más para su regazo.

—¿Marjorie te dio pecanas? —me pregunta. Cuando asiento, se echa a reír—. Carajo, tengo tantas que he empezado a dejarlas en los pórticos de otras casas.

—¿Es así como pasa los días? ¿Pelando nueces?

—Básicamente.

—¿De dónde las saca? No hay ningún árbol en su terreno.

—No tengo ni idea, no tenemos tanta relación. La conocí hace unos meses. Pasaba por delante de su casa y me paró para decirme si tenía previsto ir a comprar. Le pregunté qué necesitaba y respondió que le hacían falta pilas. Y cuando le pregunté de qué medida me dijo: «Sorpréndeme».

Sonrío, pero no tanto por lo que me acaba de contar, sino porque me gusta cómo habla. Hay algo en su modo de mover el labio inferior que me desconcentra.

Cuando me mira a la cara, no fija la vista en mis ojos, sino que me mira la boca y vuelve a apartar la mirada antes de alejarse un poco.

El agua ya me cubre hasta el cuello. Tengo que usar los brazos para mantenerme en una zona donde toque el suelo con los pies.

—Sara me contó que estabas enferma —comenta.

—No me encontraba bien, pero era un malestar más emocional que físico.

—¿Añoras tu casa?

Niego con la cabeza.

—No, te aseguro que no —parece que hoy tiene ganas de charlar, así que aprovecho la ocasión—. ¿Adónde vas todos los días? ¿A qué te dedicas, aparte de ayudar gratis a ancianitas?

—Solo trato de ser invisible.

—¿Qué significa eso?

Samson aparta la mirada y la fija en la luna llena que se balancea sobre el borde del mar.

—Tendría que darte una explicación muy larga, y no estoy de humor para explicaciones largas ahora mismo.

No me extraña. Cuando se trata de mantener una conversación, no le gusta salir de la zona poco profunda.

—No logro descifrarte —admito.

Su expresión no se altera en absoluto, pero su voz suena distinta, como si mis palabras le resultaran divertidas.

—No pensaba que te interesara hacerlo.

—Porque al principio pensé que sabía cómo eras, pero me equivoqué. Ya te lo dije. Tienes más capas de las que aparentas.

—¿Capas? —repite—. ¿Me estás comparando con un pastel o con una cebolla?

—Una cebolla, sin duda. Tus capas son de las que hay que ir apartando.

—¿Es eso lo que tratas de hacer?

Levanto los hombros.

—No tengo nada mejor que hacer. Tal vez me pase el resto del verano retirando capas hasta que al fin me respondas a una pregunta.

—Ya te respondí a una pregunta, te conté lo del colgante.

—Es verdad —asiento con la cabeza—. Lo hiciste.

—¿Crees que tú eres fácil de descifrar?

—No lo sé.

—No lo eres.

—¿Lo estás intentando?

Él me clava la mirada.

—Si lo intentas tú.

Su respuesta hace que las rodillas me pesen como si fueran anclas.

—Tengo la impresión de que no llegaremos demasiado lejos ninguno de los dos. No me gusta compartir mis secretos, y me parece que a ti tampoco.

Él asiente con la cabeza.

—No pasarás de la primera capa, te lo aseguro.

«Algo me dice que sí».

—¿Por qué eres tan reservado? ¿Tu familia es famosa o algo así?

—Algo así.

Cada vez está más cerca de mí, tanto que empiezo a pensar que esta atracción puede ser mutua, pero me cuesta mucho asimilarlo. No me parece posible que un tipo tan guapo y tan rico como él pueda encontrarme interesante.

Lo que me lleva a pensar en la primera vez que Dakota me besó, y eso hace que me aparte de Samson. No quiero darle pie a que diga o haga algo que me dañe como me dañó Dakota después de nuestro primer beso.

No quiero sentirme así nunca más, pero no puedo evitar preguntarme si las cosas serían distintas con Samson. Si nos besáramos, ¿qué sería lo primero que diría? ¿Sería tan despiadado como Dakota?

Hemos ido girando y ahora estoy de espaldas a la playa. Nos movemos tan lentamente que el giro resulta casi imperceptible. Samson tiene gotas de agua en el labio inferior que me atraen con fuerza; no puedo dejar de observarlas.

Nuestras rodillas vuelven a rozarse. Esta vez no hago nada por evitarlo, pero el contacto se rompe enseguida, lo que me deja un poco desanimada.

Me pregunto cómo se sentirá él. Supongo que tendrá más claro que yo lo que quiere.

—Y tú, ¿por qué eres tan reservada?

Pienso un poco antes de responder:

—Supongo que nunca he tenido a nadie con quien quisiera compartir mis cosas.

Leo en sus ojos que me entiende.

—Yo igual —susurra antes de sumergirse bajo el agua y desaparecer.

Instantes después lo oigo salir a respirar a mi espalda. Cuando me doy la vuelta, está aún más cerca que antes. Nuestras piernas están en contacto, pero ninguno de los dos se aparta.

No estoy segura de haber sentido antes algo parecido, como si la sangre me circulara a toda velocidad por las venas. Siempre que he tenido contacto con chicos, he acabado deseando poner tierra de por medio. Sin embargo, con Samson deseo que nada nos separe, y eso me resulta de lo más raro; no estoy acostumbrada a sentirme así.

—Pregúntame cosas —me propone—. Probablemente no te responderé a la mayoría, pero siento curiosidad por ver qué quieres saber sobre mí.

—Creo que serán más cosas de las que estás dispuesto a responder.

—Ponme a prueba.

—¿Eres hijo único?

Samson asiente con la cabeza.

—¿Cuántos años tienes?

—Veinte.

—¿Dónde creciste?

Se niega a responder.

—Esa pregunta no es indiscreta —protesto.

—Si conocieras la respuesta, te darías cuenta de que sí lo es.

Tiene razón; esto no va a ser fácil, pero creo que no es consciente de lo competitiva que puedo llegar a ser. Obtuve una beca completa para la universidad de Penn State gracias a mi compromiso con la victoria.

—Sara me contó que vas a entrar en las fuerzas aéreas.

—Sí.

—¿Por qué?

—Es tradición familiar.

—Ah, te saqué algo. Eso significa que tu padre también sirvió en las fuerzas aéreas.

—Sí, y mi abuelo.

—Pero entonces ¿cómo es que tu familia es tan rica? Las fuerzas armadas no pagan sueldos tan altos.

—Hay personas que se alistan por un tema de honor, no por la paga.

—¿Vas a ir porque quieres o porque es lo que se espera de ti?

—Porque quiero ir.

—Me alegro.

No sé si lo hace a propósito o si es cosa de la corriente, pero se acercó un poco más. Una de mis piernas se coló entre sus rodillas y nuestros muslos se rozan de vez en cuando. Es posible que sea voluntario de mi parte, lo que me sorprende mucho. Y no es descartable que también lo sea en su caso.

—¿Cuál es tu animal favorito? —le pregunto.

—La ballena.

—¿Comida favorita?

—Los mariscos.

—¿Qué es lo que más te gusta hacer?

—Nadar.

Me echo a reír.

—Esas son respuestas típicas de cualquiera con agua de mar en las venas. Así no te voy a conocer nunca.

—Haz mejores preguntas —me provoca.

Me está desafiando una vez más. Nos observamos y el aire se tensa entre nosotros mientras me estrujo el cerebro en busca de una pregunta cuya respuesta me interese de verdad.

—Sara me dijo que nunca mantenías relaciones largas, que solo salías con chicas que vienen de vacaciones. ¿Por qué?

Él no responde. Al parecer topamos con otro de los temas prohibidos.

—Está bien, de acuerdo, demasiado personal. Pienso algo más fácil.

—Voy a responderte, pero estoy buscando la manera —hunde un poco más la cabeza en el agua, hasta que le cubre la barbilla. Yo lo imito. Me gusta que solo podamos mirarnos a los ojos, aunque los suyos no son demasiado elocuentes ahora mismo—. Me cuesta trabajo confiar —admite al fin.

No es la respuesta que esperaba. Pensaba que me diría que le gusta estar soltero o algo igual de típico.

—¿Por qué? ¿Te rompieron el corazón?

Él parece meditar sobre ello con los labios fruncidos.

—Sí —responde sin emoción—. Me hizo polvo. Se llamaba Darya.

Oír ese nombre me despierta unos celos inesperados que me atraviesan desde dentro. Me dan ganas de preguntarle qué pasó, pero la verdad es que no quiero oírlo.

—¿Cómo es?

—¿Qué cosa?

—Que te rompan el corazón.

Él aparta un trozo de alga que flota entre nosotros.

—¿Has estado enamorada alguna vez?

Me echo a reír.

—No, ni por casualidad. Nunca he amado a nadie y nadie me ha amado a mí.

—No digas eso, la familia cuenta.

Niego con la cabeza, porque da igual que cuente, la respuesta sigue siendo la misma. Mi padre apenas me conoce y mi madre era incapaz de quererme.

Volteo la cabeza hacia el horizonte y me quedo observando el mar abierto.

—Mi familia no es de ese tipo —le digo en voz baja—. No hay mucha gente que tenga una madre como la mía. No recuerdo que me abrazara nunca, ni una sola vez —le busco la mirada—. Ahora que lo pienso, creo que nunca me han dado un abrazo.

—¿Cómo es posible?

—Bueno, he dado algún abrazo en plan saludo, algo rápido en una bienvenida o una despedida, pero nunca me he sentido…, no sé ni cómo decirlo.

141

—¿Envuelta en un abrazo?

—Sí, me parece una buena descripción. Nunca me he sentido envuelta en un abrazo. No sé lo que se siente. De hecho, trato de evitarlo. Tengo la impresión de que debe de ser incómodo.

—Supongo que depende de quién te abrace.

Se me forma un nudo en la garganta. Trago saliva y asiento para mostrarle que estoy de acuerdo con él, pero no digo nada.

—Me sorprende que pienses que tu padre no te quiere —sigue diciéndome—. Parece un buen tipo.

—No me conoce. La última vez que nos vimos tenía dieciséis años. Sé más cosas sobre ti que sobre él.

—Pues eso no es mucho.

—Exacto —lo miro a los ojos.

Esta vez, la rodilla de Samson se adentra entre mis muslos y llega tan arriba que me alegro de estar cubierta por el agua hasta el mentón, porque tengo la piel de gallina.

—Pensaba que no había más gente como yo en el mundo —comenta.

—¿Crees que nos parecemos? —estoy a punto de echarme a reír al escucharlo, pero su expresión es solemne, sin rastro de humor.

—Creo que tenemos mucho más en común de lo que piensas, Beyah.

—¿Crees que tú estás tan solo en el mundo como lo estoy yo?

Frunce los labios y asiente en silencio con la expresión más sincera que he visto en mi vida. Nunca me habría imaginado que alguien tan acomodado pudiera tener también una vida de mierda, igual que yo, pero ahora que me fijo reconozco las señales. Todo en él me resulta familiar.

Tiene razón, nos parecemos mucho, pero solo en lo triste.

—Cuando te conocí en el *ferry* —susurro—, me di cuenta de que estabas dañado.

Una emoción que no sé determinar le ilumina la mirada mientras ladea la cabeza.

—¿Crees que estoy dañado?

—Sí.

Se acerca más a mí, pero apenas queda espacio entre nosotros. Sé que es un gesto deliberado. Gran parte de mí está en contacto con él ahora mismo.

—Tienes razón —admite en voz baja, mientras desliza una mano por mi pierna izquierda y me sujeta por la corva—. No queda nada de mí aparte de un puto montón de escombros.

Me jala y se rodea la cintura con mis piernas, pero no va más allá. No trata de besarme ni nada; se limita a conectarnos como si eso fuera suficiente mientras necesitamos los brazos para mantenernos a flote.

Estoy a punto de sucumbir ante él. Todavía no tengo claro cómo, pero es posible que de todas las maneras, porque ahora mismo necesito que haga algo más, lo que sea. Necesito que me pruebe, que me toque, que me arrastre bajo el agua.

Nos observamos mutuamente y tengo la sensación de estar mirándome en un espejo roto. Se inclina hacia mí, despacio, pero su objetivo no es mi boca, sino que posa los labios sobre mi hombro con tanta delicadeza que no es más que un roce.

Cierro los ojos e inspiro.

Nunca he experimentado nada tan sensual, tan perfecto.

Una de sus manos desaparece bajo el agua y un instante después la siento en mi cintura. Cuando abro los ojos, veo que solo nos separan dos o tres centímetros.

Nos observamos la boca un instante, pero de repente siento que un latigazo de fuego me recorre la pierna de arriba abajo.

—¡Carajo! —me acaba de picar algo. «Me acaba de picar un puto bicho justo cuando él estaba a punto de besarme. Si esto no es tener una suerte de mierda, yo ya no sé»—. Mierda, mierda, mierda —me sujeto a los hombros de Samson—. Me picó algo.

Él niega con la cabeza como si acabara de salir de un trance y se da cuenta de lo sucedido.

—Una medusa —comenta. Me da la mano y me jala hacia la orilla, pero me duele tanto la pierna que me cuesta caminar.

—Por Dios, ¡cómo duele!

—Sara guarda una botella de vinagre en la regadera exterior. Te caerá bien.

Al darse cuenta de que me cuesta seguirle el ritmo, me levanta y me lleva en brazos. Me gustaría poder dedicarme a disfrutar del momento, pero el dolor no me deja disfrutar nada.

—¿Dónde te picó?

—En la pierna derecha.

Cuando el agua le llega por debajo de las rodillas, ya puede caminar más deprisa. Pasa por delante de la fogata a toda velocidad y se dirige hacia la regadera que hay entre los pilares de la casa.

Oigo que Sara grita:

—¿Qué pasó?

—¡Una medusa! —le responde él por encima del hombro.

Llegamos a la regadera, donde apenas hay espacio para los dos. Me deja en el suelo y yo me doy la vuelta y apoyo las manos en la pared.

—Me picó en el muslo, casi en la parte superior.

Al rociarme el vinagre en spray siento como si me clavaran navajitas en la parte más carnosa de la pierna. Cierro los ojos, apoyo la frente contra la pared de madera y gimo en medio de esta agonía.

—¡Aaah! ¡Dios!

—Beyah —me advierte Samson en tono tenso, con la voz ronca—. Por favor, no hagas esos ruidos.

Estoy tan concentrada en el dolor que no me detengo a analizar la frase. Solo siento dolor seguido de más dolor cada vez que el vinagre toca la piel.

—Samson, me duele. Por favor, para.

—Aún no —me dice, sin dejar de rociar el spray para asegurarse de que llegue a todos los rincones de la picadura—. Pronto te dolerá menos.

«Seguro miente. Me quiero morir».

—No, me duele. Por favor, para.

—Ya casi termino.

Justo después de decir eso, se detiene en seco, pero no por voluntad propia. Samson desaparece en medio de una conmoción. Me doy la vuelta y asomo la cabeza justo a tiempo de ver a mi padre darle un puñetazo en la cara.

Samson se tambalea hacia atrás y acaba cayéndose sobre la capa de cemento de los cimientos de la casa.

—¡Te dijo que pares, hijo de puta! —le grita mi padre.

Samson se pone en pie y se aleja de él. A pesar de que alza las manos en señal de rendición, mi padre se lanza a golpearlo de nuevo. Lo agarro por el brazo, pero no logro impedir que le dé un segundo puñetazo.

—¡Papá, para!

Veo llegar a Sara y le pido ayuda con la mirada. Ella se acerca corriendo y trata de sujetar el otro brazo de mi padre, pero tiene a Samson agarrado por el cuello.

—¡Me estaba ayudando! —grito—. ¡Suéltalo!

Mi súplica consigue que lo afloje un poco, pero no que lo suelte del todo. Veo que a Samson le sale sangre de la nariz. Estoy segura de que podría defenderse, pero no lo hace. Se limita a negar con la cabeza, con los ojos muy abiertos.

—No estaba… La picó una medusa, la estaba ayudando.

Mi padre mira por encima del hombro. Cuando me encuentra, asiento con vehemencia.

—Dice la verdad. Me estaba echando vinagre en la picadura.

—Pero te escuché decir… —mi padre cierra los ojos al darse cuenta de que todo ha sido un malentendido. Suelta el aire con fuerza antes de liberar a Samson—. Mierda.

La sangre de Samson ya le llega hasta el cuello.

Mi padre se lleva las manos a las caderas mientras recupera el aliento, y le hace un gesto a Samson para que lo siga.

—Ven, entra un momento —murmura—. Creo que te rompí la nariz.

12

Samson está apoyado en el tocador del baño de invitados, con un trapo en la nariz para detener la hemorragia. Yo estoy sentada sobre una bolsa de gel caliente, dentro de la tina, que está vacía. La puerta está abierta, y aunque Alana y mi padre están en el otro extremo del pasillo, oímos todo lo que dicen.

—Nos va a demandar —se lamenta mi padre.

Samson se ríe sin hacer ruido.

—No lo voy a demandar —susurra.

—No nos va a demandar —Alana trata de tranquilizar a mi padre.

—No lo sabemos. Casi no lo conocemos y acabo de romperle la nariz.

Samson me mira.

—No está rota; no pega tan fuerte.

Se me escapa la risa.

—No lo entiendo —dice Alana—. ¿Por qué le pegaste?

—Estaban en la regadera de abajo. Pensaba que él iba a…

—¡Los estamos oyendo! —grito.

147

No quiero que acabe la frase, ya bastante bochornoso es todo esto.

Mi padre viene hasta aquí y abre aún más la puerta.

—¿Tomas anticonceptivos?

«Ay, por favor».

Alana lo jala para sacarlo del baño.

—Delante del niño no, Brian.

Samson se retira el trapo de la nariz y me mira con los ojos entornados.

—¿El niño? —murmura.

Me alegra ver que se lo toma con sentido del humor.

—Creo que deberías irte —le sugiero—. Esto se está poniendo demasiado incómodo.

Samson asiente, pero mi padre está bloqueando la puerta.

—No te estoy diciendo que no puedas mantener relaciones sexuales. Ya eres casi adulta; lo único que quiero es que lo practiques de manera segura.

—Soy adulta, no casi adulta —le aclaro.

Samson está junto a mi padre, que sigue bloqueando la salida mientras habla conmigo y no se da cuenta.

—Solo puedo salir por aquí —Samson señala por encima del hombro de mi padre—. ¿Me permite, por favor?

Cuando mi padre se da cuenta de que está en medio del paso, se aparta enseguida.

—Siento lo de la nariz.

Samson asiente con la cabeza y se va. A mí también me gustaría poder irme, pero tengo la sensación de que aún hay tentáculos de la medusa clavados en la pierna, porque me duele cada vez que la muevo.

Mi padre vuelve a centrarse en mí.

—Alana puede acompañarte al médico para que te recete la píldora si no la tomas ya.

—Nosotros no... Samson y yo no... Da igual —me ayudo de los brazos para levantarme y salir de la tina—. Esta conversación es muy intensa y siento que la pierna se me está fundiendo. ¿Podríamos dejarlo para otro momento?

Los dos asienten, pero mi padre me sigue.

—Pregúntale a Sara. En casa somos muy abiertos con estas cosas, puedes hablar del tema cuando quieras.

—Sí, ya me di cuenta, gracias —le digo mientras me dirijo a la escalera para subir a mi habitación.

«Caramba, así que esto es lo que se siente cuando tienes padres que se preocupan por ti. No sé si me gusta».

Voy directo a la ventana y llego a tiempo de ver a Samson entrar en su casa. Enciende la luz de la cocina, apoya las manos en la barra, se inclina hasta tocar el granito con la frente y se sujeta la nuca con ambas manos.

No sé qué pensar. ¿Será señal de arrepentimiento? ¿O estará abrumado porque acaban de darle dos puñetazos y no se defendió? La reacción que está teniendo me llena de dudas y preguntas, aunque sé que probablemente él no las respondería. Es como una caja fuerte y daría cualquier cosa por tener la llave.

O una caja de explosivos.

Me gustaría tener una excusa para ir hasta allí y poder averiguar qué le preocupa tanto. Necesito saber si es porque estuvo a punto de besarme.

¿Volvería a intentarlo si le diera otra oportunidad?

Quiero dársela. Deseo ese beso casi tanto como deseo que no me lo dé.

Tengo su tarjeta de memoria. Podría ir a devolvérsela, pero todavía no he visto las fotos y me gustaría verlas antes de llevársela.

Sara tiene una computadora en su habitación, por lo que rebusco en la mochila hasta encontrar la tarjeta y me dirijo hacia allí.

Espero unos minutos a que se carguen todas las fotos. Hay un montón. Las primeras en abrirse son todas imágenes de la naturaleza, de los temas que dijo que solía retratar. Hay multitud de amaneceres y atardeceres, y también fotografías de la playa, pero no son necesariamente bonitas. Reflejan una tristeza serena. En la mayoría de ellas, el foco está puesto en un detalle insignificante, como un trozo de basura flotando en el agua o algas secas apiladas en la orilla.

Es curioso, como si fijara el objetivo en la parte más triste de lo que le muestra la lente, y, sin embargo, la fotografía sigue siendo hermosa.

Las fotografías en las que aparezco yo se empiezan a abrir. Hay más de las que me había imaginado. Al parecer empezó a fotografiarme antes incluso de que me desplazara a la parte trasera del *ferry*.

Casi todas son fotos de cuando estoy en el lateral del *ferry*, contemplando el atardecer, sola.

El foco está puesto en mí en cada una de las fotos, no hay nada más. Basándome en las otras fotos que he visto, supongo que eso significa que pensó que yo era lo más triste de la imagen.

Una fotografía en particular me llama la atención. Está hecha con zoom y enfoca un pequeño desgarro en la espalda del vestido que ni siquiera sabía que estaba ahí. Incluso centrada en algo tan triste como mi vestido, la foto es impactante. Mi cara está desenfocada. Si se tratara de la imagen de cualquier otra persona, diría que es una preciosa obra de arte.

Pero lo único que siento es vergüenza de que él se hubiera fijado en mí sin que yo me diera cuenta.

Al revisar el resto de las fotos, compruebo que no hay ninguna en la que me esté comiendo el pan. Me pregunto por qué no fotografió el momento.

Eso dice mucho de él. Me arrepiento de haber reaccionado como lo hice en el *ferry*, cuando me ofreció dinero. Cada vez estoy más convencida de que Samson es un tipo legal, y las fotos no hacen más que confirmarlo.

Retiro la tarjeta de la computadora y, aunque la pierna aún me duele y de lo único que tengo ganas es de meterme en la cama y dormir, bajo la escalera, salgo de casa y cruzo el jardín. Samson siempre entra por la puerta trasera, y yo hago lo mismo. Subo la escalera y llamo a la puerta.

Desde aquí no veo la cocina. Espero un rato, pero no oigo sus pasos. Lo que sí oigo es un ruido a mi espalda. Al voltearme, veo a PJ sentado en la plataforma, observándome. Se me escapa una sonrisa, me gusta que siga por aquí.

Samson abre la puerta al fin. Durante el tiempo que tardé en llegar hasta aquí se cambió la ropa. Lleva una de las camisetas de Marcos de la marca HisPanic. Parece que solo lleva camisetas de esa marca, y eso cuando se molesta en ponerse una. Me gusta que apoye el proyecto de su amigo. Su amistad me resulta adorable.

Va descalzo y tengo que hacer un esfuerzo para dejar de observarle los pies. Levanto la mirada para decirle:

—Te traje la tarjeta de memoria —se la entrego.

—Gracias.

—No borré ninguna.

Me dirige una media sonrisa.

—Ya me imaginaba que no lo harías.

Se hace a un lado y me invita a pasar. Me cuelo por el espacio que queda entre su cuerpo y el marco de la puerta, y entro en su casa, que está a oscuras, como siempre. Cuando enciende una luz, se me escapa una exclamación de asombro. La casa parece más grande desde dentro que desde el exterior.

Todo es blanco, no hay ni rastro de color. Las paredes, los clósets, las molduras. El suelo es de madera oscura, casi negra. Doy una vuelta completa. Reconozco que es un edificio espectacular, pero al mismo tiempo no parece un hogar, no tiene alma.

—Es un poco… estéril.

En cuanto las palabras salen de mi boca me arrepiento de haberlas pronunciado. Ya sé que no me pidió mi opinión, lo que pasa es que resulta difícil no reaccionar ante una casa donde parece que no vive nadie.

Samson levanta los hombros, como si mi opinión no le molestara.

—Es una casa en renta. Todas son iguales, muy genéricas.

—Qué limpia está.

152

—A veces la gente renta en el último momento. Es más fácil si mantengo las casas siempre listas —se dirige al refrigerador, lo abre y sacude una mano en el interior. Está prácticamente vacío, aparte de unos cuantos condimentos guardados en las repisas de la puerta—. Nada en el refrigerador, nada en la despensa —cierra el refrigerador.

—¿Dónde guardas la comida?

Se dirige hacia un clóset que hay junto a la escalera que lleva al piso de arriba.

—Aquí es donde guardamos las cosas a las que no queremos que los clientes accedan. Hay un pequeño refrigerador dentro —señala una mochila junto a la puerta—. Todo lo que tengo está en esa mochila. Cuantas menos cosas tengo, más fácil me resulta ir cambiando de casa.

Lo había visto con la mochila al hombro un par de veces, pero no le había dado importancia. Es irónico que los dos carguemos nuestra vida arriba y abajo en una mochila, a pesar de la diferencia de riqueza entre los dos.

Alzo la vista hacia una fotografía enmarcada que está cerca de la puerta. Me llama la atención porque es el único objeto de la casa que tiene una cierta personalidad. Al acercarme, veo que es una foto de un niño de unos tres años que camina por la playa. Una mujer con un vaporoso vestido blanco va detrás de él y sonríe a la persona que está haciendo la foto.

—¿Es tu madre? —le pregunto.

Me recuerda una de esas fotos perfectas que van con el marco. Cuando él asiente, sigo hablando:

—¿Y ese eres tú de pequeño?

Él vuelve a asentir en silencio.

En la foto tiene el pelo tan rubio que parece blanco. Se le oscureció con la edad, pero sigue siendo rubio, aunque no sé si en invierno tendrá el pelo igual de claro. Parece de ese tipo de pelo que cambia según la estación del año.

Me pregunto cómo será el padre de Samson, pero no veo ninguna foto suya. Esta es la única que hay en esta parte de la casa.

Mientras contemplo la imagen, me vienen muchas preguntas a la cabeza. Su madre parece feliz, igual que él. ¿Qué debió de pasarle para que se haya vuelto tan reservado y retraído? ¿Habrá muerto su madre? Dudo que me respondiera si se lo preguntara.

Samson enciende alguna luz más y se apoya en la barra. No sé cómo puede parecer tan relajado cuando yo tengo todos los músculos en tensión.

—¿Estás mejor de la pierna? —me pregunta.

Y con eso sé que no quiere que le pregunte por la fotografía ni por su madre ni por nada que implique profundizar en la conversación. Entro en la cocina y me sitúo frente a él, apoyada en la gran isla central, la misma donde Cadence estaba sentada hace unas cuantas noches, cuando lo vi besarla.

Aparto esa idea de mi cabeza.

—Sí, un poco mejor, aunque no creo que vuelva a meterme en el agua.

—Puedes meterte sin problemas, es raro que te piquen.

—Ya, eso ya me lo dijiste antes y ya ves…

Él sonríe, y su sonrisa no me deja indiferente.

Hace que me den ganas de recuperar el momento que compartimos en el agua, cuando me atrajo hacia él y me besó el hombro. Lo que no sé es cómo recuperar el momento. Hay tanta luz en esta casa que es muy difícil reproducir la atmósfera de la playa.

De momento, su casa no me gusta mucho.

—¿Cómo está tu cara?

Él se pasa una mano por la barbilla.

—Me duele más la mandíbula que la nariz —baja el brazo y se agarra de la barra con las dos manos—. Tu padre estuvo bien ahí.

—¿Te parece bien que te haya pegado?

—No, me parece bien que te haya protegido.

La verdad es que no me lo había planteado así. Mi padre no dudó en actuar cuando me oyó pedirle a alguien que parara, aunque tal vez no lo hizo porque sea su hija; tal vez es su naturaleza protectora que lo lleva a actuar así en ese tipo de situaciones.

—¿Adónde vas cuando se renta esta casa? —le pregunto para no seguir hablando de mi padre.

—No rentamos más de cuatro casas al mismo tiempo, para que tenga dónde dormir. Esta es la más cara, por eso es la que más cuesta rentar. Paso aquí el setenta y cinco por ciento del tiempo.

Miro a mi alrededor buscando algo como la foto de la entrada que me aporte alguna pista sobre su pasado, pero no hay nada.

—Qué irónico es todo —comento—. Tú tienes cinco casas, pero ninguna de ellas es tu hogar. Tienes el refrigerador vacío y guardas tus cosas en una mochila. Me costaba creerlo, pero tenías razón. Nuestras vidas son muy parecidas.

Él no dice nada, se limita a observarme. Lo hace a menudo y me gusta. No me importa en qué piensa mientras me mira; me basta con saber que le resulto intrigante. Me da igual si sus pensamientos no son positivos, lo importante es que me ve. No estoy acostumbrada a que la gente me vea.

—¿Cómo te apellidas?

Mi pregunta parece divertirle.

—Quieres saber mucho.

—Ya te advertí de que iba a hacerte muchas preguntas.

—Me parece que ahora me toca a mí.

—Pero si casi no me has respondido a nada. Se te da fatal responder.

Él no me lo rebate, pero tampoco contesta a mi pregunta. Frunce los ojos mientras piensa en qué me va a preguntar a continuación.

—¿Qué tienes pensado hacer con tu vida, Beyah?

—Esa pregunta es muy abierta. Pareces un orientador vocacional.

Cuando se echa a reír, su risa retumba en mi interior.

—¿Qué tienes previsto hacer cuando se acabe el verano? —concreta.

Lo pienso un poco. ¿Qué hago? ¿Le cuento la verdad? Tal vez si ve que soy sincera con él, Samson se abra un poco más.

—Te voy a responder, pero no puedes contárselo a nadie.

—¿Es un secreto?

Asiento con la cabeza.

—Sí.

156

—No se lo diré a nadie.

Confío en él, lo que me resulta muy raro porque no me fío de nadie. O soy muy idiota o la atracción que siento por él está fuera de control. No me gusta ninguna de las dos opciones.

—Conseguí una beca completa para la universidad. Me mudo a la Penn State el 3 de agosto.

Él alza una ceja.

—¿Obtuviste una beca?

—Sí.

—¿En qué deporte?

—Volibol.

Él me dirige una de esas miradas suyas con las que me recorre el cuerpo de arriba abajo. No es una mirada seductora, sino curiosa.

—Sí, te queda —cuando vuelve a mirarme a los ojos, me pregunta—: ¿Qué parte de eso es el secreto?

—Todo. No se lo he contado a nadie, ni siquiera a mi padre.

—¿Tu padre no sabe que te dieron una beca?

—No.

—¿Por qué no se lo contaste?

—Porque pensaría que él había hecho algo bien, y no es verdad. Tuve que ganarme la beca a pulso porque no hizo nada bien.

Él asiente despacio, como si entendiera de qué le hablo. Aparto los ojos un instante, porque la temperatura se me dispara si me le quedo mirando mucho rato y temo que él se dé cuenta.

—¿El volibol es tu pasión?

Su pregunta me toma por sorpresa, nadie me lo había preguntado hasta ahora.

—No: si te soy sincera, no disfruto demasiado jugando volibol.

—¿Por qué no?

—Me esforcé mucho en ser la mejor porque sabía que era la única manera de escapar de mi pueblo, pero nunca vino nadie a verme jugar, por lo que me acabó resultando bastante deprimente. Los padres de mis compañeras las animaban en todos los partidos, pero a mí no. Supongo que eso fue lo que impidió que lo disfrutara más —suspiro antes de seguir volcando mis pensamientos en voz alta—. A veces me pregunto si hago bien en atarme cuatro años más al volibol. Compartir equipo con personas cuya vida es tan distinta a la mía me hace sentir más sola que si no formara parte del equipo.

—¿No te hace ilusión ir a la universidad?

Levanto los hombros.

—Estoy orgullosa de haber conseguido la beca y me hacía mucha ilusión poder largarme de Kentucky, pero ahora que estoy aquí y que por fin he podido descansar unos días del volibol, no lo extraño. Me empiezo a plantear si no sería mejor quedarme aquí y buscar trabajo. Tal vez me tome un año sabático.

Acabo la frase en tono irónico, pero la idea cada vez me atrae más. Durante estos últimos años me he esforzado trabajando para poder salir de Kentucky, y ahora que lo logré, mi cuerpo y mi mente me piden un descanso. Necesito replantearme mi vida.

—¿Te estás planteando renunciar a una beca solo porque el deporte que te abrió las puertas de una universidad fantástica te hace sentir sola?

—Dicho así suena tonto, pero es más complicado.

—¿Quieres saber mi opinión?

—Claro.

—Creo que deberías ponerte tapones en los oídos durante los partidos e imaginarte que toda esa gente te está animando a ti.

Me echo a reír.

—Pensaba que ibas a decir algo profundo.

—¿Te parece poco profundo? —cuando me sonríe, veo que le está empezando a salir un moretón en la mandíbula, pero la sonrisa se le borra de la cara mientras ladea la cabeza y me pregunta—: ¿Por qué llorabas en la terraza la primera noche?

Me tenso ante el brusco cambio de tema. Pasar del volibol a esto me descoloca; no sé cómo responder, y menos en un espacio tan iluminado. Tal vez si la cocina no me recordara a una sala de interrogatorios, me sentiría más cómoda.

—¿Podrías apagar alguna lámpara? —le pido. Parece que le extraña mi petición, por lo que añado—: Hay demasiada luz, me hace sentir incómoda.

Samson se acerca a los interruptores y lo apaga todo excepto las luces indirectas que recorren la hilera de la alacena. El cambio es sustancial y siento que me relajo al instante. Ya entiendo por qué enciende tan pocas luces cuando está en casa. Entre el exceso de iluminación y las paredes blancas, uno se siente como en un psiquiátrico.

Regresa al mismo punto de la barra y se apoya en ella.

—¿Mejor así?

Le respondo asintiendo con la cabeza.

—¿Por qué llorabas?

Suelto el aire con brusquedad y luego vomito las palabras antes de que cambie de idea y decida mentirle.

—Mi madre murió la noche antes de mi llegada —Samson no reacciona en absoluto. Estoy empezando a asumir que su falta de reacción es su modo de reaccionar—. Y esto también es secreto. Ni siquiera mi padre lo sabe.

—¿De qué murió? —me pregunta solemne.

—De sobredosis. La encontré en casa cuando volví de trabajar.

—Lo siento —dice en tono sincero—. ¿Estás bien?

Alzo un hombro, insegura, y al hacerlo siento como si los sentimientos de aquella noche volvieran a calarme hasta lo más hondo. No estaba preparada para esta conversación y, la verdad, no tengo ganas de hablar de ello. Él no responde a mis preguntas y, sin embargo, yo no soy capaz de negarme a responder las suyas. ¡Me parece muy injusto!

Cuando estoy con él, me siento como una cascada que se esparce a su alrededor, derramando mis secretos al mismo tiempo.

La expresión de Samson se vuelve empática al ver que se me llenan los ojos de lágrimas.

Se impulsa en la barra y se acerca a mí, pero yo enderezo la espalda y niego con la cabeza. Cuando llega a mi lado, le apoyo la mano en el pecho para que no me toque.

—No, no me abraces. Sentiría que me estás haciendo un favor, ahora que sabes que nadie me ha dado un abrazo.

Samson niega despacio con la cabeza mientras me mira.

—No pensaba abrazarte, Beyah —susurra.

Está tan cerca que su aliento me roza la mejilla al hablar. Siento que me voy a caer al suelo, por lo que me sujeto en la barra que queda a mi espalda.

Él agacha la cabeza hasta que sus labios se apoderan de los míos. Su boca es suave como una disculpa, por lo que la acepto gustosa.

Cuando me separa los labios con la lengua, le doy la bienvenida y lo sujeto del pelo con las dos manos para acercarlo más a mí. Con los torsos pegados, nuestras lenguas se deslizan la una sobre la otra, húmedas, cálidas y muy suaves.

Deseo que me siga besando, aunque solo sea porque él se siente atraído por las cosas tristes.

Me jala, separándome de la barra, pero solo para poder levantarme y sentarme en la isleta. Él se sitúa entre mis piernas y desliza una mano hacia abajo, acariciándome el muslo por la parte exterior.

Siento una sobrecarga de emociones a la que no estoy acostumbrada. Calor, electricidad y luz.

Me asusta.

Su beso me da miedo.

Cuando estoy en contacto tan estrecho con su boca dejo de ser inexpugnable. Siento que estoy empezando a bajar la guardia, me estoy volviendo vulnerable. Ahora mismo le entregaría todos mis secretos si él me los pidiera, y eso no es propio de mí. Su beso es tan potente que me transforma en una chica que no reconozco. Me encanta, pero lo odio al mismo tiempo.

Por mucho que trato de permanecer centrada en lo que está ocurriendo entre los dos, la imagen de lo que sucedió aquí mismo entre él y Cadence se me cuela en la mente. No quiero ser una más de las chicas a las que besa sobre la isleta de la cocina.

Creo que no soportaría que Samson me tratara como hizo Dakota, como si fuera una chica de usar y tirar. Prefiero que no vuelvan a besarme nunca más antes que volver a pasar por eso. No soportaría asomarme mañana a la terraza y verlo aquí mismo con una chica distinta a la que le estuviera haciendo sentir lo que estoy sintiendo yo ahora.

Las cosas que Dakota me hizo sentir antes de apartarse de mí y destrozar los mejores años de mi vida con un solo gesto.

«Ay, Dios. ¿Y si Samson se aparta de mí y me mira como lo hizo Dakota la primera noche en su camioneta?».

Solo de pensarlo siento náuseas.

Necesito aire. Aire puro que no provenga de sus pulmones o de esta casa de ambiente estéril.

Pongo fin al beso de manera brusca, sin avisar. Empujo a Samson, me dejo caer de la isleta y lo dejo solo y confundido. Evito mirarlo a los ojos mientras me dirijo a la puerta. Salgo, me apoyo en el barandal e inspiro de manera entrecortada.

Me ha tocado vivir demasiadas cosas y no estoy dispuesta a permitir que un chico me arrebate lo que más me gusta de mí. Siempre me he sentido orgullosa de mi determinación sin fisuras, pero Samson logra colarse en mi interior como si estuviera llena de agujeros. Dakota nunca logró llegar tan dentro.

Oigo que Samson sale de la casa, pero no me volteo hacia él. Inspiro profundamente y cierro los ojos, pero eso no impide que lo sienta a mi lado. Callado, melancólico, reservado... Todo lo que me gusta en un chico, al parecer.

«Y entonces ¿por qué interrumpiste el beso?».

Me temo que Dakota me dejó dañada para el resto de mi vida.

Cuando abro los ojos, veo a Samson con la espalda apoyada en el barandal y la vista clavada en sus pies.

Cuando cruzamos la mirada, es como si pudiera ver mis miedos reflejados en sus ojos. Ninguno de los dos aparta la mirada. Nunca he pasado tanto tiempo contemplando a alguien en silencio como con él. Nos miramos mucho y hablamos poco, pero ambas cosas me parecen igual de productivas. O improductivas. Ni siquiera sé qué pensar sobre esto que nació entre nosotros. A veces me parece que es algo inmenso, importante, pero otras veces temo que no sea nada.

—Elegí un momento pésimo para besarte, lo siento mucho.

Supongo que mucha gente estaría de acuerdo con él en que besar a una chica justo después de que ella te haya contado que su madre murió no es una gran idea. Y menos si esa es precisamente la razón por la que la besas.

Tal vez sea porque estoy podrida, pero a mí me pareció que era el momento perfecto... hasta que dejó de parecérmelo.

—No salí por eso.

—Y entonces ¿por qué saliste?

Suelto el aire muy lentamente mientras busco la manera de responderle. No quiero decirle que temo que, en el fondo, no sea mejor que Dakota. No quiero mencionar a Cadence ni sacar el tema de que solo sale con chicas que pasan aquí un fin de semana. No me debe nada; soy yo quien llamó a su puerta con la esperanza de que pasara lo que acaba de pasar.

Niego con la cabeza.

—No quiero responder a eso.

Él se da la vuelta y nos quedamos los dos inclinados sobre el barandal. Rasca un trozo de pintura agrietada hasta que deja al descubierto la madera que hay debajo. Catapulta la pintura con el pulgar y la observamos mientras baja aleteando hasta el suelo.

—Mi madre murió cuando yo tenía cinco años —me cuenta—. Estábamos nadando a medio kilómetro de aquí y se la llevó la resaca. Cuando lograron sacarla del agua, ya era tarde.

Samson me mira, supongo que para ver mi reacción, pero no es el único al que se le da bien esconder sus emociones.

Tengo la impresión de que no es algo que vaya contando por ahí, y que lo compartió conmigo porque yo le conté lo de mi madre, un secreto por otro. Tal vez es así como van a ser las cosas entre nosotros, quizá voy a tener que ir retirando las capas que protegen mis secretos para que de ese modo él aparte las suyas.

—Odio que te pasara eso —susurro.

Sigo con los brazos doblados sobre el barandal, pero me inclino de lado hacia él y le doy un beso en el hombro, en el mismo lugar que él me besó cuando estábamos en el agua.

Cuando me aparto, él me pone la mano en la mejilla y me acaricia el pómulo con el pulgar, pero cuando hace amago de besarme de nuevo yo me alejo al instante.

Hago una mueca, porque mi inseguridad me incomoda.

Él se aparta del barandal y se hunde una mano en el pelo antes de mirarme, como si quisiera que le diera instrucciones de cómo seguir. Sé que le estoy enviando señales contradictorias, pero es un reflejo de cómo me siento por dentro. Estoy alterada, confundida, como si alguien hubiera echado mis sentimientos actuales y las experiencias pasadas en una licuadora y la hubiera conectado a la máxima velocidad.

—Perdona —me disculpo, frustrada conmigo misma—. Mis experiencias con los chicos no han sido demasiado buenas, por lo que me siento...

—¿Indecisa?

Asiento con la cabeza.

—Sí, y confundida.

Él vuelve a levantar la pintura de la madera en el mismo sitio.

—¿Cómo han sido tus experiencias con los chicos?

Me río sin ganas.

—Bueno, hablar de chicos es exagerar. Solo ha habido uno.

—Pero me dijiste que no te habían roto nunca el corazón, ¿no?

—Y es verdad, no fue ese tipo de experiencia.

Samson me mira de reojo y espera a que le dé más detalles.

—¿Te obligó a hacer algo que no querías hacer? —me pregunta con los dientes apretados, como si ya estuviera enojado por lo que me hubiera podido pasar.

—No —respondo enseguida, porque quiero que se quite esa idea de la cabeza, pero cuando pienso en mi vida en Kentucky y en las veces que estuve con Dakota empiezo a verlo de otra manera. La distancia me ayuda a ver las cosas más claras.

Dakota nunca me forzó a hacer nada, pero también es verdad que no me puso las cosas fáciles. No estábamos en una situación de igualdad, por lo que es evidente quién abusó de quién.

Pensar en ello me está despertando ideas y sentimientos muy oscuros. Se me empiezan a llenar los ojos de lágrimas y, cuando inspiro hondo para luchar contra ellas, Samson se da cuenta. Se da la vuelta y apoya la espalda en el barandal para verme mejor la cara.

—¿Qué te pasó, Beyah?

Me echo a reír porque me resulta absurdo estar pensando en eso justo ahora, con lo bien que se me da apartarlo de mi mente casi todo el tiempo. Siento que una lágrima me cae por la mejilla y me la seco con brusquedad.

—No es justo —murmuro.

—¿Qué cosa?

—¿Por qué siento estas ganas de responder a todo lo que me preguntas?

—No es necesario que lo cuentes si no quieres.

Le busco la mirada.

—Ese es el problema, que sí que quiero.

—Pues cuéntamelo —me anima, con amabilidad.

Miro a cualquier lado por no mirarlo a él. Fijo la vista en el tejado del balcón, en el suelo, en el mar que se extiende más allá del hombro de Samson...

—Se llamaba Dakota. Yo tenía quince años y era mi primer año en la escuela. Él estaba en el último curso y era uno de esos chicos populares con los que todas las chicas quieren salir y al que todos los chicos envidian. A mí me gustaba un poco, como a todo el mundo, pero nada serio. Pero una noche me vio volver sola a casa después de un partido y se ofreció a llevarme en coche. Le dije que no, porque me daba vergüenza que supiera dónde vivía, aunque todo el mundo lo sabía. Al final me convenció para que entrara en la camioneta.

Logro mirar a los ojos de Samson durante un instante. Vuelve a tener la mandíbula en tensión, como si esperara que el final de esta historia fuera a confirmar sus sospechas de antes. Pero no.

No sé por qué se lo estoy contando. Tal vez mi subconsciente espera que, después de contárselo, me deje en paz durante el resto del verano y ya no tenga que soportar esta distracción tan intensa y constante.

«O tal vez espero que me diga que hice lo correcto».

—Me llevó a casa, se estacionó enfrente y charlamos durante media hora. Se limitó a escucharme sin juzgarme.

Hablamos de música, de volibol, de cómo odiaba ser el hijo del jefe de policía. Y luego... me besó. Fue perfecto. Por un momento pensé que tal vez la gente no me veía tal como yo me lo imaginaba.

Samson separa las cejas.

—¿Por qué durante un instante? ¿Qué pasó después del beso?

Sonrío, pero no porque el recuerdo sea agradable, sino porque me doy cuenta de lo ignorante que era. Ahora no me habría tomado por sorpresa.

—Sacó dos billetes de veinte dólares de la cartera y me los dio antes de desabrocharse los pantalones de mezclilla.

Samson tiene la mirada perdida. La mayoría de la gente supondría que la historia acabó ahí. Darían por hecho que le lancé el dinero a la cara y me bajé del coche, pero su modo de mirarme me dice que sabe que la historia no acabó así.

Me cruzo de brazos.

—Cuarenta dólares era mucho dinero —admito mientras otra lágrima me cae por la mejilla. En el último momento traza una curva y me va a parar al labio. Me la seco con la mano, pero me da tiempo a notar su sabor salado—. Después de aquel día, me llevó a casa en coche al menos una vez al mes. Nunca me dirigía la palabra en público, pero yo tampoco esperaba que lo hiciera. No era de esas chicas de las que uno va presumiendo por ahí, sino de las que no se habla ni con los amigos —me gustaría que Samson dijera algo porque, mientras me observa en silencio, yo no dejo de divagar—. Así que, respondiendo a tu pregunta, no, no me obligó a hacer nada que no quisiera, y ni siquiera me lo echó nunca en cara. En realidad, era un tipo bastante decente, si lo comparo con...

Samson no me deja terminar la frase.

—Tenías quince años la primera vez que sucedió, Beyah. Ni se te ocurra llamarlo así.

El resto de la frase se me queda atascada en la garganta hasta que me la trago.

—Si hubiera un sido un tipo decente, te habría ofrecido el dinero sin esperar nada a cambio. Lo que hizo fue...
—Samson parece muy asqueado, lo que no sé es si su repugnancia va dirigida hacia Dakota o hacia mí. Se hunde la mano en el pelo en un gesto de frustración—. Aquel día, en el *ferry*, cuando te di el dinero... ¿Por eso pensaste...?

—Sí —respondo en voz baja.

—Sabes que no era esa mi intención, ¿no?

Asiento con la cabeza.

—Ahora sí. Pero, incluso sabiéndolo, parte de mí temía que volviera a pasar. Por eso tuve que salir cuando me besaste. Tenía miedo de que me miraras como lo hizo Dakota después de besarme. Prefiero que no vuelvan a besarme nunca más si me van a hacer sentir tan despreciable.

—Te besé porque me gustas.

Me pregunto hasta qué punto serán ciertas esas palabras. ¿Las dirá por ser preciso o por comodidad? ¿Las habrá pronunciado antes?

—Y Cadence, ¿también te gusta? ¿Y todas las demás chicas con las que te has liado?

No pretendo echarle nada en cara, es pura curiosidad. Quiero saber qué siente la gente que besa a otras personas tan a menudo como él.

A Samson no parece ofenderle mi pregunta, pero sí se le ve algo incómodo. Se tensa un poco antes de responder:

—Me siento atraído por ellas, pero de otra manera. Contigo es distinto.

—¿Mejor o peor?

Él lo piensa un instante antes de decidirse.

—No sé, solo sé que me da más miedo.

Se me escapa la risa. Sé que no debería tomármelo como un piropo, pero lo hago, porque significa que comparte mi miedo cuando estamos juntos.

—¿Tú crees que las chicas que tienen algo que ver contigo la pasan bien? ¿Qué consiguen con un romance de fin de semana?

—Lo mismo que yo de ellas.

—¿Podrías concretar?

Ahora sí que parece incómodo. Suspira y vuelve a apoyarse en el barandal.

—¿No te gustó el beso de antes?

—Sí, me gustó, pero al mismo tiempo no me gustó.

Su actitud, nada crítica ni moralista, me hace sentir cómoda. No acabo de entenderlo. Si me siento a gusto en su presencia y me resulta atractivo, ¿por qué sentí que me iba a dar un ataque de pánico mientras me besaba?

—Dakota te robó algo con lo que deberías haber disfrutado e hizo que te sintieras avergonzada de ello, pero no todas las chicas lo viven así. Las chicas con las que he estado lo han disfrutado tanto como yo; si no, no habría ido más allá.

—Lo disfruté un poco —admito—, pero no todo el tiempo. Aunque es obvio que no es culpa tuya.

—Tuya tampoco —me asegura—, pero no volveré a besarte a menos que me lo pidas.

No digo nada. No entiendo por qué siento que me está castigando con su gesto de caballerosidad.

Él me dirige una sonrisa amable.

—No te besaré, no te abrazaré ni haré que vuelvas a meterte a nadar.

—Por Dios, soy la alegría personificada —hago una mueca exasperada.

—Pues es muy posible que lo seas. Carajo, y yo también. Lo que pasa es que nos han echado tanta mierda encima que es imposible saber cómo somos cuando no estamos bajo presión.

Asiento porque no puedo estar más de acuerdo.

—Sara y Marcos son divertidos, pero ¿tú y yo? Nosotros somos... deprimentes.

Samson se echa a reír.

—No somos deprimentes, somos profundos; es distinto.

—Si tú lo dices.

No sé cómo hemos logrado acabar la noche y la conversación sonriendo. Me temo que si me quedo más tiempo, alguno de los dos acabará estropeando el momento, por lo que doy un paso atrás.

—¿Nos vemos mañana?

Su sonrisa pierde intensidad.

—Sí. Buenas noches, Beyah.

—Buenas noches.

Me alejo de él en dirección a la escalera. Pepper Jack Cheese se levanta y me sigue. Cuando llego a la zona de pilares de mi casa, me doy la vuelta y alzo la vista. Samson todavía no ha entrado en su casa. Está apoyado en el barandal, contemplándome. Doy un par de pasos caminando de espaldas hasta que quedo debajo de la vivienda y ya no puedo verlo.

Cuando estoy al fin fuera de su campo visual, dejo de andar y me apoyo en un pilar. Cierro los ojos y me froto la cara con las dos manos. Si paso el resto del verano a su lado, sé que me voy a obsesionar con él, pero no quiero obsesionarme con una persona de la que voy a tener que despedirme pronto.

Puede que a veces parezca invencible, pero no soy la Mujer Maravilla.

Cuando entro en casa, veo que Alana sigue despierta. Está en la cocina, apoyada en la barra, con un tazón de helado en las manos. Se retira la cuchara de la boca y me sonríe.

—¿Estás mejor?

—Sí, gracias.

—¿Y Samson? ¿Está bien?

Asiento con la cabeza.

—Sí, me dijo que papá no pega tan fuerte como él lo cree.

Alana se echa a reír.

—Me sorprende que le haya pegado —admite—. No lo creí capaz de algo así —señala el helado—. ¿Quieres un poco?

Me parece una idea celestial. Necesito algo que me haga bajar la temperatura.

—Sí, me encantaría.

Alana saca un tazón de la alacena mientras yo me siento en la isla central. Saca el helado del congelador y me sirve varias cucharadas.

—Lo siento si te avergonzamos.

—No pasa nada.

Alana deja el tazón en la barra y lo desliza hacia mí. Me meto la primera cucharada en la boca. Está tan bueno que estoy a punto de gruñir, pero me contengo y lo paladeo como si fuera algo a lo que siempre he tenido acceso. En casa nunca había. Aprendí pronto a no guardar demasiada comida congelada porque, cuando te cortan la luz por falta de pago, limpiar un congelador lleno de comida echada a perder no tiene ninguna gracia.

Alana es la primera en hablar.

—¿Puedo hacerte una pregunta?

Yo asiento sin quitarme la cuchara de la boca. Me inquieta no saber qué quiere preguntarme; espero que no se trate de mi madre. Alana parece amable y sé que me costaría mentirle, pero no tengo ganas de sincerarme ahora mismo.

—¿Eres católica?

No era eso lo que esperaba escuchar.

—No. ¿Por qué?

Ella señala hacia el techo.

—Vi el retrato de la madre Teresa en tu habitación.

—Ah, no. Eso es... una especie de souvenir.

Ella asiente con la cabeza antes de seguir preguntando.

—Entonces ¿lo de no querer tomar la píldora no es una cuestión religiosa?

«Ah, se trataba de eso».

Bajo la vista hacia el helado.

—No. No la tomo porque..., ahora mismo no..., ya sabes.

—¿No eres sexualmente activa?

Qué fácil resulta cuando lo dice ella.

—Sí. Ya no lo soy.

—Bueno, me parece estupendo, pero si en algún momento del verano sientes que las cosas pueden cambiar, no te vendría mal estar preparada. Puedo pedirte cita en el médico.

Me meto otra cucharada de helado en la boca para ganar tiempo. Estoy segura de que ve cómo me ruborizo.

—No tienes por qué sentirte avergonzada, Beyah.

—Lo sé, es que no estoy acostumbrada a hablar de estas cosas con nadie.

Alana deja caer la cucharita en el tazón vacío y se dirige al fregadero.

—¿Tu madre nunca te habla de estas cosas?

Clavo la cuchara con rabia en el helado.

—No.

Ella voltea hacia mí y me contempla en silencio unos instantes.

—¿Cómo es?

—¿Mi madre?

Alana asiente con la cabeza.

—Sí. Tu padre no la conoció demasiado y siento curiosidad. Me parece que ha hecho un buen trabajo contigo.

Me echo a reír, aunque enseguida me arrepiento, porque veo que mi reacción despierta muchas más dudas en Alana. Me meto otra cucharada de helado en la boca antes de decir:

—No se parece en nada a ti.

Lo digo como un elogio, pero Alana parece confundida. Espero que no lo haya tomado como un insulto, pero no tengo ganas de ahondar en el tema, porque sé que acabaría diciéndole la verdad. Y antes de contársela a ella, quiero contársela a mi padre. Siento que debo decírselo todo a él antes que a Alana.

Está claro que debería habérselo contado antes que a Samson, pero es que cuando estoy con Samson soy incapaz de controlarme. No entiendo esta necesidad de abrirme a él.

Aunque no me he terminado el helado, lo aparto de mí.

—Quiero tomar la píldora. Samson y yo no… —miro al cielo y suelto el aire—. Ya me entiendes, pero, por si acaso, me sentiría más tranquila.

«Por favor, cómo cuesta hablar de estas cosas, sobre todo con una mujer que no deja de ser una desconocida».

Alana sonríe.

—Mañana pediré cita, no me cuesta nada.

—Gracias.

Alana vuelve al fregadero para lavar mi tazón y yo aprovecho el momento para escaparme en busca de privacidad. Cuando estoy a punto de entrar en mi habitación, oigo la voz de Sara.

—Espera, Beyah. Necesito un informe detallado.

Me detengo y echo un vistazo hacia su habitación. A través de la puerta abierta veo que Marcos y ella están sentados en la cama. Sara le hace un gesto con la mano.

—Ya puedes irte.

Él la mira como si no estuviera acostumbrado a que lo tratara así.

—Está bien —se levanta de la cama, pero se inclina para darle un beso a Sara—. Te quiero, aunque me corras a patadas.

Ella le sonríe.

—Yo también te quiero, pero ahora tengo una hermana, así que vas a tener que compartirme —da golpecitos en el lugar donde Marcos estaba sentado y me dice—: Ven aquí.

Marcos se despide de mí con un saludo militar.

—Cierra la puerta —le pide Sara mientras sale.

Me acerco a la cama y me siento. Ella apaga la televisión y cambia de postura para que quedemos frente a frente.

—¿Cómo estuvo?

Me inclino hacia la cabecera.

—Tu madre me atrapó en la cocina con un helado y me habló sobre mi vida sexual.

Sara hace una mueca.

—No vuelvas a caer en la trampa del helado; conmigo la usa cada momento. Pero no te preguntaba por eso y lo sabes. Te vi ir a casa de Samson.

Me planteo si contarle o no que nos besamos, pero de momento prefiero mantenerlo en privado, al menos mientras decido si quiero que vuelva a pasar o no.

—No pasó nada.

Ella levanta los hombros y se deja caer sobre la cama.

—Puaj, yo quería oír detalles jugosos.

—Pues no los hay, lo siento.

—¿Lo intentaste al menos? —vuelve a sentarse—. A Samson no le cuesta demasiado besar a una chica. Mientras tenga tetas y respire, le sirve.

Al oír esas palabras, mi estómago se lanza en caída libre y va a parar al suelo.

—¿Para qué me dices eso? ¿Para que lo desee más? Pues no funciona.

—Estaba exagerando —Sara le quita importancia—. Es rico y guapo. Las chicas suelen tirársele encima y él a veces las atrapa al vuelo, como haría cualquiera en su lugar.

—Yo no me voy lanzando sobre la gente, yo la evito.

—Pero fuiste a su casa.

Alzo una ceja, pero no replico.

Sara sonríe, como si con eso ya tuviera bastante.

—Tal vez deberíamos volver a salir mañana, cena de parejitas…

La idea me atrae, pero no quiero animarla a seguir por ese camino.

—Me tomaré tu silencio como un sí.

Me echo a reír, pero luego gruño mientras me cubro la cara con las manos.

—Uf, ¿por qué tiene que ser todo tan confuso? —bajo los brazos y me deslizo por la cama hasta que me quedo mirando al techo—. Siento que le doy demasiadas vueltas. No dejo de buscar razones que justifiquen por qué no es buena idea.

—¿Razones? Dime algunas.

—No se me dan bien las relaciones.

—A Samson tampoco.

—Me iré en agosto.

—Samson también.

—¿Y si duele cuando nos despidamos?

—Probablemente así será.

—Y entonces ¿por qué someterme a ese dolor de manera voluntaria?

—Porque, casi siempre, los buenos ratos que pasas antes de empezar a sufrir compensan el dolor.

—Pues no sé qué decirte. Nunca he vivido buenos ratos con nadie.

—Sí, se te nota. Y te lo digo sin mala intención.

—Sí, tranquila —me volteo hacia ella, que está acostada de lado, apoyada en el codo, y se sujeta la cabeza con la mano—. Nunca he sentido nada serio por nadie. Si dejo que pase, temo que el dolor sea insoportable cuando se acabe el verano.

Sara niega con la cabeza.

—Para. No vayas tan lejos. Los veranos son para pensar en el presente. No en el mañana ni en el ayer; solo en el hoy. Así que, dime, qué tienes ganas de hacer ahora mismo.

—¿Ahora mismo?

—Sí, ¿qué quieres en este preciso momento?

—Más helado.

Sara se sienta y sonríe.

—¡Ja! Me encanta tener una hermana.

Y a mí me encanta que ella no haya puesto mala cara cuando mencioné el helado. Tal vez no soy tan mala influencia para ella como pensaba. Tal vez no sea tan alegre y dicharachera como ella, pero ver que está empezando a disfrutar de la comida y no parece tan obsesionada con su peso como cuando llegué me hace pensar que quizá tenga algo que ofrecer en esta amistad.

Es la primera vez que siento que mi compañía tal vez vale la pena.

13

La alarma del celular suena antes de que salga el sol. Supongo que debería desactivarla de una puta vez, pero hay algo tentador en ver salir el sol y en la posibilidad de echarle un vistazo a Samson mientras amanece.

Me levanto y me pongo unos shorts por si él está en su terraza, ya que duermo solo con una camiseta.

Llevo despierta unos diez segundos y ya pensé en él dos veces. Anoche traté de marcar distancias, pero al parecer no sirvió de nada.

Quito el seguro de la puerta de la terraza y la deslizo para abrirla.

Y pego un grito.

—Calla —me pide Samson entre risas—. Soy yo.

Está sentado en el sofá de mimbre, con los pies apoyados en el barandal. Me llevo la mano al pecho y respiro hondo para calmarme.

—¿Qué haces aquí?

—Te estaba esperando —responde como si fuera lo más normal del mundo.

—¿Cómo llegaste hasta aquí?

—Saltando —levanta el brazo para mostrarme el codo, que está manchado de sangre—. Desde mi balcón parecía que estaba más cerca, pero lo conseguí.

—¿Estás loco?

Él levanta los hombros.

—Si me hubiera caído, tampoco habría pasado nada. Habría ido a parar al techo de la terraza de abajo.

Es verdad, no habría ido a parar al suelo por la distribución de la casa, pero igualmente. Además, hay un tramo de cerca de un metro entre las dos casas donde no hay nada que lo proteja.

Me siento a su lado. Es un sofá de dos plazas, pero es pequeño y nos rozamos. Creo que ese era su objetivo, porque si no, habría elegido cualquiera de las sillas individuales.

Me reclino hacia atrás en el sofá. De manera involuntaria me inclino más hacia él de lo que pretendía y acabo con la cabeza apoyada en su hombro. Por suerte, me salió natural y no resulta incómodo.

Ambos observamos la coronilla del sol que asoma por el horizonte saludando al mundo.

Pasamos varios minutos en silencio, disfrutando juntos del amanecer. Debo admitir que es más agradable contemplarlo junto a él que no cuando estamos cada uno en su balcón.

Samson me apoya la barbilla en la cabeza. Es un roce discreto, pero incluso una caricia tan ligera y silenciosa me provoca una especie de explosión por dentro. No entiendo cómo puedo sentir un estallido tan ruidoso en mi interior mientras el mundo duerme a nuestro alrededor.

Ya son visibles tres cuartas partes del sol. La parte inferior parece estar sumergida en el agua.

—Tengo que irme; me ofrecí a ayudar a un tipo a reparar una pasarela en una zona de dunas. Queremos terminar antes de que haga demasiado calor. ¿Qué planes tienes?

—Supongo que volveré a meterme en la cama hasta las doce. Creo que Sara quiere ir a la playa más tarde.

Él retira el brazo que tenía apoyado en el respaldo. Le recorro el cuerpo con la mirada mientras se levanta. Antes de irse, me mira y me pregunta:

—¿Le contaste a Sara que nos besamos?

—No. ¿Debemos mantenerlo en secreto?

—No. Solo era curiosidad. Y por si Marcos sacaba el tema; prefiero que nuestras historias coincidan.

—No se lo conté.

Él asiente y se dirige hacia el barandal, pero se voltea hacia mí.

—No me importa si se lo cuentas; no te lo pregunté por eso.

—Deja de preocuparte por mis sentimientos, Samson.

Él se retira el pelo de la frente.

—No puedo evitarlo —admite mientras retrocede lentamente.

—¿Qué haces? ¿No irás a saltar otra vez?

—No está tan lejos. Llego sin problemas.

Hago una mueca de impaciencia.

—Todo el mundo duerme. Baja por la escalera y sal por la puerta antes de que te rompas el brazo.

Él baja la vista hacia la sangre que le cubre el codo.

—Sí, tal vez será lo mejor.

Me levanto y entro en la habitación con él. Mientras nos dirigimos a la puerta, se detiene ante el retrato de la madre Teresa que dejé sobre la cajonera.

—¿Eres católica? —me pregunta.

—No, solo extrañamente sentimental.

—Nunca hubiera dicho que fueras una persona sentimental.

—Por eso usé la palabra *extrañamente*.

Él se echa a reír y me sigue escaleras abajo. Cuando llegamos a la planta baja, nos detenemos en seco.

Mi padre está en la cocina, ante una cafetera. Cuando ladea la cabeza hacia la escalera, me ve junto a Samson. De pronto me siento como una niña atrapada en una travesura. Hasta ahora nunca he tenido que enfrentarme a un castigo parental. Mi madre no se preocupaba por mí; le daba igual lo que hiciera, por lo que no sé qué va a pasar ahora. Estoy un poco nerviosa, porque mi padre no parece muy contento. Fija la mirada en Samson y dice:

—No, esto no está bien.

Samson se coloca ante mí y alza las manos en un gesto defensivo.

—No dormí aquí; por favor, no vuelva a pegarme.

Mi padre me mira y espera a que le dé una explicación.

—Vino hace un cuarto de hora. Vimos salir el sol juntos desde mi terraza.

Mi padre vuelve a desviar la mirada hacia Samson.

—Llevo más de un cuarto de hora en esta cocina y no te vi entrar. ¿Cómo es posible?

Samson se rasca la nuca.

—Yo..., ah..., salté —levanta el brazo para mostrarle la sangre—. Casi no lo cuento.

Mi padre se le queda mirando en silencio unos instantes y luego niega con la cabeza.

—Serás idiota —murmura. Se vuelve a llenar la taza de café antes de añadir—: ¿Alguno de los dos quiere café?

«Caramba, se le pasó rápido».

—Yo no, gracias —Samson se dirige hacia la puerta—. ¿Nos vemos luego?

Cuando asiento, él alza una ceja y me dirige una mirada llena de complicidad. Me quedo contemplando la puerta con una sonrisa en la cara durante unos instantes, hasta que mi padre carraspea para devolverme a la realidad. Me volteo hacia él con la esperanza de que dé la conversación por zanjada.

—Me tomaré un café —digo en un intento por cambiar de tema.

Mi padre saca una taza de la alacena y me sirve un café.

—¿Lo tomas solo?

—No, con toda la crema de leche y el azúcar que quepa en la taza.

Me siento en una de las sillas de la isleta mientras mi padre lo prepara.

Después de acercármelo, comenta:

—No sé cómo entender lo que pasó.

Fijo la vista en la taza mientras bebo para no tener que devolverle la mirada a mi padre. Dejo la taza sobre la barra y la envuelvo con las manos.

—No te miento, no pasó la noche aquí.

—Todavía —replica mi padre—. Yo también fui adolescente. El balcón de su cuarto y el tuyo están casi pegados. Tal vez hoy solo haya sido el amanecer, pero vas a pasar aquí todo el verano. Alana y yo no permitimos que Sara traiga chicos a pasar la noche con ella, me parece que lo justo es aplicarte las mismas normas.

Asiento con la cabeza.

—De acuerdo.

Mi padre me mira como si no estuviera seguro de si lo digo en serio o para que se calle. Para ser sincera, yo tampoco lo tengo claro.

Se reclina contra la barra y da un sorbo al café.

—¿Siempre te levantas tan temprano?

—No. Samson quería que no me perdiera el amanecer y me activó una alarma en el celular.

Mi padre mueve la mano en dirección a la puerta por la que salió Samson.

—Entonces…, él y tú… ¿están saliendo?

—No, me mudaré a Pensilvania en agosto. No quiero novio por ahora.

Mi padre entorna los ojos.

—¿A Pensilvania?

«Mierda».

Se me escapó.

Al momento, bajo la vista hacia el café. La garganta se me cerró por los nervios. Suelto el aire muy lentamente y consigo decirle que sí. No añado nada. Tal vez, si lo dejo ahí, no seguirá preguntando.

—¿Y por qué te vas allí? ¿Cuándo lo decidiste? ¿Qué hay en Pensilvania?

Aprieto la taza.

—Iba a contártelo. Estaba esperando... el momento adecuado —«estoy mintiendo. No tenía ninguna intención de contártelo, pero me temo que hasta aquí llegó el secreto»—. Conseguí una beca para la Penn State.

Mi padre me dirige una mirada inexpresiva. En su rostro no hay sorpresa, ni entusiasmo ni enfado, solo una mirada impenetrable hasta que al fin me dice:

—¿Es en serio?

Asiento con la cabeza.

—Una beca completa. Me mudaré el 3 de agosto.

Su expresión permanece inalterable.

—¿Cuándo te enteraste?

Trago saliva y doy un sorbito al café mientras decido si le cuento toda la verdad o no. Tal vez se enfurezca.

—El curso pasado.

Él contiene el aliento. Parece muy sorprendido, o tal vez ofendido, no sabría decirlo.

Se aparta de la barra y se dirige a los ventanales. Me da la espalda mientras contempla el océano. Tras medio minuto de silencio, se voltea hacia mí.

—¿Por qué no me lo contaste?

—No lo sé.

—Beyah, es una gran noticia —se dirige hacia mí—. Deberías habérmelo contado —antes de alcanzarme, se detiene, confundido—. Pero si el año pasado ya sabías que te habían concedido la beca, ¿por qué me dijo tu madre que necesitabas dinero para inscribirte en la facultad local?

Me agarro la nuca y suelto el aire muy lentamente. Apoyo los codos en la barra y me tomo unos instantes para preparar la respuesta.

—¿Beyah?

Niego con la cabeza, porque necesito silencio, y me estrujo la frente antes de empezar a hablar.

—Te mintió —enderezo la espalda y llevo la taza al fregadero—. No tenía ni idea de que te había pedido dinero para la inscripción. Ella tampoco sabía lo de la beca, pero te aseguro que nunca tuvo intención de gastarse el dinero que le enviaste en mi educación.

Vacío los restos del café en el fregadero y enjuago la taza. Cuando me volteo hacia él, lo veo abatido, desconcertado. Abre la boca como si estuviera a punto de decir algo, pero vuelve a cerrarla y niega con la cabeza.

Entiendo que son muchas cosas para procesar de golpe. Nunca hablamos sobre mi madre. Creo que esta es la primera vez que le hablo mal de ella. Y aunque me encantaría hablarle sobre las virtudes maternales que nunca tuvo, son las seis y media de la mañana y ahora mismo no tengo ánimos para esta conversación.

—Me voy a la cama —me dirijo hacia la escalera.

—Beyah, espera.

Me detengo en el segundo escalón y me volteo despacio hacia mi padre, que me observa fijamente, con las manos en las caderas.

—Estoy orgulloso de ti.

Asiento en silencio, pero en cuanto retomo la subida siento un globo de rabia que se infla dentro de mí.

No quiero que se sienta orgulloso de mí.

Por eso precisamente no le conté nada.

Parece que está tratando de compensarme por su falta de interés en el pasado, pero no puedo librarme del resentimiento que me provoca no haber podido contar con él durante la mayor parte de mi vida.

No pienso permitir que sus palabras me hagan sentir bien, ni que sirvan para excusar su paternidad de segunda.

«Por supuesto que estás orgulloso de mí, Brian, pero no deberías estarlo por la beca, sino porque, contra todo pronóstico, sobreviví a mi infancia sin ayuda de nadie».

14

No he sido capaz de volver a dormirme después de que Samson se fuera esta mañana. Supongo que la charla con mi padre no me ayudó a conciliar el sueño.

Después de comer, Sara puso camastros y una sombrilla en la playa, y debo de haber caído rendida, porque me acabo de despertar… y tengo babas en el brazo.

Estoy boca abajo, con la cara vuelta en dirección contraria al camastro de Sara. Me seco el brazo y me incorporo lo suficiente para acostarme de espaldas.

Cuando termino de acomodarme, me volteo hacia Sara, pero no es ella la que descansa en el camastro.

Es Samson. Está dormido.

Me reacomodo en el asiento y contemplo el mar. Montados en sus tablas de paddle surf, Sara y Marcos están bastante lejos de la orilla.

Tomo el celular para ver qué hora es. Son las cuatro de la tarde, dormí una hora y media.

Vuelvo a acostarme y contemplo a Samson mientras duerme, boca abajo, con la cabeza apoyada en los brazos. Lleva una gorra con la visera al revés y no se quitó los lentes de sol. No lleva camiseta, y no, no me estoy quejando.

Me pongo de lado, con la cabeza apoyada en el brazo, y lo observo durante un rato. Sé muy poco sobre las piezas que lo forman, pero tengo la sensación de que sé en qué tipo de persona lo convirtieron esas piezas.

Tal vez no sea necesario conocer la historia de una persona para darse cuenta de quién es en el presente. Y al empezar a darme cuenta de cómo es por dentro, me resulta todavía más atractivo por fuera, tanto que me paso todo el día pensando en él.

La vista se me desvía hacia su boca. No sé por qué me asusté anoche mientras me besaba. Tal vez porque todavía me cuesta creer que lo sucedido durante esta última semana sea real.

Son muchas cosas para procesarlas de golpe y creo que la realidad me dio una bofetada mientras nos besábamos. Me pregunto si reaccionaría igual si Samson me besara de nuevo esta noche, o si me daría yo misma permiso para llegar hasta el final y disfrutar de todo el beso igual que disfruté de los primeros segundos.

Sin dejar de observarle los labios, me convenzo a mí misma de que vale la pena un segundo intento. Y un tercero y tal vez un cuarto. Tal vez con la suficiente práctica acabará siendo un beso perfecto.

—Sabes que tengo los ojos abiertos, ¿no?

«Mierda».

Pensaba que estaba durmiendo. Me tapo la cara con la mano, pero no hay manera de cubrir la vergüenza que siento.

—No te preocupes —añade, con la voz ronca, como si le raspara la garganta al hablar—. Yo te estuve observando todo el tiempo mientras dormías —alarga el brazo y me toca el codo con un dedo—. ¿Cómo te hiciste esa cicatriz?

—En un partido de volibol.

Su camastro está a unos treinta centímetros del mío, pero me parece que se aleja un kilómetro cuando deja de tocarme el brazo.

—¿Era bueno tu equipo?

—Ganamos el campeonato estatal dos veces. ¿Y tú? ¿Practicabas algún deporte en la escuela?

—No, no fui a un colegio convencional.

—¿A qué tipo de colegio fuiste?

Samson niega con la cabeza para indicarme que no piensa responder a eso.

Hago una mueca de impaciencia.

—¿Por qué haces eso? ¿Por qué me preguntas cosas, pero cuando yo te pregunto lo mismo te niegas a responder?

—Te he contado más cosas que a nadie en el mundo, en toda mi vida. No seas avariciosa.

—Pues no me preguntes cosas que tú no estás dispuesto a responder.

Él me sonríe.

—Deja tú de responder a mis preguntas.

—¿Crees que contarme dónde estudiaste la secundaria es más personal que meterme la lengua en la boca? ¿O que lo de Dakota? ¿O lo que me contaste sobre tu madre? —me pongo los brazos debajo de la cabeza y cierro los ojos—. Tu lógica es absurda, Samson.

No tiene sentido tratar de mantener una conversación con él si se va a dedicar a pasar de puntitas por todos los temas como si fuera una bailarina.

—Estudié en un internado, en Nueva York —admite al fin—. Y lo odié con todas mis fuerzas.

Sonrío, sintiendo que gané este asalto, pero su respuesta me entristece. Pasar años en un internado no ha de ser agradable; no me extraña que no quisiera hablar de ello.

—Gracias.

—De nada.

Volteo la cabeza para mirarlo. Se quitó los lentes y el reflejo de la luz del sol hace que sus ojos se vean mucho más claros. Choca pensar que alguien con unos ojos tan transparentes pueda ser tan cerrado.

Nos observamos en silencio, como es habitual en nosotros, pero esta vez algo cambió. Ahora ya conocemos el sabor del otro. Y aunque ya está al corriente de mis secretos más oscuros, me sigue mirando como si fuera lo más interesante que hay en la península.

Baja la vista hacia el espacio que queda entre los dos camastros y traza una línea con el dedo en la arena.

—¿Cómo se escribe tu nombre?

—B-e-y-a-h.

Lo observo mientras escribe mi nombre en la arena. Cuando termina, usa el mismo dedo para tacharlo y luego lo borra con toda la mano hasta que no queda ni rastro. No sé por qué me duele como si hubiera borrado parte de mí, pero así lo sentí.

Samson echa un vistazo hacia el mar.

—Ya vienen Sara y Marcos.

Se pone los lentes de sol y se levanta de un salto.

Yo sigo con las manos tras la nuca, fingiendo estar relajada, a pesar de que me siento como si acabaran de darme una descarga eléctrica. Samson se acerca a Sara, que arrastra su tabla con esfuerzo, y la ayuda a sacarla del agua.

Cuando llega al camastro donde hasta hace un momento estaba Samson, Sara se sienta y se escurre el agua de la cola de caballo.

—Qué buena siesta te echaste, ¿eh?

—Ya ves. No puedo creer que me haya quedado dormida.

—Roncas —me dice riendo—. ¿Le preguntaste a Samson si quería salir en plan parejitas esta noche?

—No, no salió el tema.

Marcos y Samson arrastran las tablas hacia aquí.

—Samson, esta tarde hay salida de parejitas —le dice Sara—. A las seis, sé puntual.

Samson responde sin dudar.

—¿Quién es mi pareja?

—Beyah, idiota.

Samson me mira como si lo estuviera pensando.

—¿Es una doble cita de amigos?

—Es comida —responde Marcos—. No dejes que Sara le ponga una etiqueta.

—¿Vamos a comer mariscos? —pregunta Samson.

—Como si fueras a permitir que comiéramos otra cosa.

Samson voltea hacia mí.

—¿Te gustan los camarones, Beyah?

—No lo sé. No recuerdo haberlos probado nunca.

Samson ladea la cabeza.

—¿Es una ironía?

—Soy de Kentucky. Los restaurantes de mariscos que hay por ahí no son precisamente baratos.

—¿Ni siquiera los de la cadena Red Lobster? —pregunta Marcos.

—Se les olvida que establecimientos como el Red Lobster son demasiado caros para mucha gente.

—En ese caso, yo pediré por ti —comenta Samson.

—Muy machista de tu parte —bromeo.

Sara se pone el blusón con el que bajó a la playa y se levanta.

—Vamos, tenemos que prepararnos.

—¿Ahora? Pero si faltan dos horas.

—Sí, pero tenemos que hacer muchas cosas para dejarte perfecta.

—¿Qué cosas?

—Voy a hacerte un cambio de imagen.

Niego con la cabeza.

—No. Por favor, no.

Ella asiente, decidida.

—Sí, me voy a encargar del pelo, las uñas, el maquillaje... —me agarra la mano y me jala para que me levante del camastro. Luego señala los triques que trajimos a la playa—. Se ocuparán de recoger esto, ¿verdad, gigantones?

Nos dirigimos hacia la casa y, cuando ya estamos a mitad de camino, me dice:

—Le gustas, lo noto. No te mira como a las demás chicas.

No le respondo porque me entra un mensaje y no es habitual, no suelo recibir muchos, lo que es normal porque muy poca gente tiene mi número.

Miro la pantalla mientras Sara empieza a subir la escalera. Es un mensaje de Samson.

Míranos, tenemos una cita.
Qué espontáneos somos, tal vez
incluso DIVERTIDOS.

—¿Vienes? —pregunta Sara.
Quito la sonrisa y la sigo al interior.

15

Todos me están mirando, esperando a que dé el primer bocado, incluido el mesero.

Así me gusta, sin presión.

—Mójalo en la salsa rosa —sugiere Marcos.

Samson la aparta de mí.

—¿Estás loco? ¿Quieres que vomite? —me acerca la salsa tártara—. Toma, prueba con esta.

Sara hace una mueca de impaciencia mientras apila tres de las cartas. Marcos y ella ya ordenaron, pero Samson y yo todavía no, porque él quiere estar seguro de que me gustan los camarones antes de hacerlo. Al mesero le hizo gracia que no haya probado jamás los camarones. Me trajo una entrada para que la pruebe y ahora están todos observando mi reacción.

Es un camarón a la parrilla, pelado y sin cola. No soy muy aficionada al pescado, por lo que no espero gran cosa, pero siento la presión del entorno mientras lo sumerjo en la salsa tártara.

—Están actuando como si su reacción fuera una cuestión de vida o muerte —protesta Sara—. Tengo hambre, y ya saben cómo me pongo cuando tengo hambre.

—Solo será cuestión de vida o muerte si es alérgica a los mariscos —comenta el mesero.

Me detengo antes de meterme el camarón en la boca.

—¿Qué entra dentro de la categoría de mariscos?

—Langosta, camarones, cosas con conchas —responde Samson.

—Cangrejos, langostas, tortugas —añade Marcos.

—Las tortugas no son mariscos —Sara está perdiendo la paciencia.

—Era broma —le asegura Marcos.

—¿Alguna vez has probado la langosta o los cangrejos? —me pregunta Samson.

—Sí, los cangrejos sí.

—Pues entonces no te pasará nada.

—Por lo que más quieras, cómetelo antes de que lo haga yo —insiste Sara—. Me muero de hambre.

Le doy un bocado al camarón, partiéndolo por la mitad. Todos me observan mientras lo mastico, incluso Sara. Se puede comer. No es lo más espectacular que he probado en la vida, pero está bueno.

—No está mal —comento antes de meterme el resto del camarón en la boca.

Samson sonríe y le devuelve su carta al mesero.

—Una bandeja de camarones para los dos.

El mesero anota el pedido y se aleja.

—Lo decía en serio —Sara arruga la nariz y señala a Samson—. Ordenó por ti. No sé si es adorable o asqueroso.

—Una vez traté de pedir por ti y me diste un codazo en las costillas.

Sara asiente con la cabeza.

—Tienes razón, es asqueroso —le da un trago a su bebida—. Este fin de semana tengo ganas de hacer algo en plan turista.

—¿En qué habías pensado? —pregunta Marcos.

—¿El parque acuático? ¿Un *duck tour*?

—¿Y eso qué es? ¿Ir a ver a los patos?

No sé por qué mi pregunta les hace tanta gracia.

—¡No! Es un paseo en un vehículo anfibio. Va un rato por tierra y otro por el agua —Sara se voltea hacia Samson un momento antes de seguir dirigiéndose a mí—. ¿Se apuntan?

—Yo estoy libre todos los días por la tarde menos mañana. Tengo que terminar de arreglar el tejado de Marjorie.

Y eso hace que me derrita un poco.

—¿Shawn?

Los cuatro nos volteamos hacia la voz. Un chico se acerca a nuestra mesa, con la mirada fija en Samson. Es alto y escuálido, y tiene los brazos cubiertos de tatuajes. Me llama la atención uno de un faro que lleva en el antebrazo. Percibo que Samson se tensa a mi lado.

—¡Carajo! —exclama el desconocido—. Eres tú. ¿Cómo estás, hombre?

—Hola —Samson no parece alegrarse de verlo.

«¿Y por qué le dijo Shawn?».

Samson me da una palmada en la pierna para indicarme que quiere salir. Me levanto para dejarlo pasar. Cuando

Samson abraza al chico, vuelvo a sentarme. Ninguno de los tres nos molestamos en disimular que estamos pendientes de su conversación.

—Hombre, ¿cuándo saliste? —pregunta el tipo tatuado.

«¿Saliste?».

Samson voltea hacia la mesa, incómodo. Apoya la mano en la espalda del chico y lo aleja de la mesa para poder hablar sin que oigamos lo que dicen.

Miro a Sara y a Marcos para ver su reacción. Marcos está bebiendo, pero Sara continúa observando a Samson. Cuando vuelve a apoyar la espalda en el gabinete, comenta:

—Qué raro, ¿por qué lo habrá llamado Shawn?

Marcos levanta los hombros.

—Tal vez Samson sea su segundo nombre —comento, más para mí que para ellos.

Me pregunto por qué no le pedí que me dijera su nombre completo anoche, mientras le estuve haciendo preguntas. Me resulta extraño pensar que ni siquiera conocía su primer nombre. Aunque supongo que él tampoco sabe que me apellido Grim. O tal vez sí, si conoce el apellido de mi padre.

—¿Por qué le habrá preguntado cuándo salió? —se cuestiona Sara—. ¿A qué se referirá? ¿Al calabozo? ¿La prisión?

Marcos vuelve a levantar los hombros.

—También podría referirse a un centro de desintoxicación.

—¿Samson ha estado desintoxicándose? —pregunta Sara.

—No tengo ni idea, lo conocí al mismo tiempo que tú.

Cuando Samson regresa poco después, viene solo. Me levanto para que vuelva a ocupar su sitio al fondo del gabinete. No dice nada, no nos ofrece ninguna explicación, pero no importa, porque Sara no piensa dejar las cosas así. Lo noto en su modo de mirarlo.

—¿Por qué te dijo Shawn ese tipo?

Samson le devuelve la mirada un instante antes de echarse a reír.

—¿Qué?

Sara señala hacia donde se fue el tipo.

—¡Te dijo Shawn! Y luego te preguntó que cuándo saliste. ¿Dónde estuviste? ¿En la cárcel?

No sé por qué, Samson se voltea hacia mí. Yo no digo nada, porque estoy esperando la respuesta a las preguntas de Sara.

Él responde mirando a Sara.

—Me llamo así: Shawn Samson —señala a Marcos con la mano—. Cuando nos conocimos, él me presentó como Samson y desde entonces me han llamado así. El resto de la gente me llama Shawn.

Marcos se lleva el popote a la boca.

—Eso me suena, ahora que lo dices.

¿Shawn? ¿Se llama Shawn?

Estoy tan acostumbrada a llamarlo Samson que no me veo capaz de llamarlo de otra manera.

—Está bien, pero ¿de dónde saliste? —insiste Sara—. ¿De la cárcel? ¿Estuviste preso?

Samson suspira. Es evidente que no tiene ganas de hablar sobre ello.

—Déjalo en paz —le pide Marcos, que también se da cuenta de su incomodidad.

Sara mueve la mano en mi dirección.

—Estoy tratando de empatarlo con mi hermanastra. Creo que no es descabellado preguntar si es un delincuente.

—No pasa nada —dice Samson—. Estaba hablando de la ciudad. Fuimos juntos al internado; por eso sabía lo mucho que odiaba vivir en Nueva York.

Veo cómo le sube y baja la nuez del cuello al decir eso, como si acabara de tragarse una mentira.

Vaya casualidad toparse con un tipo de Nueva York en una península de Texas, pero no por eso es asunto de Sara, ni mío. Samson no está obligado a compartir su pasado con nosotros, ni nosotros con él.

No sé por qué siento el impulso de defenderlo; tal vez porque sé que odia hablar de sí mismo. Quizá Sara no conoce ese detalle sobre él.

Ya le sacaré la verdad más tarde, pero de momento solo quiero que desaparezca esta sensación de incomodidad, y por eso comento:

—Nunca he estado en Nueva York. Texas es el tercer estado que visito.

—¿En serio? —se extraña Sara.

—Sí, solo salía de Kentucky para visitar a mi padre cuando vivía en Washington. No tenía ni idea de que hacía tanto calor en Texas. No sé si me acaba de convencer.

Marcos se echa a reír.

El mesero llega con las entradas que ordenó Sara y se lleva mi vaso para rellenarlo. Samson toma un aro de calamar y se lo mete en la boca.

—¿Has probado los calamares, Beyah? —me ofrece un trozo y yo lo acepto.

—No.

Marcos mueve la cabeza.

—Es como si vinieras de otro planeta.

Esta vez, Sara no me espera para empezar a comer. Se sirve un plato de entradas y lo ataca con ganas. No creo que los demás se den cuenta, pero me parece un momento significativo. Me alivia saber que Sara ya no se siente tan presionada por el tema de la comida.

Sara me hace preguntas sobre cosas que no he probado nunca y la conversación fluye a partir de ahí y deja de estar centrada en Samson.

Al cabo de un rato, él me busca la mano por debajo de la mesa y me la aprieta antes de soltarla. Cuando lo miro a los ojos, veo que me está dando las gracias sin palabras.

Apenas lo conozco, pero por alguna razón que se me escapa me comunico mejor con él en silencio de lo que me he comunicado nunca con palabras.

Con una mirada suya me basta para convencerme de que no necesito saber más. Por lo menos, no ahora mismo.

Ya iré pelando sus capas a su ritmo.

16

Cuando llegamos a la fogata de la playa, no quedan dos camastros libres que estén juntos, por lo que Samson se sienta frente a mí.

Por desgracia, Beau está sentado a mi lado.

Samson no le quita el ojo de encima a Beau cada vez que este me dirige la palabra. Yo trato de dejarle claro que no estoy interesada, pero él no se da por aludido. Los tipos como él nunca lo hacen. Están tan acostumbrados a conseguir lo que quieren que, cuando no son correspondidos, ni se enteran. Estoy segura de que, para Beau, es del todo inimaginable.

—Ay, madre —murmura Sara.

Al voltearme hacia ella, me señala hacia la pasarela que cruza las dunas y que se encuentra a unos quince metros del grupo.

Cadence está cruzando la duna.

—Pensaba que se había ido —comento.

—Yo también.

Con un nudo en el estómago la observo caminar hacia nosotros. Samson le está dando la espalda, por lo que no se da cuenta de que se acerca.

Cuando llega a su lado, le rodea la cabeza con las manos y le tapa los ojos. Él le aparta las manos y echa la cabeza hacia atrás para ver de quién se trata.

Sin darle tiempo a reaccionar, Cadence exclama:

—¡Sorpresa! —se inclina sobre él y le planta un beso en la boca—. Volvimos para pasar aquí otra semana.

Siento como si la sangre se me convirtiera en lava ardiente que me recorre las venas.

Cuando ella se aparta, Samson me busca la mirada. No creo que note los celos que siento en la expresión de mi cara, pero me están recorriendo el cuerpo entero.

Samson se levanta y se gira hacia Cadence. No oigo lo que le dice, pero se voltea un momento hacia mí antes de apoyarle la mano en la parte baja de la espalda y señalar hacia el agua. Cuando los veo alejarse en esa dirección, bajo la vista hacia el regazo.

Espero que se la esté llevando lejos del grupo para que los demás no oigamos cómo termina con ella de manera amable. O sin ser amable, me da igual.

Aunque ya sé que no me debe nada: fui yo la que interrumpió nuestro beso anoche.

—¿Estás bien? —me pregunta Sara al darse cuenta de mi cambio de actitud.

Suelto el aire lentamente.

—¿Qué están haciendo?

—¿Quién? ¿Cadence y Samson?

Asiento con la cabeza.

—Caminar —responde con los ojos entornados—. ¿Qué hay entre ustedes?

—Nada.

Sara se recuesta en el camastro.

—Sé que eres reservada para tus cosas, Beyah, y no me molesta, pero si Samson te besa este verano, ¿me harás una señal? Te lo pido por favor. No es necesario que me digas nada, solo chócame la mano o algo así.

Vuelvo a asentir con la cabeza y busco a Samson y Cadence con la vista. Están separados, como a medio metro de distancia, y ella tiene los brazos cruzados. Parece enojada.

Vuelvo a clavar la vista en las llamas, pero segundos más tarde me sorprende una exclamación colectiva.

—¡Carajo! —a Marcos se le escapa la risa.

Me volteo hacia él, pero él está mirando a Samson, que regresa solo hacia la fogata, frotándose la mejilla.

—Cadence le dio una bofetada —susurra Sara, que, cuando Samson llega a su camastro, añade—: ¿Qué le dijiste?

—Algo que no quería oír.

—¿La rechazaste? —pregunta Beau—. ¿Por qué carajo hiciste eso? Está buena.

Samson le dirige una mirada inexpresiva y señala por donde Cadence acaba de irse.

—Está libre, Beau. Ve por ella.

Pero Beau niega con la cabeza.

—Para nada, a mí solo me interesa la que tengo aquí al lado —me señala con la mano.

—Olvídalo, Beau —le advierto.

Beau me sonríe. De verdad, no entiendo cómo es posible que no entienda que mis palabras son lo que son: un rechazo. Se levanta y me agarra la mano para que lo siga, pero me resisto.

—Ven a nadar conmigo —me dice.

—Ya te dije que no dos veces.

Trata de cargarme a su espalda, pero le doy una patada en la rodilla al mismo tiempo que Samson se levanta y se acerca a nosotros. Se mete entre los dos y queda cara a cara con Beau.

—Te dijo que no.

Beau mira a Samson y luego al resto de los reunidos antes de buscarme la mirada.

—De acuerdo, lo veo. Están juntos.

—Esto no tiene nada que ver conmigo —replica Samson—. Te dijo varias veces que la dejes en paz. ¡Entiéndelo de una vez, carajo!

Samson está enojado; lo que no sé es si su furia nace de los celos o por estar en presencia del imbécil de Beau.

Pienso que la cosa se va a quedar así, pero al parecer a Beau no le gusta que le griten. Le da un puñetazo en la mandíbula a Samson y levanta los puños como si estuviera preparándose para pelear. Samson se lleva la mano a la cara y le dirige una mirada incisiva.

—¿En serio, hombre?

—Sí, carajo. Claro que va en serio —Beau mantiene la postura defensiva.

Marcos se levanta, dispuesto a defender a Samson, aunque él no parece interesado en darle el gusto a Beau.

—Vete a casa, Beau —dice Marcos, al interponerse entre los dos.

Beau le devuelve la mirada.

—¿Cómo se dice «gilipollas» en mexicano?

Si hay algo que soporto menos que a un cabrón es a un cabrón racista.

—Se dice español, no mexicano —le aclaro—, y creo que la traducción correcta de «gilipollas» es *Beau*.

A Samson se le escapa la risa al oírme, lo que hace que Beau se enfurezca aún más.

—Púdrete, idiota, niño rico. ¡Se pueden ir todos al infierno! —Beau está rojo de rabia.

—Ya estamos en el infierno cada vez que apareces —replica Sara sin alterarse.

Beau la señala.

—Púdrete —y luego me señala a mí—: Y tú también.

Parece que hasta ahí llega la paciencia de Samson. No le devuelve el golpe, pero se dirige hacia él con tanta brusquedad que Beau se aparta de un salto. Recoge sus cosas del camastro y se va.

Qué bonita imagen.

Samson se deja caer en el camastro y se lleva la mano a la cara.

—Desde que apareciste por aquí, me han dado ya una bofetada y varios puñetazos.

—Pues deja de defenderme.

Samson me dirige una sonrisita, como si estuviera diciendo: «Ni lo sueñes».

—Te está saliendo sangre —tomo la toalla que tengo más a mano, y al secarle la mandíbula, veo que tiene un pequeño corte. Beau debía de llevar un anillo—. Deberías ponerte una curita.

Los ojos de Samson se iluminan cuando me mira.

—Tengo curitas en casa.

Se levanta del camastro y rodea la fogata para dirigirse a su casa.

No me invitó a acompañarlo, ni me esperó, pero vi en sus ojos que quería que lo siguiera. Me llevo la mano al cuello y siento cómo me sube la temperatura. Me levanto y miro a Sara antes de alejarme.

—Recuerda —murmura—. Una señal. Un choque de manos.

Me echo a reír y voy tras Samson. Me lleva varios metros de ventaja, pero deja abierta la puerta de su casa, lo que me confirma que sabe que lo estoy siguiendo.

Cuando llego a lo alto de la escalera, respiro hondo para tranquilizarme, aunque no sé por qué estoy nerviosa. Ya nos besamos anoche, lo más difícil ya está hecho.

Mientras cierro la puerta, veo que Samson está mojando una servilleta de papel en el fregadero. Al entrar en la cocina, veo que no ha encendido ninguna lámpara. La luz que hay proviene de los electrodomésticos y de la luna que brilla en el cielo.

Me apoyo en la barra para examinar el corte y él ladea la cabeza para que pueda verlo bien.

—¿Sigue sangrando? —me pregunta.

—Un poco —me aparto y lo observo mientras vuelve a ponerse la servilleta en la cara.

—No tengo curitas, te engañé.

Asiento con la cabeza.

—Ya lo sé, en esta casa no hay ni una mierda.

Contrae los labios, como si estuviera a punto de sonreír; sin embargo, hay algo que no deja que aparezca la sonrisa, algo pesado. Sea lo que sea, siento su peso dentro de mí.

Samson se quita la servilleta y la lanza sobre la barra. Luego se agarra a los bordes de esta, como si necesitara aferrarse a algo para mantener el control.

Sé que esta vez no piensa dar el primer paso, por mucho que parezca que le cuesta contenerse. Y aunque estoy muy nerviosa, quiero experimentar un beso completo con él, de principio a fin.

La mirada de Samson es como un imán que me atrae hacia él. Me acerco despacio, con timidez. Él no me apresura, se limita a esperar. Cuando los dos tenemos ya claro que me dispongo a besarlo, el corazón se me dispara en el pecho.

Lo que siento no se parece en nada a lo de anoche. Es mucho más trascendental, ya que los dos nos pasamos el día pensando en ello y llegamos a la conclusión de que deseamos que vuelva a pasar.

Mantenemos el contacto visual mientras me pongo de puntitas para unir mi boca a la suya. Él inspira hondo mientras nuestros labios siguen unidos, como si quisiera reponer la paciencia que se le acabó.

Me aparto un poco, porque necesito ver su reacción. Su mirada fija y los labios entreabiertos me dan una pista sobre lo que está por venir. Dudo mucho que vaya a salir corriendo de aquí después de haberme pasado el día arrepentida por mi reacción de ayer.

Samson agacha la cabeza y pega su frente a la mía. Cierro los ojos con fuerza al sentir que me apoya la mano en la nuca. Sigue teniendo la frente pegada a la mía y me imagino que también tiene los ojos cerrados. Es como si quisiera estar cerca de mí, pero supiera que no puede abrazarme y dudara de si debe besarme.

El instinto me hace echar la cabeza hacia atrás, porque quiero volver a tener sus labios pegados a los míos. Él acepta mi invitación y me besa la comisura de los labios antes de plantarme un beso en el centro. Expulsa el aire de manera entrecortada, como si estuviera saboreando lo que está por venir.

Me hunde la mano en el pelo y la usa para echarme la cabeza un poco más hacia atrás antes de besarme con confianza.

Es un beso lento y profundo, como si para sobrevivir necesitara robar parte de mi alma mediante el beso. Sabe a agua de mar y siento que la sangre se me transforma en un océano que arrasa con todo lo que encuentra y choca contra las paredes de mis venas.

Quiero quedarme a vivir en esta sensación, dormirme en ella, despertarme en ella.

No quiero que el beso llegue a su fin, pero cuando él baja el ritmo me gusta cómo lo hace, de manera gradual, con cuidado, como si le costara, como un tren acercándose lentamente a la estación.

Cuando dejamos de besarnos, me suelta, pero yo no me aparto. Sigo pegada a él, pero Samson vuelve a agarrarse a la barra con las dos manos. Le agradezco que no me abrace.

Acabo de demostrar que soy capaz de tolerar un beso, pero siento que aún no estoy preparada para un abrazo y, por suerte, le conté por qué.

Le apoyo la frente en el hombro y cierro los ojos.

Lo oigo respirar de manera profunda y trabajosa mientras reclina su cabeza sobre la mía con delicadeza.

Permanecemos así un rato y yo no sé qué sentir ni qué pensar. No sé si es normal sentir que peso quinientos kilos más después de besar a alguien.

Tengo la sensación de estar haciendo algo mal, pero al mismo tiempo no puedo evitar sentir que Samson y yo somos los únicos que lo hacemos bien en todo el planeta.

—Beyah —susurra.

Tiene la boca pegada a mi oreja, por lo que, al pronunciar mi nombre, me provoca un escalofrío que me recorre la nuca y los brazos. Mantengo la frente apoyada contra su cuerpo y los ojos cerrados.

—¿Qué?

Se hace una pausa que me resulta más larga de lo que es en realidad.

—Me iré en agosto.

No sé qué responder a eso. Son solo cuatro palabras, pero siento que acaba de trazar una línea profunda en la arena de la playa con esa frase. Una línea que sabía que tenía que llegar.

—Yo también —digo al fin.

Cuando levanto la cara, me quedo con la vista fija en el colgante. Lo toco y acaricio la madera. Él baja la vista hacia mí, como si tal vez tuviera ganas de volver a besarme. Y sé que dejaría que me besara mil veces más esta noche. Esta vez no me despertó ninguna emoción negativa, pero al mismo tiempo fue escalofriante, como si me besara al revés, desde dentro hacia fuera. Es así como creo que me mira a veces, como si me viera por dentro antes de fijarse en el exterior.

Me levanta la barbilla con un dedo y vuelve a unir sus labios con los míos. Esta vez lo hace con los ojos abiertos, como si quisiera empaparse de mí. Luego se aparta, pero poco. Sus palabras parecen filtrarse en mi boca cuando dice:

—Si seguimos con esto, no nos alejaremos de la orilla.

Asiento, pero un instante después niego con la cabeza. No sé si estoy de acuerdo o en desacuerdo.

—¿Qué quieres decir con eso?

Veo en su mirada un nudo parecido al que me oprime el pecho. Se recorre el labio superior con la lengua como si estuviera pensando en cómo explicármelo.

—Quiero decir... que si esto se transforma en algo más, no quiero que pase de ser un amor de verano. No quiero nada más; no quiero estar en una relación cuando me vaya de aquí en agosto.

—Yo tampoco lo quiero. Estaremos cada uno en extremos opuestos del país.

Él me acaricia el brazo con el dorso de los dedos. Cuando llega a la muñeca, vuelve a ascender, pero esta vez no se detiene en el hombro, sino que me recorre la clavícula hasta llegar a la mejilla.

—Hay gente que se ahoga en la orilla —susurra.

Es un pensamiento muy oscuro, que probablemente no pretendía compartir conmigo, pero aquí sigo, retirando capas de su alma le guste o no.

Hay tantas capas.

Pero al besarlo sentí que las atravesaba todas y llegaba hasta el centro de su alma. No entiendo cómo lo hice, pero sé que es verdad. Lo vi tal como es por dentro, a pesar de todo lo que aún ignoro sobre él.

—¿Quién era el tipo que se te acercó en el restaurante?

Él aparta la mirada y traga saliva con esfuerzo, con lo que me dan ganas de acariciarle la garganta.

—No quiero mentirte, Beyah, pero tampoco puedo ser sincero contigo.

No tengo ni idea de qué quiere decir con eso; lo que sí sé es que Samson no es de esas personas que se inventan dramas para llamar la atención. Por eso sus palabras me hacen pensar que se trata de algo peor de lo que pensaba.

—¿Qué es lo peor que has hecho en la vida? —le pregunto.

Él me mira a los ojos y, como era de esperar, niega con la cabeza.

—¿Tan malo es?

—Es malo.

—¿Peor que lo que yo hice con Dakota?

Samson frunce los labios, molesto, y me dirige una mirada intensa.

—Hay dos tipos de malas decisiones: las que nacen de la debilidad y las que nacen de la fuerza. Tú tomaste las tuyas porque eres fuerte y necesitabas sobrevivir, no fue por debilidad.

Me aferro a cada una de sus palabras porque quiero creérmelas, quiero que se conviertan en mi nueva verdad.

—¿Podrías responderme a una cosa? —le pregunto. Él no me dice que sí, pero tampoco se niega rotundamente—. ¿Fue algún tipo de agresión?

—No, nada de eso —me siento muy aliviada por su respuesta, y él se da cuenta. Me retira el pelo por detrás de los hombros con las dos manos y luego me besa la frente antes de apoyar la cabeza en la mía—. Te lo diré el día antes de que te vayas a la facultad.

—Si vas a acabar contándomelo, ¿por qué no lo haces ahora?

—Porque quiero pasar lo que queda del verano contigo, y si te lo cuento no estoy seguro de que lo permitas.

No sé qué habrá hecho para que piense que no querré volver a hablar con él si me lo cuenta, pero sé que si le doy muchas vueltas solo voy a conseguir estresarme.

Esperaré.

Al paso que vamos, lograré que me lo cuente antes de agosto.

De momento asiento, porque sé que esta noche no me lo va a contar. Hay algo que sí puedo hacer esta noche, y es mostrarle la misma paciencia que él mostró ayer conmigo.

Samson vuelve a besarme, pero es un beso rápido, un beso de buenas noches.

Me aparto de él y me dirijo hacia la puerta en silencio, porque las palabras que diría son demasiado grandes para mi voz. Si hoy me cuesta tanto esfuerzo irme, no quiero imaginarme cómo será el 3 de agosto.

PJ me está esperando junto a la puerta. Me sigue como un perro fiel escaleras abajo y me acompaña hasta la puerta de casa. Una vez allí, se dirige a la cama de toallas que le hice el otro día y se queda allí.

Por suerte, cuando entro no hay nadie en la sala. Cierro la puerta con llave y subo la escalera sin hacer ruido. Antes de entrar en mi habitación, echo un vistazo a la puerta de Sara.

Creo que tengo ganas de contarle que nos besamos. Es una sensación extraña la de querer sincerarme con otra chica. Ni siquiera le conté a Natalie lo de Dakota; me daba demasiada vergüenza.

Toco a su puerta con suavidad, porque no quiero despertar a nadie. Sara no responde, supongo que sigue en la playa.

Entreabro su puerta para comprobar si está en la cama, pero en cuanto asomo la cabeza, vuelvo a cerrar.

Marcos estaba acostado sobre ella. Estaba vestido, pero igualmente me tomó por sorpresa.

Me dirijo a mi habitación, y entonces recuerdo que Sara me dijo que le hiciera un gesto y regreso a su cuarto.

Marcos y ella dejan de besarse y se voltean hacia mí. Cuando llego junto a la cama, alzo la mano para que sea ella la que la choque.

Ella lo hace, riendo.

—¡Por fin, carajo! —murmura mientras salgo de la habitación.

17

Estos últimos días han sido los menos estresantes de mi vida. Es como si pasar tiempo junto a Samson liberara una hormona en mi cerebro que no había segregado en diecinueve años. Me siento mucho más feliz y entera, como si ya no estuviera a punto de romperme a cada momento.

Sé que no todo se lo debo a Samson, que es una combinación de las cosas que nunca he tenido hasta ahora: un alojamiento decente que no es alimento para termitas, tres comidas al día, una amiga que vive al otro lado del pasillo, el mar, los amaneceres...

Son casi demasiadas cosas buenas sucediéndome al mismo tiempo. Tengo una sobredosis de cosas positivas en mi vida, lo que significa que sufriré síndrome de abstinencia cuando el verano llegue a su fin. Pero como dijo Sara, los veranos son para vivir el presente, día a día. Ya me preocuparé cuando llegue el 3 de agosto.

Samson decidió que usar una escalera de mano es una manera más segura de acceder a mi terraza por las mañanas. Estoy en mi asiento habitual comiendo las uvas que acabo de ir a buscar a la cocina cuando lo oigo alargar la escalera. Mi momento favorito del día es cuando llega a lo alto de la escalera y me sonríe..., aunque tal vez lo de anoche esté en primer lugar. Me convenció para que volviéramos a nadar por la noche y esta vez no hubo ninguna picadura dolorosa que nos interrumpiera mientras nos besábamos.

Aunque lo de besarse se queda corto.

Hicimos todo lo que una pareja puede hacer en el agua sin meter las manos por debajo de los trajes de baño. Pero ha sido el único momento en que hemos pasado a la acción, si no contamos los ratos robados en esta terraza. No me siento demasiado cómoda con las demostraciones de afecto en público y casi siempre estamos con Sara y Marcos.

Samson alcanza el final de la escalera y nos sonreímos al mismo tiempo.

—Buenos días.

—Hola —me meto otra uva en la boca.

Él salta el barandal y se inclina para darme un beso antes de sentarse a mi lado.

Saco una uva de la bolsa y se la acerco a los labios. Él sonríe sin separarlos, lo que me obliga a meterle la uva a la fuerza en la boca. Samson aprovecha para apoderarse de mi dedo y succionarlo un instante antes de soltarlo despacio.

—Gracias —me dice mientras la mastica.

Y ahora quiero pasarme el resto del día dándole uvas.

Cuando apoya el brazo en el respaldo del asiento, me inclino hacia él, pero no lo suficiente como para que lo tome como una señal de que quiero que me abrace. Mientras observamos el amanecer en silencio, pienso en cómo ha cambiado mi vida desde que llegué.

Pensaba que sabía cómo era, pero no tenía ni idea de que las personas se transformaban en distintas versiones de sí mismas en diferentes escenarios. En mi entorno actual, donde todo es perfecto, me siento en paz con mi vida y no me voy a dormir amargada cada noche. Ni siquiera odio a mi padre como antes. Y ya no soy tan escéptica en el amor como solía ser. Y eso se debe a que aquí veo la vida a través de una lente distinta.

Me pregunto qué versión de mí misma seré cuando esté en la universidad. ¿Seré feliz allí? ¿Extrañaré a Samson? ¿Seguiré creciendo o volveré a marchitarme?

Me siento como una planta a la que hubieran cambiado de sitio y hubieran puesto al sol. Estoy floreciendo por primera vez desde que salí a la superficie.

—¿Qué planes tenemos para hoy? —me pregunta Samson.

Levanto los hombros.

—Pensaba que había dejado claro que no tengo ningún tipo de plan hasta el 3 de agosto.

—Bien. ¿Tienes ganas de rentar un carrito de golf y de dar una vuelta por la playa esta tarde? Conozco un rincón apartado.

—Sí, claro. Suena divertido —sobre todo desde que pronunció la última palabra. Lo de «apartado» me suena a invitación a pasar de una vez un rato a solas con él.

El sol ya salió. Este es el momento en el que Samson suele irse y yo me regreso a la cama, pero en vez de eso lo que hace es subirme a su regazo, donde quedo sentada de cara a él, con una pierna a cada lado de su cintura. Él echa la cabeza hacia atrás para apoyarla en el respaldo mientras me sujeta por las caderas.

—Deberíamos ver el amanecer en esta postura.

—Te taparía la vista.

Él me pone una mano en la mejilla, y el contacto de cada uno de sus dedos deja un rastro de fuego a su paso.

—Eres más bonita que la vista, Beyah —desplaza la mano para sujetarme por la nuca y me atrae hacia su boca.

Me envuelve entre sus brazos y me atrae hacia su pecho, pero me desplazo un poco para recordarle que no quiero que me abrace. No me gusta que me rodee con los dos brazos mientras nos besamos porque para mí un abrazo es algo mucho más íntimo y personal que un beso y que incluso el sexo.

Me gusta besar a Samson y pasar tiempo con él, pero no tengo ganas de compartir algo tan íntimo con alguien que solo está dispuesto a regalarme unas cuantas semanas de su vida.

Vuelve a colocar las manos en mis caderas, tal como le enseñé que lo hiciera durante estos últimos días. Me besa en la mandíbula y la cabeza.

—Tengo que irme —me dice—. Tengo que hacer un montón de cosas.

Cada día tiene algo que hacer, ya sea ayudar a reparar un tejado o reconstruir una duna. Casi siempre se trata de trabajillos por los que no creo que cobre nada.

Me aparto de su regazo y lo observo mientras se dirige a la escalera. Desciende sin establecer contacto visual y desaparece. Apoyo la cabeza en el respaldo y me meto una uva en la boca.

Estoy segura de que quiere más de lo que le estoy dando físicamente, pero no puedo darle más si él insiste en no pasar de la orilla. Tal vez para él los abrazos son algo propio de las aguas poco profundas, pero para mí son algo que solo se puede encontrar en la fosa de las Marianas.

Prefiero tener sexo con él a dejar que me abrace.

Probablemente eso demuestre que tengo mierdas muy enterradas que debería sacar a la luz un terapeuta, pero bueno.

La talasoterapia está demostrando hacer maravillas conmigo, y es gratis.

Referirse a este lugar como «apartado» es quedarse muy corto.

Me lleva tan lejos que las casas ya no se agrupan en barrios. Hay pocas y están lejos las unas de las otras. Tampoco hay gente; solo las dunas a nuestra espalda y el mar ante nosotros. Si pudiera elegir un lugar donde construirme una casa, sería este.

—¿Por qué hay tan pocas casas en esta zona? ¿Se inunda con facilidad?

—Antes había muchas, pero el huracán Ike arrasó con todo.

Samson bebe un poco de agua. Trajo sándwiches, agua y una cobija. Según él, esta es nuestra primera cita; dice que salir con Marcos y Sara no cuenta. Lo tomó tan en serio que vino a buscarme con el carrito al pie de la escalera.

—¿Crees que alguna vez volverá a ser igual que antes del huracán?

Él levanta los hombros.

—Tal vez no exactamente igual. Toda la península se gentrificó durante la reconstrucción, pero se recuperó mejor de lo que pensaba. Todavía quedan zonas por reparar. Harán falta muchos años para que vuelva a ser lo que era antes —señala hacia un lugar a nuestra espalda—. Ahí es donde encontré el barco de Rake. Probablemente queden restos enterrados tras la duna. Esta zona apenas se ha tocado desde el huracán.

Le doy un trozo de pan a PJ, que nos acompañó hasta aquí, subido en la parte trasera del carrito.

—¿Crees que este perro era de alguna de las personas que tenían casa por aquí?

—Creo que ese perro no ha pertenecido a nadie más que a ti.

Sonrío al oírlo, aunque sé que no soy la primera persona a la que PJ ha amado. Obedece las instrucciones, lo que significa que alguien se tomó la molestia de entrenarlo en el pasado.

Siempre había querido tener un perro, pero nunca pude permitírmelo porque no tenía bastante comida para darle. A veces me llevaba a casa a algún perro abandonado, pero siempre acababa yéndose a otra casa donde le dieran de comer más a menudo.

—¿Qué harás con él en agosto? —Samson alarga el brazo para rascar a PJ en la cabeza.

—No lo sé. Estoy tratando de no pensar en ello.

Nuestras miradas se cruzan y los dos guardamos silencio, aunque estamos pensando en lo mismo.

¿Qué voy a hacer con el perro?

¿Qué vamos a hacer con lo nuestro?

¿Cómo será el momento de la despedida?

Samson se acuesta en la arena. Yo estoy sentada, con las piernas cruzadas, y él usa mi regazo como almohada y me contempla pensativo. Le acaricio el pelo y me obligo a no pensar en nada que no sea este momento.

—¿Qué opinan los demás de ti? —me pregunta.

—Qué pregunta tan rara.

Él me mira expectante, como si le diera igual que me parezca rara. Levanto la mirada, riendo, y contemplo el océano mientras reflexiono.

—No soy una persona dócil, lo que hace que a veces me tomen por desquiciada, pero en general siempre me han metido en el mismo saco que a mi madre. Y cuando te juzgan basándose en la persona que te crio no puedes mantener una actitud neutral. O permites que te afecte y acabas convirtiéndote en lo que los demás creen que eres, o te rebelas con todas tus fuerzas —bajo la vista y lo miro a los ojos—. ¿Qué crees que los demás opinan de ti?

—No creo que pierdan ni un segundo de su vida en pensar en mí.

Niego con la cabeza para mostrarle mi desacuerdo.

—Yo lo hago. Y ¿sabes lo que pienso?

—¿Qué piensas?

—Que quiero volver a nadar contigo.

—Por aquí cerca no hay vinagre —me recuerda sonriendo.

—Pues más te vale que valga la pena una posible picadura.

Se pone en pie de un salto y me jala para que me levante. Me quito los shorts mientras él se libra de la camisa. No me suelta la mano mientras atravesamos la zona de olas y nos alejamos de la costa. Cuando el agua me llega a la altura del pecho, dejamos de andar y nos volvemos el uno hacia el otro. Nos agachamos hasta que el agua nos cubre hasta el cuello y nos besamos.

Es como si, con cada beso, dejáramos una parte de nosotros dentro del otro. Ojalá supiera más sobre el amor, las relaciones y todas esas cosas que pensaba que a mí no me iban a afectar nunca, porque creía que yo estaba por encima de todo eso... o tal vez que no estaba a la altura. Pero ahora me gustaría saber cómo lograr que este sentimiento perdure. Me gustaría saber si es posible que un tipo como Samson se enamore de una chica como yo.

Una ola rompe sobre nosotros y nos separa. Me empapó el pelo por completo. Me lo estoy retirando de la cara, riendo, cuando Samson regresa a mi lado y se rodea la cintura con mis piernas, sin olvidarse de no sujetarme por encima de las caderas.

Distingo un destello de felicidad en sus ojos.

Es la primera vez que lo veo.

Llevo aquí dos semanas y esta es la primera vez que lo noto relajado del todo. Me alegra mucho saber que se siente así a mi lado, pero me apena que no logre estar a gusto todo el tiempo.

—¿Qué cosas te hacen feliz, Samson?

—La gente rica nunca está satisfecha —responde al instante. Me apena que ni siquiera tenga que pensar en ello.

—Entonces ¿es cierto lo de que el dinero no da la felicidad?

—Cuando eres pobre hay un montón de cosas que desearías tener, objetivos por cumplir que te ilusionan, ya sea la casa de tus sueños, unas vacaciones o tal vez algo tan sencillo como ir a cenar a un restaurante un viernes por la noche. Pero cuanto más dinero tienes, más difícil es encontrar cosas que te ilusionen. Ya tienes la casa de tus sueños, puedes viajar a cualquier parte del mundo cuando te dé la gana; incluso puedes contratar a un chef privado para que te cocine lo que se te antoje. Los que no son ricos piensan que esas cosas hacen que te sientas realizado, pero no es verdad. Puedes llenar tu vida de cosas bonitas, pero las cosas bonitas no te rellenan los huecos del alma.

—Y ¿con qué se pueden rellenar?

Samson me observa la cara durante unos instantes antes de responder.

—Con trozos del alma de otra persona.

Me levanta lo justo para dejar al descubierto mis hombros, y tras recorrerme la mandíbula con los labios entreabiertos, su boca se apodera de la mía. Yo la recibo, ansiosa, hambrienta.

Siento que se endurece a pesar de estar en el agua, pero nos limitamos a besarnos durante varios minutos en un intercambio excesivo pero insuficiente al mismo tiempo.

—Beyah —susurra, con los labios pegados a los míos—. Podría quedarme aquí eternamente, pero creo que deberíamos regresar antes de que oscurezca.

Asiento, pero sigo besándolo porque en realidad me da igual si se hace de noche. Samson se echa a reír, pero enseguida se calla y me besa con más entrega que antes.

Lo toco por todas partes hasta donde me alcanzan las manos, pero me gustaría poder abarcar más. No puedo parar de acariciarle el pecho, los hombros y la espalda. Acabo agarrándolo del pelo cuando él baja la cara hacia mi pecho. Siento su cálido aliento en la piel, entre mis dos pechos. Me lleva una mano a la nuca para deshacer el nudo del bikini.

Cuando me mira a los ojos, pidiéndome permiso en silencio, asiento y él jala la cinta hasta que se desata.

Las cintas se caen y Samson inclina la cabeza para besarme. Empieza por la parte superior y va bajando despacio hasta que succiona uno de mis pezones.

Inspiro hondo, de manera entrecortada. Su lengua me provoca escalofríos que me recorren todo el cuerpo. Con los ojos cerrados, apoyo la mejilla en su cabeza; ojalá no parara nunca.

Pero se detiene al oír el motor de un vehículo que se acerca. Samson me vuelve a atar el bikini mientras yo gruño y se me escapa una mueca de fastidio. Regresamos a la orilla, a pesar de que la camioneta dio media vuelta y se fue antes de que saliéramos del agua.

Permanecemos en silencio mientras recogemos las cosas y las metemos en el carrito. El sol que ha empezado a ponerse por el extremo opuesto de la península pinta el cielo de tonos violáceos y rojizos, al mismo tiempo que el viento que sopla desde el mar va ganando intensidad. Al voltearme hacia Samson, lo veo dándole la cara al viento, con los ojos cerrados. Transmite una calma que me resulta contagiosa.

La verdad es que me transmite todas sus emociones. Menos mal que solo parece tener un par; nunca me había sentido tan estable emocionalmente como desde que empecé a pasar buena parte del tiempo a su lado.

—¿Alguna vez has cerrado los ojos para escuchar lo que te dice el mar? —abre los ojos y se voltea hacia mí.
—No.

Él retoma su postura de hace un momento.

—Inténtalo.

Cierro los ojos y suelto el aire. Samson me busca la mano y permanecemos así, juntos, en silencio, frente al océano.

Trato de distinguir qué está oyendo.

Gaviotas.

Olas.

Paz.

«Esperanza».

No sé cuánto tiempo estamos así, porque me pierdo en la meditación. Creo que es la primera vez que permanezco en un sitio con los ojos cerrados y dejo volar mis pensamientos.

Los suelto todos, no guardo ninguno.

Al cabo de un rato, siento que el mundo está en un silencio absoluto, que solo rompe Samson al darme un beso en la cabeza. Abro los ojos mientras inspiro hondo.

Esto llega a su fin. Cenamos juntos antes de una sesión de toqueteo que terminó con un rato de relajación. ¡Vaya cita!

—¿Dónde está tu perro? —me pregunta mientras montamos en el carrito.

Miro a mi alrededor, pero no veo a Pepper Jack Cheese por ninguna parte. Lo llamo, pero ni así aparece. El corazón se me acelera y Samson parece darse cuenta, porque comienza a llamarlo.

Me empiezo a preocupar porque estamos lejos de casa y quizá no sea capaz de encontrar el camino de vuelta.

—Tal vez esté detrás de las dunas —sugiere Samson.

Ambos ascendemos los alargados montículos de arena. Samson me da la mano para ayudarme a llegar arriba. Desde allí, no tardo en divisar a PJ, lo que me proporciona un gran alivio.

—¡Gracias a Dios! —exclamo mientras empiezo a descender la duna por el otro lado.

—¿Qué hace? —pregunta Samson, que me sigue.

PJ se encuentra a unos tres metros de distancia, cavando con entusiasmo en la arena.

—Tal vez encontró algún cangrejo.

Pero cuando llegamos a su lado me quedo paralizada. Lo que haya encontrado, no es ningún cangrejo. Parece una...

—¿Samson? —susurro—. ¿Qué es eso?

Él se deja caer de rodillas sobre la arena y retira el polvo de lo que parecen ser los huesos de una mano.

Trato de apartar a PJ de allí, pero él se resiste. Samson empezó a cavar y a apartar arena, dejando a la vista más y más pedazos de lo que obviamente es un brazo humano.

—Santo Dios —murmuro.

Al cubrirme la boca con la mano, PJ aprovecha para liberarse y correr junto a Samson, pero él le da un empujón.

—Quieto, siéntate —le ordena.

PJ se lamenta, pero obedece.

Me arrodillo junto a Samson y lo observo mientras él sigue dejando al descubierto más huesos.

—Tal vez no deberías tocarlo —le aconsejo.

Samson no dice nada y continúa cavando hasta que alcanza la articulación del hombro del esqueleto. Todavía tiene restos de una camisa, rota y gastada, de cuadros rojos. Cuando Samson la toca, se le desintegra entre los dedos.

—¿Crees que es un cuerpo entero?

Samson sigue sin responderme. Se echa hacia atrás con la mirada fija en el suelo.

—Voy a buscar el celular para llamar a la policía.

Trato de levantarme, pero Samson me agarra de la muñeca. Cuando me volteo hacia él, veo que me suplica con la mirada.

—No llames.

—¿Perdona? —niego con la cabeza—. Tenemos que avisar.

—No, por favor, Beyah —repite con más firmeza que antes. Nunca lo había oído hablar con tanta decisión—. Es el tipo del que te hablé, Rake. Lo reconozco por la camisa —baja la mirada hacia los restos que acaba de desenterrar—. La policía lo lanzará a una tumba sin nombre.

—Pero igualmente tenemos que informar a las autoridades. Es el cadáver de una persona desaparecida.

Él vuelve a negar con la cabeza.

—No, no lo es. Como te dije, nadie lo extrañó ni denunció su desaparición —el lenguaje corporal de Samson me dice que no va a cambiar de idea—. Sé que querría estar en el océano; fue el único hogar que tuvo.

Ambos permanecemos un rato en un silencio reflexivo. Siento que yo no tengo nada que ver en esta decisión, pero lo que tengo claro es que no quiero permanecer aquí ni un segundo más.

Samson se levanta y se dirige hacia la duna. No tengo intención de quedarme aquí a solas con restos humanos, por lo que voy tras él.

Samson se dirige hacia la orilla, pero se detiene a unos metros del agua y se sujeta la nuca con las manos. Yo dejo de andar porque parece que necesita un poco de tiempo para procesar lo que está pasando.

Se queda observando el mar durante lo que me parece una eternidad. Yo camino de un lado a otro a su espalda, dudando entre hacer lo que considero correcto o dejar la decisión en manos de Samson. A fin de cuentas, él lo conoció y yo no.

Al cabo de un rato rompo el silencio.

—¿Samson?

Él no se da la vuelta, pero me responde con la misma determinación que antes.

—Necesito que vuelvas a casa; llévate el carrito.

—¿Sin ti?

Él asiente, aún de espaldas a mí.

—Luego me reuniré contigo.

—No voy a dejarte aquí solo. Está muy lejos para regresar caminando a oscuras.

Esta vez se voltea hacia mí, pero el Samson que me está mirando no se parece en nada a la persona que era hace veinte minutos. Los rasgos se le endurecieron y hay algo que acaba de romperse en su interior.

Camina hacia mí y me sostiene la cara entre las manos. Tiene los ojos rojos, como si estuviera a punto de romperse.

—Por favor —me ruega—. Vete. Necesito hacerlo solo.

Escucho en su voz un dolor que me resulta desconocido. Una agonía que esperaba sentir cuando encontré a mi madre muerta, aunque lo único que logré sentir fue un vacío sin emociones.

No tengo ni idea de por qué se siente obligado a hacer esto, pero sin duda su necesidad de hacerlo a solas es más grande que mis ganas de discutírselo. Asiento con la cabeza y susurro:

—Está bien.

Por primera vez en mi vida siento la necesidad apremiante de darle un abrazo a alguien, pero no lo hago. No quiero que nuestro primer abrazo quede ligado a un hecho tan terrible y por eso me subo en el carrito.

—Llévate a PJ —me pide. Me espero a que vuelva a subir la duna para traerlo. Cuando regresa con el perro, lo sienta en el asiento del copiloto. Agarra el techo del carrito de golf y me dice en tono neutro, inexpresivo—: Estaré bien, Beyah. Nos vemos luego —se aparta del carrito y se dirige de nuevo hacia la duna.

Conduzco hacia casa y dejo atrás a Samson, que se queda para ocuparse de algo que sé que nunca me contará y que, probablemente, nunca volverá a mencionar.

18

Por supuesto que estoy preocupada por Samson, pero cuanto más tiempo paso aquí, esperándolo, más me pregunto si no debería enojarme con él.

Me parece injusto que me haya pedido que me fuera y lo dejara solo en una situación como esa, pero en su mirada estaba claro que sumergir los restos de Rake en el mar era más importante para él que para mí informar de su aparición.

He visto cosas muy perturbadoras a lo largo de mi vida, por lo que la idea de desplazar unos huesos desde una duna hasta el mar no me resulta especialmente estremecedora. No sé cómo me hace quedar eso. O a Samson.

No logro enojarme con él, pero la preocupación no deja de aumentar. Tengo un nudo en el estómago que no se va. Han pasado casi cuatro horas desde que llegué a casa. Traté de entretenerme con un baño, la cena y una conversación intrascendente con mi padre y Alana, pero mi mente se quedó al otro lado de esa duna, junto a Samson.

Luego regresé a la playa, y aquí estoy, junto a la fogata, observando su casa vacía y oscura, esperándolo.

—¿Dónde está Samson? —me pregunta Sara.

«Buena pregunta».

—Ayudando a alguien. Regresará pronto.

Bebo un poco de agua para quitarme el sabor de las mentiras de la boca. Parte de mí quiere contarle la verdad a Sara, pero sé que no debo. No sabría ni cómo sacar el tema. ¿Cómo le cuentas a alguien algo así?

«¿Sabes lo que pasa, Sara? Es que hay restos humanos en la arena y Samson se quedó a desenterrarlos para tirarlos al mar».

No, no la veo capaz de sobrellevar algo de esa magnitud.

—Oye, tú —Sara me dirige una mirada cargada de esperanza—. No acabaste de darme los detalles sobre el beso. ¿Cómo fue?

Creo que le gustaría tener una hermanastra con la que compartir chismes mientras se cepillan el pelo mutuamente. Lo lamento, pero en vez de eso le toqué yo, la insípida de Beyah.

—Pues la verdad es que fue un poco deprimente.

—¿Qué? ¿Por qué?

—No digo que fuera un mal beso, Samson besa muy bien. Lo que pasa es que es muy serio…, y yo también. Y claro, no es fácil compartir un beso sexy y divertido cuando ninguno de los dos somos así —suspiro y apoyo la cabeza en el camastro—. A veces me gustaría ser como tú.

Sara se echa a reír.

—Si fueras como yo, Samson no te miraría como te mira.

Sus palabras me hacen sonreír. Tal vez tenga razón, hay personas que se ven bien juntas. Yo no quedaría nada con Marcos, y ella no se avendría con Samson.

Ojalá nuestros otoños e inviernos encajaran tan bien como lo han hecho nuestros veranos.

Sara levanta las manos cuando la canción que nos llega por Bluetooth acaba y empieza otra que no he oído nunca.

—¡Me encanta esta canción!

Se levanta y comienza a bailar. Marcos se pone a bailar con ella. No es una canción lenta, por lo que dan vueltas y saltos como si no hubiera nada en su vida que los molestara.

Los observo bailar hasta que acaba la canción y Sara se desploma en su camastro, a mi lado, para recuperar el aliento. Alarga el brazo para tomar una botella de licor clavada en la arena.

—Toma —me pasa la botella—. El alcohol hace que todo el mundo sea divertido.

Me la llevo a la boca y finjo dar un trago. Prefiero ser aburrida a convertirme en mi madre, por lo que no tengo ninguna intención de tragármelo. Finjo por Sara. Llevo toda la noche siendo aburrida. No quiero rechazar la botella y hacerla sentir culpable por estar bebiendo. Mientras se la devuelvo, algo me llama la atención a su espalda.

«Por fin. Tardó cuatro horas».

Samson va a tener que pasar por aquí para ir a su casa. Va cubierto de arena y parece cansado y tal vez un poco culpable. Cuando nuestras miradas se cruzan, aparta los ojos enseguida, pero mientras se aleja en dirección a su casa, se da la vuelta y camina de espaldas. Señala a su casa con la cabeza, vuelve a darse la vuelta y desaparece en la oscuridad.

—Eso fue una orden.

Permanezco sentada, porque no quiero parecer demasiado ansiosa.

—No soy un perro.

—¿Discutieron?

—No.

—Pues, entonces, ve con él. A mí me gusta cuando Marcos me da órdenes, siempre es señal de que van a pasar cosas buenas —voltea hacia su novio—: Eh, Marcos, ordéname que vaya.

Cuando él la llama con una inclinación de cabeza, Sara se levanta de un salto, se acerca a él y se deja caer sobre su regazo de manera teatral. El camastro se vence y ellos van a parar a la arena, aunque Marcos sostiene la cerveza en alto y no derrama ni una gota.

Los dejo solos y me dirijo a casa de Samson. Al acercarme, oigo caer el agua en la regadera exterior. Me adentro en la zona de los pilares, con suelo de cemento. Es la primera vez que entro y me parece un espacio agradable. Aparte de la regadera, hay un bar y un par de mesas. No sé por qué no pasamos más tiempo aquí en vez de en la playa. La casa de Samson es ideal para organizar fiestas; lo que pasa es que él no tiene madera de anfitrión.

No veo los shorts de Samson tirados por el suelo al acercarme a la regadera, lo que significa que sigue vestido. La regadera no tiene puerta; debo entrar y girar a la izquierda para verlo.

Me está dando la espalda. Tiene las manos apoyadas en la madera y el agua le cae sobre la nuca, ya que la cabeza le cuelga entre los hombros.

—Lo siento —murmura. Se gira y se aparta el pelo mojado de la frente.

—¿Por qué?

—Por ponerte en esta situación. Por esperar que guardes secretos cuando yo no te cuento ninguno de los míos.

—No me pediste que no lo cuente, solo que no llame a la policía.

Él se pasa la mano por la cara y se inclina hacia atrás para volver a estar bajo el chorro de agua.

—¿Se lo contaste a alguien?

—No.

—¿Piensas hacerlo?

—No, si tú no quieres.

—Preferiría que quedara entre nosotros.

Asiento en silencio. Si hay algo que se me da bien en la vida es guardar secretos, soy una experta.

No me desagrada que Samson sea tan discreto como un libro cerrado. Es imposible que no te guste un libro que todavía no has leído. Además, tengo paciencia con él porque me dijo que me contaría todos sus secretos antes de irnos de aquí. De no ser así, tal vez lo vería con otros ojos.

—Siento que hay algo que me ocultas en la historia de Rake. ¿Me lo contarás el 2 de agosto junto a las demás respuestas que me debes?

Él asiente con la cabeza.

—Sí, te lo contaré todo ese día.

—Voy a tener que hacer una lista de respuestas pendientes.

Frunce ligeramente los labios, como si se aguantara la risa.

—Y yo te las responderé todas el 2 de agosto.

Doy un paso hacia él.

—¿Me lo prometes?

—Te lo juro.

Le tomo una de las manos y veo que tiene tierra debajo de las uñas.

—¿Lo pudiste desenterrar del todo?

—Sí.

—¿Y estás seguro de que era Rake?

—Convencido.

Parece agotado. Su voz suena exhausta, incluso un poco triste. Tengo la sensación de que Rake desempeñó un papel más importante en la vida de Samson de lo que suele admitir. Le echo un vistazo al colgante y vuelvo a buscarle la mirada. Él agacha la cabeza para contemplarme y el agua le cae formando riachuelos por la cara.

Se me está empezando a mojar la ropa, por lo que me quito la blusa y la lanzo al otro lado de la pared de la regadera. Me dejo los shorts y la parte de arriba del bikini y ayudo a Samson a limpiarse las uñas. Él permanece quieto mientras le retiro la tierra de las uñas una por una antes de lavarle las manos con jabón.

Cuando termino, Samson me toma la mano y me jala para meterme bajo el chorro con él. Me besa, y cuando retrocede hasta apoyarse en la pared, yo avanzo con él y salgo de la trayectoria del chorro.

Es un beso lento, sosegado. Apoyado en la pared, me sostiene por las caderas y me deja al mando de la situación.

Me inclino hacia él, presionando los pechos contra su torso desnudo y rodeándole la nuca con una mano.

«No debería haberle dicho a Sara que fue un beso deprimente. Esto no tiene nada de deprimente».

«Imperecedero» sería una descripción mucho más adecuada.

Todos nuestros besos me parecen formales, importantes, como si fueran a permanecer siempre conmigo. No me parecen simples demostraciones de afecto que se intercambian de pasada. Tras ellos se esconde algo más importante que la atracción. Ahora mismo, ese algo más grande es la tristeza, y quiero quitársela de encima, aunque solo sea por unos minutos.

Le acaricio el pecho con la mano y voy descendiendo hasta encontrar el elástico de sus pantalones. Deslizo la mano dentro mientras Samson inspira hondo. Dejamos de besarnos cuando lo toco por primera vez. Me está mirando fijamente a los ojos como diciéndome que no hace falta que haga esto, pero al mismo tiempo rogándome que no pare.

Lo sujeto con firmeza y él deja caer la cabeza hacia atrás mientras suspira.

—Beyah —susurra.

Le beso el cuello y empiezo a mover la mano arriba y abajo, despacio. Es más grande que Dakota, lo que no me sorprende, ya que me ha demostrado ser más grande que cualquier persona que conozco en todos los sentidos.

Uso la otra mano para bajarle los pantalones y que no se sienta confinado, y nos mantenemos así un par de minutos, sin romper el contacto. Su respiración es cada vez más intensa y profunda, y con cada caricia me agarra más y más fuerte por las caderas. No aparto la vista de su rostro, no soy capaz de parar de observarlo. Él me mira de vez en cuando, pero otras veces cierra los ojos con firmeza, como si estuviera abrumado por las sensaciones.

Cuando empieza a contraer todos los músculos del cuerpo, me agarra del pelo con brusquedad y me levanta la cara para poder encajar su boca con la mía. Con dos pasos rápidos, me empuja hasta la pared de enfrente mientras me besa con más pasión de la que ha empleado en cualquiera de sus besos anteriores.

Sigo sin soltarlo, pero es como si le costara respirar y besarme al mismo tiempo, porque se separa lo justo para apoyar la cabeza en la mía. Con la boca sobre mi oreja deja escapar un «carajo» gutural que me provoca escalofríos en todo el cuerpo. Sigo acariciándolo hasta que se estremece y siento un calor pegajoso en la palma de la mano. Él suspira y hunde la cara junto a mi cuello.

Se toma unos instantes para recuperar el aliento antes de tomar el cabezal de la regadera. Lo mete entre los dos para lavarse y limpiar mi mano. Lo deja caer al suelo y se abalanza de nuevo sobre mí para besarme.

Respira como si acabara de correr una maratón. A estas alturas, mi respiración está casi tan alterada como la suya.

Cuando al fin levanta la cabeza y me mira a los ojos, parte del peso que cargaba hace un rato ha desaparecido. Eso es lo que pretendía, que se sintiera mejor después de lo que tuvo que hacer esta noche.

Le doy un beso suave en la comisura de los labios, dispuesta a despedirme, pero él me acaricia el pelo mojado y me susurra:

—¿Cuándo vas a dejar que te abrace?

Me dirige una mirada suplicante, como si necesitara más un abrazo que lo que acabo de hacerle. Y probablemente se lo permitiría si no fuera porque me temo que me pondría a llorar. Al darse cuenta de mi lucha interna, asiente en silencio y me da un beso en la sien.

—Buenas noches —murmuro.

—Buenas noches, Beyah.

Mientras él cierra la llave, recupero la blusa, me la pongo y me alejo de su casa.

19

Las cinco casas de Samson se restaron para el puente del 4 de julio, por lo que él se instala en casa de Marcos.

Ha pasado una semana desde que descubrió el cadáver de Rake y no hemos vuelto a hablar de ello. Falta menos de un mes para el 2 de agosto, que es cuando obtendré todas las respuestas que necesito. No tengo ganas de que llegue el momento, porque eso significará que al día siguiente nos diremos adiós.

Trato de vivir el presente, día a día.

Y el día de hoy es una auténtica locura, tanto que ni nos hemos acercado a la playa. Estamos en el balcón de Marcos. Su casa no está en primera ni en segunda línea de mar, sino un poco más hacia el interior, y precisamente por eso nos reunimos aquí. La playa está infestada de ruido, música y más borrachos de los que puedes encontrar en un bar de Texas, y a ninguno nos interesa formar parte de ese desmadre.

Los cuatro cenamos en casa de Marcos, con su familia. Tiene dos hermanas pequeñas y la mesa era un remolino de actividad, conversaciones y mucha comida. Samson parecía sentirse como en su casa, lo que me llevó a preguntarme cómo será cuando está con su propia familia.

¿Cenarán todos juntos, en familia, como les gusta hacer a mi padre y a Alana? ¿Me aceptarían si me conocieran alguna vez? Algo me dice que no, y que por eso nunca me habla de ellos.

Sin embargo, esta noche me he sentido una más a la mesa, aceptada y bien alimentada. Logré mi objetivo de ganar peso este verano, tanto que no estoy segura de que vaya a entrar en los pantalones de mezclilla que me compré al llegar aquí. Hasta ahora no he usado más que el bikini y los shorts.

El sol acaba de ponerse, pero han empezado a tirar petardos ya antes del anochecer. Ahora que al fin está oscuro, cada vez hay más fuegos artificiales, que se alzan hacia el cielo desde todos los rincones de la península.

—Los fuegos de Galveston comenzarán dentro de unos minutos —comenta Sara—. Ojalá pudiéramos verlos desde aquí.

—Desde el tejado de Marjorie seguramente se verán —apunta Samson.

—¿Crees que nos dejaría estar allí? —pregunto.

Samson levanta los hombros.

—Depende de si está durmiendo o no.

Marcos se levanta.

—Es imposible dormir con este escándalo.

Nos dirigimos todos a casa de Marjorie, incluido PJ, que espera fuera.

Al llegar a su calle, la vemos sentada en el pórtico, observando el espectáculo que es la playa. Al vernos aparecer, nos dice:

—Pensaba que vendrían antes —señala la puerta—. Pueden pasar. Déjenme a Pepper Jack Cheese; yo me encargo de que no se asuste.

Samson le da las gracias y, una vez dentro, espera a que Sara y Marcos suban la escalera y luego me deja pasar a mí. Cuando llegamos a los ventanales, Sara está tratando de salir de rodillas. Marcos quiere ayudarla, pero ella niega con la cabeza.

—Esto está muy alto, no me puedo mover.

Samson se echa a reír.

—Intenta llegar al centro del tejado. Así verás el cielo en vez del suelo.

Sara avanza a cuatro patas hasta donde le indicó Samson, y el resto la seguimos. Yo me siento a su lado y Samson se sienta junto a mí.

—¿Cómo le haces para caminar por aquí? —le pregunta Sara.

—No miro hacia abajo.

Ella se cubre la cara con las manos para librarse del mareo.

—No era consciente de que me daban miedo las alturas.

Marcos le rodea los hombros con un brazo.

—Ven aquí, amor.

Sara se inclina hacia él, y al verlos tan juntos me doy cuenta de que Samson y yo ni siquiera nos rozamos. Miro a Samson, pero él está observando los fuegos que se elevan desde otra zona de la playa.

—¿Crees que Marjorie se siente sola? —le pregunto.

Él voltea hacia mí y sonríe.

—No. Tiene un hijo que trabaja de abogado en Houston y que viene a verla un par de veces al mes.

Saberlo me hace sentir bien.

Al ver el alivio en mi cara, Samson se inclina hacia mí y me da un beso.

—Eres adorable —susurra.

Me busca la mano, entrelaza los dedos con los míos y contemplamos los fuegos artificiales en silencio.

A medida que avanza la noche, el cielo se llena de color en todas direcciones. Hay castillos de fuegos artificiales en la bahía, en dirección a Galveston, pero también los lanzan desde algún barco en medio del océano.

Marcos se voltea hacia Sara y le dice:

—Este sería un momento ideal para una petición de matrimonio, con los fuegos artificiales de fondo. Lástima que nos conociéramos en primavera.

—Tráeme aquí el año que viene, fingiré que he olvidado esta conversación.

Me hacen reír.

Minutos más tarde, Sara le dice a Marcos que tiene que salir de ahí, porque no se le pasa el mareo. Cuando se van, Samson y yo nos quedamos a solas.

Me sorprendo observándolo a él más rato que al espectáculo. Parece enamorado de todo lo que lo rodea.

—Nunca había visto a Darya tan preciosa —murmura.

Un momento.

«¿Qué?».

Darya es el nombre de la chica que le rompió el corazón.

—Mira cómo se reflejan los fuegos artificiales sobre ella —señala hacia mar abierto.

Yo miro hacia donde me indica y luego me volteo hacia él, sin entender.

—¿Llamas Darya al mar?

—Sí —responde él como si fuera lo más normal del mundo—, eso es lo que significa. Rake llamaba así a la mar.

—Me dijiste que Darya era la exnovia que te rompió el corazón.

Él se echa a reír.

—Te dije que Darya me rompió el corazón, pero nunca mencioné que se tratara de una chica.

Intento recordar los detalles de la conversación. Todo este tiempo pensando que hablaba de una chica y resulta que se refería... ¿al agua?

—¿Cómo te puede romper el corazón el mar?

—Te lo contaré el...

—El 2 de agosto —acabo la frase por él, con una mueca de impaciencia. Cambio de postura para sacar el celular del bolsillo—. Lo tengo todo anotado, me debes un montón de explicaciones.

Samson se echa a reír.

—¿Puedo ver la lista?

Le paso el teléfono después de añadir la última pregunta y él empieza a leerlas en voz alta.

—¿Por qué no te gusta hablar de las casas de tu padre? ¿Quién era el tipo que nos interrumpió en el restaurante? ¿Qué es lo peor que has hecho en la vida? ¿Por qué no te gusta hablar de tu familia? ¿Qué es lo que no me cuentas sobre Rake? ¿Con cuántas chicas te has acostado? —hace una pausa y me mira a los ojos antes de continuar—. ¿Cuál es tu nombre completo? ¿Cómo te rompió el corazón el mar?

Permanece con la vista en la pantalla unos instantes antes de devolverme el celular.

—Diez —me dice—, pero la verdad es que solo me acuerdo de nueve. Los recuerdos de una de las chicas son muy borrosos.

Diez. Son muchas comparadas conmigo, pero no tantas como me había imaginado. Si hubiera dicho cincuenta, no me habría extrañado demasiado.

—Diez no son muchas.

—Si las comparamos con tu única pareja, sí —replica en tono burlón.

—Pensaba que serían más. Por cómo me habló Sara de ti, me imaginé que te acostabas con una chica distinta cada fin de semana.

—No solía llegar a la cama con ninguna, aunque la he pasado bien con muchas. No sé con cuántas. No me lo preguntes el día 2, porque no voy a poder responderte.

Un gran castillo de fuegos artificiales se eleva justo delante de nosotros. La pirotecnia capta la atención de Samson, pero yo no soy capaz de apartar la mirada de él.

—A veces me pregunto si realmente quiero saber las respuestas. Creo que el misterio que te rodea es una de las cosas que más me gustan de ti, aunque al mismo tiempo es una de las cosas que menos me gustan de ti.

Samson no me mira cuando replica:

—¿Quieres saber lo que más me gusta de ti?

—¿Qué?

—Que eres la única persona que conozco que probablemente preferiría que fuera pobre.

No le falta razón.

—Así es. Sin dudarlo, tu dinero es lo que menos me gusta de ti.

Samson me da un beso en el hombro.

—Me alegro de que hayas estado aquí este verano, Beyah.

—Yo también —susurro.

20

No me gusta tomar anticonceptivos. Llevo tomándolos casi una semana y percibo que me están alterando las emociones. Estoy empezando a sentir las cosas con mucha más intensidad que cuando llegué aquí. Hay momentos en que extraño mucho a mi madre; otros en que me convenzo de que me estoy enamorando de Samson, incluso me he sorprendido ilusionada de mantener una conversación con mi padre.

No sé en qué me estoy convirtiendo y no tengo claro si me gusta. En realidad, no creo que tenga nada que ver con los anticonceptivos, pero es agradable poder echarle la culpa a algo.

Samson estuvo fuera buena parte del día. Sara y yo pasamos el rato en la playa, sin él ni Marcos. Ya es hora de cenar y tenemos hambre, por lo que recogemos las cosas al mismo tiempo que tres chicos colocan una red de volibol entre nuestra casa y la de Samson. Mientras dejamos los camastros en la bodega que hay entre los pilares, les echo un vistazo.

Siento un pellizco en el pecho. Qué raro, es como si extrañara el volibol.

Nunca pensé que fuera posible.

—Voy a preguntarles si puedo jugar con ellos. ¿Tienes ganas de jugar?

Sara niega con la cabeza.

—Quiero bañarme. Tengo arena por todas partes. Y cuando digo todas quiero decir todas —se dirige hacia la escalera—. Pásalo bien. Patéales el trasero.

Cuando llego junto a los chicos, están a punto de iniciar un uno contra uno. Uno de ellos está sentado en la banda no marcada y los otros dos están en posición para empezar el partido.

—¡Eh! —exclamo para que se detengan. Los tres se voltean hacia mí. Ahora que estoy más cerca me siento un poco intimidada. Los tres son tan altos y grandes que temo estar a punto de hacer el ridículo—. ¿Les falta uno?

Los tres se miran entre ellos. El más alto me dirige una mirada irónica cuando me pregunta:

—¿Estás segura?

La sonrisita de suficiencia me saca de quicio.

—Pues sí. Y para no abusar, me ofrezco a formar pareja con el peor de los tres.

Los tres se echan a reír y luego los dos que están de pie señalan al que sigue sentado en la banda.

—Él es el más flojo de los tres.

El tipo del suelo muestra su conformidad.

—Es verdad, juego realmente mal.

—Pues ya está, vamos a jugar.

PJ está a mi lado, por lo que lo llevo hasta un lugar donde no moleste y le ordeno que se siente.

Los chicos se presentan antes de empezar el partido. Yo formo equipo con Joe. El más alto de llama Topher y el otro es Walker. Walker lanza la pelota en mi dirección y se la devuelvo con facilidad.

Walker se la pasa a Topher, que trata de rematar en mi dirección. Pero sin darle tiempo a reaccionar, subo a la red y le bloqueo el remate.

—Impresionante —murmura Topher cuando marco nuestro primer punto.

Consigo tres más antes de que Joe haya tocado la bola.

Llevo tiempo sin entrenar y lo resiento, porque me canso mucho antes de lo habitual. Les echaré la culpa a los anticonceptivos. O a la arena, nunca había jugado en esta superficie.

Ellos marcan dos puntos más antes de que al fin tengamos derecho a saque. Poco antes de sacar veo a Samson en su terraza. Está observando el partido o, mejor dicho, a mí, pero cuando lo saludo no me responde.

«¿Está celoso?».

Se aparta del barandal y entra en la casa.

«¿Qué está pasando?».

Su reacción me hace enojar. Samson sabe que juego volibol. No entiendo por qué piensa que estoy coqueteando con tres chicos en vez de pensar que estoy jugando un partido, sin más.

El enojo le da alas a mi servicio y acabo golpeando la pelota con más fuerza de la cuenta. Por suerte, entra, pero justo en la línea.

Está ocurriendo precisamente lo que me temía. Tenía miedo de que cuanto más tiempo pasara con Samson, más cosas que no me gustaran fueran saliendo a la luz, y los celos son una de las cosas que menos me gustan.

Tras un rato de peloteo, echo un nuevo vistazo hacia la terraza, pero no ha vuelto a salir.

Vuelco mi enojo y energía en el juego. Me lanzo hacia la pelota y caigo de rodillas. Vuelvo a caer tres veces más antes de que Joe toque la pelota. Cuando acabe el partido voy a tener tantos moretones que voy a parecer una berenjena.

Marcamos un punto, con lo que quedamos empatados a cuatro. Joe se acerca y me ofrece la mano para que se la choque.

—Si ganamos, será la primera vez que gane en algún deporte —confiesa.

Su comentario me hace reír, pero la sonrisa se me hiela en la cara al ver que Samson baja la escalera. Si viene a armar una escenita, me voy a enojar de verdad.

«Pues eso parece. Viene directo hacia aquí».

Y en la mano lleva... una silla.

—¡Atenta! —grita Joe.

Al voltear, veo que la pelota vuela hacia mí, pero queda fuera de mi alcance. Me lanzo hacia ella, pero sale desviada y encima trago arena al caer al suelo.

—¡Levántate, Beyah! —grita Samson.

Me pongo en pie de un salto y me volteo hacia él, que camina hacia aquí, con la silla en la mano. La deja en la arena, junto a PJ, a unos dos metros de la red, se sienta y se coloca los lentes de sol en la cabeza. Luego se lleva las manos a la boca para hacer altavoz y grita:

—¡Vamos, Beyah!

«¿Qué hace?».

Esta vez, la pelota le llega a Joe, que por fin me la coloca cerca de la red. Lo que nuestros rivales no saben es que yo era la mejor delantera izquierda de mi equipo.

La lanzo picada entre Topher y Walker. Cuando toca la arena y ganamos el punto, Samson se levanta de un salto.

—¡Sí! —grita—. ¡Así se hace, Beyah!

Me quedo boquiabierta al darme cuenta por fin de lo que está haciendo. Se acordó de cuando le conté que nunca había venido nadie a animarme a los partidos.

Vino hasta aquí para ser mi animador.

—¿Quién demonios es ese tipo? —me pregunta Joe, mientras observa a Samson.

Él se sube a la silla y empieza a corear:

—¡Beyah! ¡Beyah!

Probablemente sea la cosa más romántica y ñoña que haya presenciado. Un chico, solo en medio de un público invisible, gritando a todo pulmón para animar a una chica, porque sabe que nadie la ha animado nunca. Pero también es lo más conmovedor que han hecho por mí en toda mi vida.

Cuando Topher sirve la pelota, me sorprende ser capaz de devolverla a pesar de las nubes de lágrimas que me cubren los ojos.

«Putas emociones. Malditas hormonas. Esto también tiene que ser culpa de las dichosas píldoras».

Durante un buen rato, Samson no deja de animarme. Creo que mis tres compañeros están hartos de él, pero yo nunca había sonreído tanto. No se me borra la sonrisa ni cuando anoto, ni cuando me caigo y me quedo sin respiración. Sonrío porque nunca había disfrutado tanto durante un partido de volibol. Y también porque Samson ha hecho que me dé cuenta de lo mucho que lo extrañaba. Hoy mismo me compraré una pelota; tengo que volver a entrenar.

A pesar de mi falta de entrenamiento, soy muchísimo mejor que Joe. Aunque se esfuerza, estoy sacando adelante el partido yo sola. Llega un momento en que está tan agotado que se retira a la banda y deja que siga jugando sola durante treinta segundos o más.

Por algún milagro voy por delante en el marcador cuando llegamos al punto decisivo. Si logro un punto más, habré ganado.

Samson guarda silencio mientras levanto la pelota para el saque. Me está observando fijamente, como si de verdad le interesara el resultado. Me dirige una sonrisilla y me muestra el pulgar hacia arriba. Inspiro hondo, saco y rezo para que la pelota toque la arena al otro lado de la red.

Es un lanzamiento corto. Tanto Topher como Walker se lanzan por la pelota, pero sé que ninguno de los dos la va a alcanzar.

¡PUNTO DIRECTO!

Cuando la pelota alcanza la arena con un golpe sordo, Samson se levanta de un salto.

—¡Ganaste!

Permanezco inmóvil por la sorpresa.

Gané. Tal vez debería decir que ganamos, pero Joe no ha sido de gran ayuda. Le choco la mano y luego estrecho las de nuestros rivales.

—Pues sí que eres buena —reconoce Topher—. ¿Nos echamos otro partido?

Miro a Samson y niego con la cabeza mientras recupero el aliento.

—Hoy no, pero estaré por aquí si vuelven mañana.

Me despido de ellos con la mano y voy corriendo hacia Samson, que me recibe con una sonrisa de oreja a oreja. Al echarle los brazos al cuello, él me levanta del suelo y me hace dar vueltas en el aire. Cuando vuelvo a tocar el suelo con los pies, no me suelta.

—Eres una leyenda, carajo —me dice mientras me quita arena de la cara—. La mejor del puto mundo.

Me río mientras Samson me atrae hacia él. Apoya la mejilla en mi cabeza y me estruja.

Me doy cuenta al mismo tiempo que él de lo que está pasando. Noto que se paraliza, como si no supiera si debe soltarme o abrazarme más fuerte.

Tengo la cara pegada a su camisa.

Aparto las manos de su cuello y lo abrazo por la cintura. Con los ojos cerrados, absorbo su cercanía.

Siento que su abrazo gana en intensidad, al mismo tiempo que suspira y me acaricia la espalda. Recoloca la postura lo justo para que encaje todavía mejor entre sus brazos.

Y permanecemos así mientras el mundo gira a nuestro alrededor. Él me abraza y yo se lo permito.

Porque lo deseo.

No tenía ni idea de lo agradable que iba a ser esto..., todo esto en general. Los momentos que paso junto a él son potentes, emocionantes, me llegan a lo más hondo del pecho. Es como si Samson hubiera despertado una parte de mí que había estado dormida durante diecinueve años, y ahora disfruto con un montón de cosas que nunca creí que fuera capaz de disfrutar.

Me gusta que la persona que me besa me respete. Me encanta que se sienta tan orgulloso de mí que me haya hecho dar vueltas en el aire. Y que haya estado gritando como un loco durante un tonto partido de volibol playero solo para hacerme sentir bien.

En algún momento empecé a llorar. Desde fuera no se nota, pero tengo las mejillas mojadas.

Siento que no estamos lo bastante cerca, a pesar de que no podemos estar más enganchados, pero es que quiero fundirme en él: quiero ser parte de él. Quiero ver si consigo que su pecho se llene de vida igual que él llena el mío.

Él parece notar que no quiero que me suelte. Me levanta hasta que le rodeo la cintura con las piernas y nos dirigimos así hacia su casa, lejos de la playa y de los chicos.

Cuando llegamos a los pilares, me deja en el suelo. Me echo hacia atrás a regañadientes para mirarlo a la cara, pero el sol se está poniendo y, al estar debajo de la casa, no lo veo bien. Hay muy poca luz y sus ojos quedan ocultos por las sombras. Él me seca las mejillas con los pulgares y luego me besa.

El beso sabe a lágrimas y a arena.

Me echo hacia atrás.

—Tengo que bañarme; tengo arena por todas partes.

—Báñate aquí, si quieres —señala la regadera.

Sin soltarnos de la mano, nos dirigimos hacia allí. Me duele todo el cuerpo y todavía no he recuperado el aliento del todo. Samson se quita la camiseta y la tira al suelo antes de meterse en la regadera. Abre la llave y se aparta para que pueda situarme bajo el chorro. Abro la boca para librarme de la arena que me entró y luego bebo un poco.

Descuelgo el cabezal de la regadera para quitarme la arena del resto del cuerpo. Apoyado en la pared opuesta, Samson no pierde detalle.

Me gusta su modo de observarme. A pesar de que aquí dentro todavía llega menos luz, parece estar absorbiéndome con la mirada.

Cuando termino de lavarme, vuelvo a dejar el cabezal de la regadera en su sitio. Veo de reojo que Samson se mueve y lo siento pegarse a mi espalda. Me rodea con un brazo y me sujeta con la mano abierta sobre el estómago.

Echo la cabeza hacia atrás, la apoyo en su hombro y, cuando alzo la cara hacia él, Samson me besa.

Permanecemos así, mientras nos besamos, con mi espalda pegada a su pecho y él sujetándome por detrás. La mano que me había apoyado en el estómago asciende hasta perderse debajo de la parte de arriba del bikini.

Cuando se apodera de uno de mis pechos, contengo el aliento. Su otra mano desciende por mi vientre, y cuando alcanza el bikini desliza el pulgar por debajo. Deja de besarme para mirarme a los ojos, donde encuentra la respuesta que busca.

No quiero que se detenga.

Con los labios entreabiertos, espero ansiosa a que me haga lo que sea que pretenda hacerme.

Me observa mientras mete la mano entre mis piernas. Cuando gimo y arqueo la espalda, la presión se intensifica.

Me había imaginado este momento desde la primera vez que me besó, pero mi imaginación se había quedado muy corta.

Mi cuerpo reacciona en segundos, el embate de sus dedos me hace temblar. Es todo tan rápido que me siento casi abochornada. Echo las manos hacia atrás para sujetarme de sus muslos. Samson se deja caer contra la pared y me arrastra con él, sin detener el ritmo de sus caricias en ningún momento. Por suerte, cuando no puedo más, él me cubre la boca con la otra mano y acalla todos mis ruidos.

Cuando termino, él sigue besándome. Retira la mano de entre mis piernas y me da la vuelta para abrazarme cara a cara.

Me reclino en su pecho, sin aliento ni fuerza en los brazos, y con las piernas doloridas por la tensión. Se me escapa un suspiro hondo.

—Quiero hacerme un tatuaje —me dice.

Me echo a reír con la cara hundida en su pecho.

—¿Esto es lo primero que se te vino a la cabeza en este momento?

—Lo segundo. Lo primero no lo dije en voz alta.

—¿Qué fue lo primero? —lo miro a los ojos.

—Creo que es obvio.

—No, no lo es. Me temo que vas a tener que decirlo en voz alta.

Él agacha la cabeza.

—Me muero de ganas de que lo hagamos por primera vez —me susurra al oído. Luego cierra la llave y sale de la regadera como si nada—. ¿Quieres uno?

Aturdida por sus palabras, tardo unos segundos en responder:
—¿Un qué?
—Un tatuaje.
Nunca me lo había planteado hasta este momento.
—Sí, creo que sí.
Samson asoma la cabeza en la regadera y me sonríe.
—¿Lo ves? Acabamos de decidir que nos vamos a tatuar. Somos divertidos y espontáneos, Beyah.

21

—Tengo una idea —dice Marcos con la boca llena—. Mi amigo Jackson.

Esta noche cenamos todos juntos otra vez, en una de esas cenas bautismales que celebran cuando acaba el fin de semana. Y mañana por la mañana volveremos a desayunar juntos. No estamos hablando de nada en concreto, por lo que nadie sabe a qué se refiere Marcos. Al ver que todos le dirigimos miradas de incomprensión, señala a Samson, que está sentado al otro extremo de la mesa.

—Jackson tiene el pelo castaño y los ojos azules. Sus rasgos faciales son distintos, pero es un estudio de tatuajes, no creo que se fijen mucho.

Ah, eso. Han pasado tres días desde que Samson propuso que nos tatuáramos, pero no encuentra su cartera por ninguna parte.

No te hacen tatuajes si no presentas un documento de identidad, y aunque Samson ha puesto la casa patas arriba durante estos tres días, no ha tenido suerte. Sospecha que los últimos inquilinos la encontraron y se la llevaron. Dice que siempre la guarda en la mochila, pero la revisamos varias veces y no está ahí. Todo lo demás sí estaba. No entiendo cómo lleva sus cosas tan alegremente de arriba abajo. Esa mochila pesa más de veinte kilos.

Samson lo piensa unos instantes y acaba aceptando.

—Vale la pena intentarlo.

—¿Un estudio de tatuajes? —pregunta mi padre—. ¿Quién se quiere tatuar?

Sara nos señala a Samson y a mí.

—Esos dos, yo no.

—Gracias a Dios —murmura Alana.

Ya sé que no soy más que la hija de su marido, pero su comentario me afecta un poco. No le importa que yo me tatúe, pero no quiere que su hija lo haga.

Mi padre me mira y me pregunta:

—¿Qué te vas a hacer?

Señalo el interior de la muñeca.

—Algo aquí, pero aún no sé qué.

—¿Cuándo van a ir?

—Esta noche —responde Marcos, con el celular en alto—. Jackson me dijo que podemos pasar por su casa a buscar licencia de conducir.

—Genial —comenta Samson.

—Y tú, ¿ya sabes lo que te vas a tatuar, Samson?

—Aún no —responde antes de meterse una cucharada de huevos en la boca.

Mi padre niega con la cabeza, como si le costara entenderlo.

—¿Los dos van a grabarse algo en el cuerpo para el resto de su vida y ni siquiera saben qué?

—Vamos a ir en *ferry* —comenta Samson—, tenemos todo el viaje para pensarlo —arrastra la silla hacia atrás y se levanta para llevar el plato a la cocina, con un trozo de tocino en la mano—. Deberíamos ir saliendo. Es fin de semana y tal vez haya fila para embarcar.

—Beyah, tal vez deberías pensártelo unas semanas más —insiste mi padre en tono suplicante.

Qué paternal le salió eso, creo que me gustó.

—Créeme, papá. En la vida me voy a arrepentir de cosas mucho peores que un tatuaje.

Su expresión se apaga al oírme. Quería hacer una broma, pero me temo que ahora está más preocupado que antes por mi capacidad de tomar buenas decisiones.

El estudio de tatuajes está vacío y creo que eso nos ayudó. Cuando el tipo revisó la licencia de conducir de Samson, lo miró a la cara, volvió a mirar el documento y negó con la cabeza antes de desaparecer tras una puerta para fotocopiar los documentos.

Cuando Marcos regresó al coche hace un rato con la licencia de Jackson no podía parar de reír. El tipo debe de pesar unos veinte kilos menos que Samson y medir casi quince centímetros menos. Marcos le dijo a Samson que si en el taller no creían que él fuera el de la foto, dijera que había estado haciendo pesas.

Pero no le preguntaron nada. Si yo fuera Samson, me habría sentido ofendida.

—Deben de necesitar el dinero desesperadamente —susurro—. No te preguntó nada.

Samson me acerca un álbum lleno de ideas para tatuajes. Toma otro para él y se pone a hojearlo.

—Quiero algo delicado —comento dejando atrás imágenes de flores y corazones que no me dicen nada.

—Yo quiero lo contrario a delicado.

«¿Qué es lo contrario a delicado?».

Paso las páginas hasta casi la última parte del álbum, donde hay tatuajes que me parecen más adecuados para Samson que para mí, aunque ninguno me convence del todo. Cuando llego al final, cierro el álbum y trato de concentrarme.

Para mí, delicado significa elegante, suave, frágil. Entonces ¿qué sería lo opuesto? ¿Fuerte? ¿Perdurable? ¿Tal vez incluso un poco amenazador?

Esa palabra es la clave que me indica qué es lo que debería tatuarse. Busco en el celular imágenes de huracanes y miro varios hasta que encuentro uno que creo que le gustaría.

—Creo que encontré el tatuaje perfecto para ti.

—Está bien —dice él sin levantar la vista del álbum. Me muestra el brazo izquierdo y señala la parte superior interna del antebrazo—. Lo quiero aquí. Ve a mostrárselo al tatuador para que lo vaya preparando.

—¿No quieres verlo antes?

Samson me busca la mirada.

—¿Crees que me gustará?

—Sí —asiento con la cabeza para dar más énfasis a la palabra.

—Pues entonces ese es el que quiero.

Lo dice con tanta convicción que me queda claro que el tatuaje tiene más que ver conmigo que con otra cosa. Y lo beso porque no puedo evitarlo.

Hay dos tatuadores en el estudio. Los dos vamos a tatuarnos esta noche, pero yo todavía no sé lo que quiero. Samson ya está en el sillón, con la máquina pegada al brazo. Mira hacia el otro lado porque no quiere ver de qué se trata hasta que esté acabado, y mientras tanto busca en el celular algo que pueda gustarme.

—¿Qué tal un amanecer? —me pregunta.

No me parece mala idea, pero tras echar un vistazo a unos cuantos decido que no es lo que busco.

—Uno de estos necesitaría mucha tinta y quedaría mejor si fuera más grande. Quiero empezar por algo pequeño.

Ya revisé todos los álbumes disponibles. Empiezo a creer que mi padre tenía razón y que debería pensarlo un poco más.

—Tengo una idea —dice Samson—. Deberíamos buscar significados y ver con qué símbolos se relacionan.

—De acuerdo.

—¿Qué quieres simbolizar?

—Pues... algo que signifique suerte. No me vendría mal un poco de suerte en la vida.

Él busca en su celular mientras yo voy a ver cómo avanza su tatuaje. El huracán que elegí para él no es el clásico en tinta negra. He elegido uno que se parece a lo que se ve en las imágenes de un radar, en tonos rojos, amarillos, azules y verdes. No es un tatuaje a la acuarela, pero con los colores que se mezclan y el borde en negro degradado lo parece.

Está quedando mejor de lo que esperaba.

—Encontré el tuyo.

Samson me ofrece el celular para que vea el dibujo elegido, pero yo me niego a verlo.

—Confío en ti —me parece lo justo, después de que él haya confiado en mí.

—No deberías.

La expresión de su cara mientras lo dice me llena de intranquilidad. Tiene razón, no debería confiar en alguien de quien no sé casi nada. Solo pretendía hacer lo mismo que hizo él al permitir que elija su tatuaje a ciegas. Es curioso, pero tengo la sensación de que soy más de fiar que él.

Tomo el teléfono para echarle un vistazo.

—¿Qué es?

—Un rehilete.

Veo la foto. Es delicado, colorido. Samson no sabe que elegí un huracán para él, así que probablemente se sorprenda al ver que ambos nos tatuamos objetos que tienen que ver con la rotación.

—Dice que los rehiletes ahuyentan la mala suerte —añade.

—Es perfecto —susurro.

Sara y Marcos llevan dos horas y media esperando afuera, pero no han entrado en ningún momento a quejarse por la espera. Estoy segura de que encontraron la manera de entretenerse.

Mi tatuaje está terminado. Es perfecto. El tatuador usó una fina línea de pintura negra para el contorno y luego lo rellenó de color, pero los colores se salen del borde, como si fuera pintura goteando. Me lo hice en la muñeca izquierda. Se lo mostré a Samson y le tomé una foto antes de que me lo cubrieran con un vendaje.

El tatuador de Samson le limpia la zona por última vez. Él no le ha echado ni un vistazo en todo este tiempo.

—Listos —comenta el tatuador.

Samson se incorpora en el sillón sin bajar la vista hacia el tatuaje. Se levanta y se dirige al baño. Desde allí me hace una señal para que lo siga.

Quiere verlo por primera vez sin testigos. Lo entiendo. Tal vez no le guste, y eso haría que el tatuador se sintiera mal. Al parecer a mí no me cuenta como testigo, y creo que me gusta.

Entro con él en el baño y cierro la puerta. Al ser un baño pequeño, estamos muy pegados.

—¿Estás nervioso?

—Hasta ahora no, pero ahora que ya está hecho, sí, un poco.

Sonrío y empiezo a rebotar sobre las puntas de los pies.

—Míralo ya, no aguanto más.

Samson baja la mirada hacia el tatuaje por primera vez. Tiene la medida de un puño y está situado bajo el pliegue del codo. Yo no pierdo de vista su cara a la espera de su reacción.

Pero no reacciona.

Lo observa en silencio, inmóvil.

—Es el huracán Ike —le explico recorriéndolo con el dedo—. Busqué una foto de radar del momento en que estaba justo sobre la península de Bolívar y les pedí que la convirtieran en tatuaje.

La única reacción de Samson es un suspiro, y ni siquiera estoy segura de que sea uno de los buenos.

Me estoy poniendo nerviosa. Estaba tan segura de que le gustaría que ni me he planteado qué pasaría si no le gustaba.

Samson alza la vista despacio, aunque su expresión sigue tan inescrutable como antes.

Pero entonces se apodera de mi cara y me besa de un modo tan brusco e intenso que me hace retroceder hasta que choco con la puerta.

«Creo que esto significa que le gusta».

Baja las manos para sujetarme por los muslos y me hace ascender por la puerta hasta que le rodeo la cintura con las piernas. Parece que quisiera unirnos en un nudo permanente.

Me está besando con un sentimiento que nunca antes había notado en él. Ahora que estoy disfrutando de su reacción, creo que cualquier otra me habría parecido insuficiente.

Se mueve entre mis piernas siguiendo un ritmo que me hace gemir, pero en cuanto oye mis gemidos se aparta de mí como si fueran un semáforo en rojo. Deja caer la frente sobre la mía y me dice con emoción:

—Te haría mía aquí mismo, pero te mereces algo mejor.

«Y yo le daría luz verde».

22

—No —la respuesta de mi padre es tajante.

—¡Por favor! Ya tengo diecinueve años.

—Y toma la píldora —le recuerda Alana.

Dejo el tenedor en la mesa y me pongo una mano en la frente. No sé por qué me molesté en pedirle si podía pasar la noche en casa de Samson. Debería haberme escapado de casa y regresar antes de que se despertara, pero estoy tratando de no romper sus reglas.

Sara ya había acabado de comer antes de que empezara esta discusión, pero parece estar disfrutando porque no se levanta de la mesa. Se está abrazando una rodilla y nos observa como si estuviera viendo un programa de televisión. Solo le faltan las palomitas.

—¿Tu madre te deja pasar la noche con chicos? —insiste mi padre.

Me río sin ganas.

—A mi madre le daba igual dónde pasaba la noche. Me gusta que tú te preocupes, pero te agradecería que confiaras en mí.

Mi padre se pasa una mano por la cara, como si no supiera qué hacer, y voltea hacia Alana en busca de consejo.

—¿Tú dejarías que Sara pasara la noche con Marcos?

—Sara y Marcos pasan la noche juntos cada dos por tres.

Miro a Sara, que abandona su postura relajada y endereza la espalda.

—No es verdad.

Alana hace una mueca.

—Sara, no me tomes por idiota. No soy tan inocente.

—Oh, pensaba que sí lo eras.

Me echo a reír, pero nadie me sigue.

Mi padre parece estar debatiendo consigo mismo.

—Mira, papá —le digo con toda la delicadeza de la que soy capaz—. En realidad, no te estaba pidiendo permiso. Te estaba comunicando que voy a pasar la noche en casa de Samson por cortesía, porque estoy en tu casa y no quiero faltarte al respeto, pero todo sería más fácil si dijeras que sí.

A mi padre se le escapa un gruñido mientras se echa hacia atrás en la silla.

—Cómo me alegro de haberle dado un puñetazo a ese dichoso chico cuando tuve oportunidad —musita antes de señalar hacia la puerta—. Muy bien, haz lo que quieras, pero vuelve antes de que me levante para que pueda fingir que no pasó nada.

—Gracias.

Me levanto y Sara me sigue cuando salgo de la cocina y subo a mi habitación. Ella va directo a la cama, donde se deja caer.

—No puedo creer que mi madre sepa que Marcos se queda a dormir a veces. Pensaba que éramos muy astutos y no se enteraba.

—Tal vez sean astutos, pero silenciosos yo digo que no.

Ella se echa a reír.

—No le digas a Marcos que mi madre nos descubrió. Le gusta que sea algo clandestino.

Le envío un mensaje a Samson para confirmarle que voy a pasar la noche en su casa, luego abro el clóset y me quedo observando el interior.

—¿Qué demonios me pongo?

—Da igual, ¿no? El objetivo es acabar la noche sin ropa.

Siento un cosquilleo nervioso en la piel. El sexo no es nuevo para mí, al contrario, pero nunca lo he hecho en una cama. Ni desnuda del todo. Y desde luego, nunca con una persona por la que siento cosas.

Samson me responde con un emoji de fuegos artificiales. Hago una mueca burlona y me guardo el celular en el bolsillo.

—¿Todavía no se acuestan? —me pregunta Sara.

Decido no cambiarme de ropa y meter una camiseta limpia y una muda en la mochila.

—No, aún no.

—¿Por qué no?

—No es que hayamos tenido muchas oportunidades. Siempre estamos con ustedes. Y cuando estamos a solas..., hacemos otras cosas. Pero «eso» todavía no.

—Marcos y yo lo hacemos constantemente. Lo hicimos también mientras se tatuaban.

—¿En el asiento de atrás?

—Sí. Dos veces.

«¡Qué asco, por favor! Y luego Samson y yo volvimos en ese asiento».

—¿Me darás todos los detalles mañana? ¿O me tendré que conformar con que me choques la mano?

Sara ha sido muy paciente conmigo, teniendo en cuenta lo poco abierta que soy en algunos aspectos de mi vida y lo directa que soy en otros.

—Te lo contaré todo —le digo antes de salir de la habitación—. Te lo prometo.

—¡Quiero hasta el último detalle! Toma notas si hace falta.

Por suerte, mi padre y Alana ya no están en la cocina, y puedo salir de casa sin volver a mencionar que voy a acostarme con el vecino. No estoy acostumbrada a vivir en una familia que habla de todo de manera tan abierta.

Samson me está esperando al pie de la escalera.

—¿Tan desesperado estás? —lo provoco.

Él me besa y me quita la mochila.

—Dejémoslo en ansioso.

Nos dirigimos hacia su casa. Al darme cuenta de que PJ nos sigue, me detengo, porque Samson no tiene una buena cama para perros.

—PJ, vete a casa.

Señalo hacia la escalera y él se detiene. Cuando se lo repito, se da la vuelta al fin y regresa a su cama.

Samson me da la mano y no me suelta hasta que entramos en su casa. Cierra la puerta con llave, activa la alarma y se quita los zapatos.

Miro a mi alrededor, preguntándome dónde lo vamos a hacer, cómo lo vamos a hacer. Resulta un poco raro saber qué es lo que va a pasar. Si hablamos de sexo, prefiero que sea algo espontáneo, sin planificar; no como Dakota, que me trataba como si fuera una cita fija en su agenda.

—¿Quieres beber algo? —me pregunta.

—No, gracias —niego con la cabeza—. Estoy bien.

Samson lanza la mochila hacia la pared, junto a la suya. Me sujeta la mano y le da la vuelta para examinar el tatuaje. Ya pasó una semana desde que nos los hicimos y sanaron bien. Me dan ganas de hacerme uno nuevo, pero creo que debo esperar. Tatuarme al mismo tiempo que Samson hizo que el momento resultara trascendente; no me haré el siguiente hasta que no vuelva a tener una razón importante que lo justifique.

—Quedó muy bien —comenta mientras lo recorre con el dedo.

—Y el tuyo, ¿te gusta? Todavía no me dices.

—Te dije lo mucho que me gustaba la noche en que me lo hice. Lo que pasa es que no lo expresé con palabras.

Entrelaza los dedos con los míos y me conduce hacia una corta escalera. Cuando abre la puerta de su habitación, me deja pasar delante.

Las puertas de la terraza están abiertas y dejan entrar la brisa. La cama está hecha, impecable; todavía me choca comprobar lo limpio que lo tiene siempre todo.

Samson enciende una lámpara que hay junto a la cama.

—Es bonita —comento mientras camino hacia la terraza. Una vez afuera echo un vistazo a mi habitación.

Dejé la luz encendida sin querer y veo mi cama con toda claridad—. ¡Puedes ver mi habitación desde aquí!

Samson está cerca de mí.

—Lo sé, ojalá dejaras la luz encendida más a menudo.

Me vuelvo hacia él y veo que sonríe. Le doy un empujón con el hombro antes de regresar a la habitación. Me acerco a la cama y me siento en el borde.

Me quito los zapatos, me acuesto en la cama y lo observo. Él camina lentamente alrededor de la cama para verme desde todos los ángulos.

—Me siento como si estuvieras dando vueltas alrededor de una presa..., que soy yo.

—Pues no me gusta nada que me veas como a un tiburón —Samson se deja caer sobre la cama y apoya la cabeza en la mano—. Ya está, ahora soy plancton.

—Mucho mejor —sonrío.

Me aparta un mechón de pelo de la cara y me lo coloca detrás de la oreja, mientras me observa, pensativo.

—¿Estás nerviosa?

—No, me siento a gusto contigo.

Mis palabras le provocan una cierta incomodidad, la leo en su cara. Es como si le incomodara que me sienta a gusto con él. Pero dura un instante y desaparece tan rápido como apareció.

—He visto ese pensamiento —le digo en voz baja.

—¿Qué pensamiento?

—El pensamiento negativo que acabas de tener —le pongo un dedo entre las cejas—. Estaba justo aquí.

Él digiere mis palabras en silencio.

—Para ser alguien que sabe tan poco sobre mí, me conoces bien.

—Las cosas que mantienes en secreto no son importantes para mí.

—¿Cómo puedes decir eso si no sabes qué te estoy ocultando?

—No necesito conocer detalles de tu pasado para saber que eres una buena persona. Me lo dicen tus actos, tu modo de tratarme. ¿Qué más me da cómo sea tu familia, o cuánto dinero tengas, o qué significaron para ti otras personas antes de conocerme? —al ver que el pensamiento negativo regresa, le aliso las arrugas de la frente con un dedo—. Para —susurro—. Eres demasiado duro contigo mismo.

Samson se acuesta de espaldas y cruza las manos sobre el pecho. Me acerco a él y apoyo la cara en la mano para observarlo, mientras él contempla el techo. Le toco el colgante y voy ascendiendo por su cuello hasta llegar a sus labios.

Él voltea para mirarme a los ojos.

—¿Tal vez no deberíamos seguir con esto?

Lo pronuncia como si fuera una pregunta, por lo que me apresuro a negar con la cabeza.

—Yo quiero seguir.

—No es justo para ti.

—¿Por qué? ¿Porque no lo sé todo de ti?

Él asiente en silencio.

—Me temo que no querrías seguir si conocieras toda la verdad sobre mí.

Uno mis labios a los suyos durante un instante.

—Estás siendo dramático.

—No es que sea dramático. Es que he vivido una vida dramática y me temo que no te guste.

—Podría decirte lo mismo. Ambos somos así porque tenemos padres dramáticos y pasados dramáticos. Podríamos estar disfrutando de una sesión de sexo dramático ahora mismo si dejaras de sentirte culpable un rato.

Cuando al fin sonríe, me siento y me quito la camiseta. Él me ayuda a acomodarme sobre él. Ahora que estamos cara a cara, veo que su mirada es clara, libre de preocupación. Al estar montada sobre su regazo, noto que ya está listo, pero levanta una mano y traza con el dedo el borde de encaje del sujetador, como si tuviera todo el tiempo del mundo.

—Yo solo lo he hecho en la camioneta de Dakota. Esta será mi primera vez en una cama.

Samson me desliza el dedo por el torso y se detiene al llegar al botón de los shorts.

—Esta será mi primera vez con una chica por la que siento algo.

Trato de mantenerme tan estoica como él, pero su declaración me conmueve tanto que acabo frunciendo el ceño.

Él alza la mano hacia mi boca y me recorre los labios con el dedo.

—Te pusiste triste. ¿Por qué?

Estoy a punto de negar con la cabeza para no responder a su pregunta, pero si algo he aprendido este verano es que los secretos no son tan valiosos como pensaba, así que opto por la sinceridad.

—Cada vez que dices algo así, me da más miedo el momento en que tengamos que decirnos adiós. No esperaba acabar el verano con el corazón roto.

Samson ladea la cabeza y, cuando me mira, su expresión no puede ser más honesta.

—No te preocupes. Los corazones no tienen huesos, así que no se pueden romper.

Me acuesta de espaldas antes de quitarse la camiseta. La vista logra calmarme un par de segundos, pero enseguida mis pensamientos regresan al punto en que estaban antes de que se quedara medio desnudo.

Desciende sobre mí, pero antes de besarnos le digo:

—Si no hay nada que pueda romperse dentro de un corazón, ¿por qué siento como si el mío fuera a partirse por la mitad cuando me muevo? ¿Tú no lo sientes?

Samson pasea la mirada por mi cara antes de susurrar:

—Sí, también lo siento así. Tal vez nos crecieron huesos en el corazón.

En cuanto acaba de pronunciar la frase, lo agarro por la nuca y lo atraigo hacia mi boca. Quiero atrapar todas las palabras posibles y guardarlas dentro de mí. La frase permanece flotando a nuestro alrededor, hecha pedazos; se cuela entre los dos y la absorbo por completo mientras nos besamos.

Tal vez tenga razón, tal vez nos crecieron los huesos del corazón, pero ¿y si la única manera de saberlo es sintiendo la agonía que causa su ruptura?

Trato de no pensar en nuestra despedida, cada día más cercana, pero es difícil experimentar algo tan perfecto sin ser consciente todo el tiempo de que pronto te lo van a arrebatar.

Samson se sienta sobre las rodillas y juguetea con el botón de mis shorts hasta que los desabrocha. Sin apartar los ojos de los míos, me baja el cierre y empieza a quitármelos. Yo alzo las caderas y luego las piernas para ayudarlo a deshacerse de ellos. Los echa a un lado y luego se toma un momento para empaparse de mí. Me gusta verme a través de lo que expresan sus ojos. Me hace sentir más bonita de lo que probablemente soy.

Nos cubre con las sábanas y se acuesta a mi lado para quitarse los shorts. No me siento incómoda en absoluto, por lo que me quito la ropa interior sin dudarlo. Hace que todo resulte tan natural como si ya hubiéramos hecho esto una docena de veces, pero al mismo tiempo siento los nervios de alguien que no tuviera ninguna experiencia en el tema.

Cuando no nos queda nada por quitarnos, nos ponemos de lado y quedamos cara a cara. Samson me pone una mano en la mejilla con delicadeza.

—Parece que sigues triste —comenta.

—Sí, lo estoy.

Me acaricia el cuello y el hombro. Continúa con los ojos el recorrido de su mano, por lo que no me mira directamente mientras replica:

—Yo también.

—Pero entonces ¿por qué tenemos que despedirnos? Yo puedo ir a la universidad y tú a la academia de las fuerzas aéreas, pero podemos seguir en contacto, vernos de vez en cuando y…

—No podemos, Beyah —me mira a los ojos para interrumpirme, pero enseguida aparta la vista y la fija en cualquier otra parte—. No voy a ir a las fuerzas aéreas. Nunca he tenido intención de ir.

Sus palabras y la expresión de su cara hacen que sienta como si mi corazón estuviera empezando a fracturarse. Me gustaría preguntarle a qué se refiere, pero la verdad me asusta y no se lo pregunto.

Samson suspira hondo y se inclina hacia mí. Me aprieta el brazo y me besa en el hombro. Cierro los ojos con fuerza al sentir su aliento en la piel. Quiero tantas cosas de él ahora mismo. Quiero su honestidad, pero también su silencio, sus caricias y sus besos. Algo me dice que no puedo tenerlo todo. He de elegir entre la verdad o vivir este momento.

Él oculta la cara en el hueco entre mi hombro y mi cuello.

—Por favor —me ruega—, no me preguntes qué quiero decir con eso, porque si lo haces te diré la verdad. No puedo seguir mintiéndote, pero deseo pasar esta noche contigo, nunca he deseado nada con tantas ganas.

Sus palabras se abalanzan sobre mí como una gran ola y me golpean con tanta fuerza que me encojo. Le acaricio el pelo y ladeo la cabeza hasta que nos miramos a los ojos.

—Sé que acordamos hablar de todo el 2 de agosto, pero si te concedo esta noche ¿serás sincero conmigo mañana por la mañana? No quiero esperar hasta agosto.

Samson asiente. Ni siquiera me lo promete en voz alta, pero confío en él.

Creo que lo hará porque parece tener miedo de perderme. Y es posible que me pierda, pero esta noche me tiene y ahora mismo es lo único que me importa.

Lo beso para hacerle saber que la verdad puede esperar hasta mañana. En estos momentos solo quiero sentir lo que siempre he merecido sentir durante el sexo: que mi cuerpo es respetado y mis caricias tienen valor por sí mismas, y no son solo parte de un intercambio monetario.

Samson se aparta para sacar un preservativo del cajón de la mesita de noche. Se lo pone bajo las sábanas y vuelve a colocarse sobre mí. Me besa con paciencia, esperando el momento perfecto para clavarse en mí.

Cuando al fin lo hace, me mira fijamente a los ojos, pendiente de mis reacciones. Contengo el aliento y no lo suelto hasta que no estamos más unidos de lo que podemos estar. Él suelta el aire de manera entrecortada y luego, cuando empieza a salir de mi interior con la misma delicadeza con la que ha entrado, apoya su boca en la mía.

Gimo mientras él vuelve a clavarse en mí, asombrada por las sensaciones tan nuevas que Samson me regala. No hay ni siquiera una partícula de mí que no quiera estar aquí en este momento y eso hace que la experiencia sea totalmente distinta a las anteriores.

Samson apoya la frente en la mía.

—¿Va todo bien?

Niego en silencio.

—Todo va mucho mejor que bien.

Siento su risa contra mi cuello.

—Estoy de acuerdo.

Su voz suena tensa, como si se estuviera conteniendo por miedo a hacerme daño.

Le acerco la boca a la oreja y hundo los dedos en su pelo.

—No hace falta que vayas con cuidado.

Le rodeo la cintura con las piernas y le beso el cuello hasta que siento en la lengua que se le eriza la piel.

Gruñe al oírme, y un instante después es como si hubiera vuelto a la vida. Se apodera de mi boca y me besa con avidez, mientras sus manos me acarician insaciables.

Aunque parece imposible, a medida que pasan los minutos las sensaciones son cada vez mejores. Encontramos el ritmo perfecto en nuestros cuerpos, el tempo ideal en nuestros besos y una cadencia armónica en nuestros gemidos, cosas que nunca había experimentado durante el sexo.

«Así es como se convierte en amor».

Sea cual sea la verdad que me revele mañana, sé que nada podrá cambiar lo que siento por Samson, aunque él no lo crea. Me temo que no sabe lo importante que es en mi vida. Tanto que ni siquiera me resulta amenazador enterarme de la verdad.

Samson hace que me pregunte si puede calificarse de mentiroso a alguien que miente para proteger a otra persona de la verdad.

A mí Samson no me parece un mentiroso; me parece una persona protectora, no deshonesta. Y en estos momentos está siendo más honesto que nunca conmigo sin pronunciar ni una palabra.

Nunca me he sentido más apreciada que ahora. No solo apreciada, sino también disfrutada, respetada, deseada.

«Tal vez incluso amada».

23

—Lo siento mucho.

Las palabras de Samson me penetran, densas. Aún no he abierto los ojos, pero nunca había percibido tanto arrepentimiento en una sola frase.

¿Es un sueño?

«¿Una pesadilla?».

Abro los ojos mientras me volteo hacia la almohada, pero no encuentro nada. Me dormí abrazada a él, pero se fue y no abrazo más que el vacío. Me doy la vuelta hacia la puerta y al fin lo veo. Está esposado con las manos a la espalda y un agente de policía, que lo agarra del brazo, lo saca de la habitación de un empujón.

Me incorporo al instante.

—¿Samson?

En ese momento me doy cuenta de que hay otra agente de policía junto a la cama, con la mano en la cadera y un dedo en la pistola. Me cubro con la sábana, alarmada. Supongo que ve el miedo en mis ojos porque alza una mano.

—Puedes vestirte, pero no hagas movimientos bruscos.

Con el pulso disparado, trato de entender qué está pasando. La agente se agacha para recoger mi camiseta y me la lanza. Me la pongo bajo las sábanas, con las manos temblorosas.

—¿Qué está pasando?

—Necesito que me acompañes al piso de abajo.

«Ay, Dios mío. ¿De qué va todo esto?».

¿Cómo hemos podido pasar de estar haciendo el amor a que se lleven a Samson esposado? Tiene que ser un error... o una broma cruel. No puede ser real.

—No hicimos nada malo.

Me levanto de la cama y busco los shorts, pero no tengo ni idea de dónde están y no tengo tiempo de buscarlos. Tengo que evitar que se lleven a Samson. Corro hacia la puerta, pero la agente me marca el alto.

—¡Quieta!

Me detengo y la miro por encima del hombro.

—Tienes que acabar de vestirte, hay más gente abajo.

«¿Más gente? ¿Qué gente?».

Tal vez alguien trató de entrar en la casa, o quizá confundieron a Samson con otra persona. O puede que se hayan enterado de lo que hizo con los restos de Rake.

«Claro, debe de ser eso».

El pánico me atenaza porque yo estuve con él ese día. Fui testigo de lo que hizo y no lo denuncié, lo que me convierte en su cómplice.

La agente me da privacidad mientras me pongo los shorts. Espera en la puerta a que salga y luego baja la escalera detrás de mí. Al entrar en la sala, veo a dos policías más.

—¿Qué está pasando? —murmuro.

Todavía no entra luz por los ventanales, no hay ni rastro del amanecer. Samson y yo nos dormimos pasada la medianoche, por lo que tiene que ser muy tarde.

Una mirada al reloj de la pared me dice que son las dos y media.

—Siéntate —me indica la agente.

—¿Estoy arrestada?

—No, pero queremos hacerte unas preguntas.

Tengo miedo; no sé adónde se llevaron a Samson.

—Quiero que venga mi padre. Vivimos en la casa de al lado. ¿Puede ir alguien a avisarle?

La agente hace un gesto con la cabeza en dirección a uno de sus compañeros, que sale de la casa.

—¿Dónde está Samson? —pregunto.

—¿Es ese el nombre que te dio? —la agente saca una libreta y anota algo.

—Sí. Shawn Samson. Esta casa es suya y acaban de sacarlo de su cama en plena noche.

La puerta principal se abre y entra un policía distinto, acompañado de un hombre que lleva a un niño en brazos. Lo sigue una mujer que debe de ser su esposa, porque se pega a él en cuanto puede.

«¿Por qué hay tanta gente?».

La mujer me resulta familiar, pero no sé de dónde. Parece haber estado llorando. El hombre me observa con desconfianza mientras le entrega el niño a su esposa.

—¿Cuánto tiempo llevas viviendo aquí? —me pregunta la agente.

—No vivo aquí —niego con la cabeza—. Vivo en la casa de al lado.

—¿De dónde conoces al joven?

Me siento aturdida y un poco mareada. Ojalá mi padre se dé prisa porque no me gustan las preguntas que me están haciendo. Yo lo que quiero es saber dónde está Samson. Y si necesito un abogado…, o si lo necesita él.

—¿Cómo entraron? —pregunta el hombre que sostenía al niño.

—¿Entraron?

—En nuestra casa —añade.

«¿Su casa?».

Miro a la mujer y la vista se me desvía hacia la foto de la entrada. Es ella la de la foto, y el niño que tiene en brazos es su hijo.

—¿Esta casa es suya? —le pregunto al hombre.

—Sí.

—¿La tiene en propiedad?

—Sí.

—Entonces ¿Samson es su hijo?

Él niega con la cabeza.

—No lo conocemos para nada.

Vuelvo a mirar la foto. Samson me dijo que eran su madre y él.

«¿Tenía que mentirme también en eso?».

Mi padre entra a toda prisa y me encuentra sacudiendo la cabeza, sin entender nada.

—¿Beyah? —trata de deslizarse en mi dirección, pero un agente se interpone entre nosotros y le pone la mano en el hombro.

—¿Puede esperar al otro lado de la puerta, por favor?

—¿Qué pasó? —pregunta mi padre—. ¿Por qué los arrestan?

—Su hija no está arrestada. Creemos que no tiene nada que ver en esto.

—Nada que ver ¿en qué? —trato de averiguar.

La agente de policía inspira hondo, despacio, como si no tuviera ganas de decir lo que está a punto de decir.

—Esta casa es propiedad de esta familia —responde señalando hacia el hombre, la mujer y el niño—. Tu amigo no tenía permiso para estar aquí. Está acusado de allanamiento de morada.

—Cabrón —masculla mi padre.

Estoy a punto de echarme a llorar.

—No puede ser verdad —susurro—. Esta casa es del padre de Samson. Anoche activó la alarma antes de acostarnos. No puedes allanar una casa si tienes la llave y el código de la alarma. Tiene que ser un error.

—No es ningún error —la agente se guarda la libreta en el bolsillo trasero del pantalón—. ¿Te importaría acompañarnos a la comisaría? Tenemos que redactar el informe y aún nos quedan muchas preguntas por hacer.

Asiento y me pongo de pie, aunque da igual las preguntas que me hagan, porque no tengo respuestas.

Mi padre entra en la casa y me señala con la mano.

—Ella no tenía ni idea de que esta casa no era suya. Yo le di permiso para pasar la noche aquí.

—Es una formalidad. Puede reunirse con nosotros en la comisaría si quiere, y cuando hayamos hecho las comprobaciones necesarias podrá irse con usted.

Mi padre accede.

—No te preocupes, Beyah. Te seguiré de cerca.

¿Cómo quiere que no me preocupe?

Estoy aterrorizada.

Antes de salir de la casa, tomo mi mochila y la de Samson, que están junto a la puerta, y se las doy a mi padre.

—¿Puedes dejar mis cosas en casa? —evito mencionar que una de las mochilas pertenece a Samson.

Mientras agarra las mochilas, me mira a los ojos.

—No respondas a nada hasta que yo llegue —me ordena en un tono tan firme como su mirada.

24

La habitación es tan pequeña que siento que no hay suficiente aire para los cuatro aquí dentro.

Mi padre está sentado a mi lado frente a esta mesa diminuta, por lo que me inclino hacia el otro lado por aquello de conservar una mínima burbuja de espacio personal. Tengo apoyados los codos en la mesa y la cabeza en las manos.

Estoy preocupada.

Mi padre, en cambio, solo está furioso.

—¿Sabes cuánto tiempo llevaba viviendo en esa casa? —me pregunta la agente de policía, cuyo nombre es agente Ferrell.

No sé el nombre de su compañero, un tipo que apenas habla y se dedica a tomar notas. La verdad es que me da igual, trato de evitar el contacto visual con él y con los demás.

—No.

—Beyah se vino a vivir aquí en junio —aporta mi padre—, pero Samson ha estado en esa casa desde primavera. Al menos nosotros lo conocimos por esa época.

—¿No conocen a los propietarios? —se dirige a mi padre la agente.

—No. He visto gente varias veces, pero pensaba que habían rentado la casa. Nosotros vivimos casi todo el año en Houston y hay muchos vecinos a los que aún no conocemos.

—¿Sabes cómo manipuló Samson la alarma? —me pregunta.

—Conoce el código. Lo vi marcarlo anoche.

—¿Sabes de dónde lo sacó?

—No.

—¿Sabes en qué otras casas ha estado viviendo?

Sé que tiene otras casas, pero no tengo ni idea de dónde están.

—No.

—¿Sabes dónde pasa la noche cuando los dueños se alojan en sus casas?

—No.

Les he dicho que no de todas las maneras posibles, pero es que no conozco la respuesta a casi ninguna de sus preguntas.

No sé dónde nació ni cómo se llama su padre. Desconozco su fecha y lugar de nacimiento, no sé dónde se crio ni si es verdad que su madre está muerta. Y cuantas más cosas me preguntan, más avergonzada me siento.

¿Cómo puedo sentir que lo conozco tan bien sin saber apenas nada de él?

Tal vez no lo conozco en absoluto.

Cuando me asalta la sospecha, dejo caer la cabeza y la apoyo en los brazos. Estoy cansada y yo también quiero respuestas, pero sé que no conseguiré ninguna hasta que hable con Samson. La pregunta que necesito hacerle es si llegaron a salirle o no huesos en el corazón. Y de ser así, ¿se le están rompiendo en estos momentos?

Porque los míos sí.

—No sabe nada más —dice mi padre— y es tarde. ¿Podemos irnos y nos llaman si tienen alguna pregunta más?

—Sí, claro. Déjenme comprobar una cosa, será un segundo, y luego se podrán ir. Ahora volvemos.

Cuando oigo que los dos agentes salen del cuartito, levanto la cabeza y me echo hacia atrás en la silla.

—¿Estás bien? —me pregunta mi padre.

Asiento con la cabeza, porque si le digo que no, querrá que lo hablemos y no tengo ganas de hablar.

A través de la puerta abierta veo la actividad del resto de la comisaría. Al otro lado del pasillo, en otro cuartito, hay un hombre muy alterado. Durante el tiempo que llevamos aquí, no ha parado de soltar palabras ininteligibles sin venir a cuento. Cada vez que lo oigo, me encojo.

Debería estar acostumbrada a ese comportamiento, porque era habitual en mi casa. Mi madre refunfuñaba constantemente. Al final hablaba hasta con personas que no estaban ahí.

Qué rápido me olvidé de lo que supone vivir con un adicto. Me entristece ver a ese hombre ahí. La cárcel no lo ayudará a superar su adicción. A mi madre nunca le sirvió de nada, solo para empeorar. Que te encierren y te suelten se convierte en un círculo vicioso que gana impulso con cada nuevo arresto. A mi madre la arrestaron varias veces. No sé exactamente de qué delitos la acusaban, pero siempre tenía relación con las drogas: posesión, intento de compra, cosas así. Recuerdo que a veces una vecina venía en plena noche y me llevaba a su casa, donde pasaba varios días.

Mi madre necesitaba mucha ayuda y yo no tenía los medios para dársela. Lo intenté más de una vez, pero la situación me sobrepasaba. Al pensar en ello ahora, desearía haber hecho algo más. Tal vez debería haberle pedido ayuda a mi padre.

Creo que, de no haber estado enferma, no habría sido mala persona. Porque de eso trata ser adicto, ¿no? Es una enfermedad; una a la que soy vulnerable, pero a la que no tengo ninguna intención de sucumbir. Me pregunto cómo habría sido Janean de no haber caído en las drogas. ¿Se parecería en algo a mí?

Me volteo hacia mi padre.

—¿Cómo era mi madre cuando la conociste?

Mi pregunta parece incomodarlo. Niega con la cabeza antes de responder:

—La verdad es que no me acuerdo, lo siento.

No sé qué me hacía pensar que la recordaría. Solo pasaron juntos una noche, y él no era mucho mayor que yo cuando me engendró. Probablemente los dos habían bebido más de la cuenta ese día. A veces me dan ganas de preguntarle a mi padre cómo se conocieron, pero me da miedo la respuesta. Estoy segura de que fue en un bar y de que no hubo entre ellos nada romántico digno de recordar.

Me pregunto por qué mi padre evolucionó de manera normal mientras que mi madre se convirtió en la peor versión de sí misma. ¿Se debió únicamente a la adicción? ¿Fue algo genético o fruto del entorno en que se crio?

—¿Crees que los humanos somos la única especie que se engancha a cosas? —le pregunto.

—¿A qué cosas te refieres?

—A las drogas o el alcohol. ¿Crees que los animales también tienen vicios?

Mi padre me examina el rostro, como si no entendiera a qué viene la pregunta.

—Creo que una vez leí que las ratas podían volverse adictas a la morfina —responde.

—No me refiero a eso. Lo que quiero saber es si hay sustancias adictivas en el entorno natural de los animales. O si los humanos somos los únicos que nos autosaboteamos y perjudicamos a los que nos rodean con nuestras adicciones.

Mi padre se rasca la frente.

—¿Tu madre es adicta, Beyah? ¿Es eso lo que tratas de decirme?

No puedo creer que a estas alturas todavía no le haya contado que mi madre está muerta. También me extraña que él no haya llegado a esa conclusión por sí mismo.

—No, ya no lo es.

Tiene los ojos entornados y me mira con preocupación.

—No sabía que lo hubiera sido —no deja de mirarme, inquieto—. ¿Segura que estás bien?

Le respondo con una mueca.

—Es noche cerrada y estamos en una comisaría. No, claro que no estoy bien.

Él parpadea varias veces.

—Sí, ya lo sé, pero es que... tus preguntas... no tienen mucho sentido.

Me río entre dientes, y esta nueva risa me recuerda la de mi padre. ¡Qué poca gracia me hace reírme como él!

Me levanto para estirar las piernas. Me asomo al pasillo con la esperanza de ver a Samson, aunque sea un instante, pero no hay ni rastro de él.

Es como si se hubiera creado un vacío que empezó cuando entré en la patrulla y que acabará cuando vuelva a hablar con él. Un enorme vacío emocional que me impide sentir nada ni preocuparme por nada que no sea esa potencial conversación.

Me niego a abrirme a la realidad que me rodea. Prefiero pensar en cualquier otra cosa, porque si asumo que lo que está pasando es real acabaré pensando que Samson es un desconocido, por mucho que anoche no me lo pareciera, todo lo contrario.

Por segunda vez este verano, la vida me sorprende al mostrarme cómo puede cambiar todo de un día para otro.

La agente Ferrell regresa con una taza de café entre las manos. Me aparto de la puerta mientras mi padre se levanta.

—Ya tenemos todos sus datos; pueden irse los dos, si quieren.

—¿Y qué pasa con Samson? —pregunto.

—Esta noche no podrá irse. Probablemente pasará una temporada aquí, a menos que alguien se haga cargo de su fianza.

Sus palabras son como una patada en el pecho.

«¿Cuánto tiempo es una temporada?».

Me llevo una mano al estómago antes de preguntar:

—¿Puedo verlo?

—Todavía lo están investigando y deberá presentarse ante el juez dentro de unas horas. Podrá recibir visitas a partir de mañana a las nueve de la mañana.

—No lo visitaremos —anuncia mi padre.

—¡Claro que sí!

—Beyah, lo más probable es que ni siquiera sepas su nombre real.

—Se llama Shawn Samson —mi primera reacción es ponerme a la defensiva, pero luego hago una mueca y me volteo hacia la agente, porque no puedo descartar que me haya mentido en eso también—. ¿No es cierto?

—De hecho, su nombre completo es Shawn Samson Bennett.

Mi padre la señala vagamente con la mano sin dejar de mirarme a mí.

—¿Lo ves? —con las manos en las caderas, se dirige a la agente Ferrell—. ¿Tengo que preocuparme? ¿Cuáles son los cargos? ¿Cuánto tiempo estará en la cárcel?

—Dos cargos por allanamiento de morada, uno por violación de la libertad condicional y uno por incendio intencional.

El último cargo me roba el aliento.

—¿Intencional?

—Un incendio destruyó parte de una casa residencial el año pasado. Él estaba viviendo en la casa sin permiso cuando inició el incendio. Unas cámaras de seguridad lo grabaron y se emitió una orden de busca y captura. Después de aquello dejó de acudir a las citas de control de la libertad condicional, lo que nos lleva a los cargos pendientes, a los que ahora se unen los nuevos cargos.

—¿Por qué estaba en libertad condicional? —quiere saber mi padre.

—Robo de vehículo. Cumplió seis meses de condena.

Mi padre deambula por el cuartito.

—Es decir, que ya es un habitual del sistema.

—Papá, estoy segura de que todo es culpa de un sistema defectuoso.

Mi padre se detiene y me mira como si no lograra entender cómo puedo decir algo tan absurdo. Yo me volteo hacia la agente.

—¿Y sus padres?

—Ambos fallecidos. Afirma que su padre desapareció tras el huracán Ike y que lleva solo desde entonces.

¿Fue su padre quien desapareció?

«¿Rake era su padre?».

Ahora entiendo mejor la reacción que tuvo cuando encontramos sus restos en la playa. Ojalá pudiera volver a ese momento en que parecía estar sufriendo tanto. Quiero regresar para poder darle el abrazo que debí darle entonces.

Hago cuentas. Si Samson no me mintió sobre su edad, eso significa que tenía trece años cuando el huracán Ike asoló la península.

¿Lleva solo desde los trece años? Ahora entiendo lo dañado que está. ¿Cómo no se dan cuenta los demás si se nota a leguas?

—No pongas esa cara de pena y deja de compadecerte de él, Beyah —dice mi padre.

—Era un niño cuando murió su padre. No tenemos ni idea de la vida que ha llevado desde entonces, pero estoy segura de que hizo las cosas que hizo porque no encontró otra opción.

—Esa excusa ya no es válida para un adulto de veinte años. Podría haber conseguido trabajo, como el resto de nosotros.

—¿Y qué iba a hacer al salir de la cárcel si no tenía a nadie esperándolo fuera? Probablemente ni siquiera tenía un documento de identidad, si sus padres no se ocuparon de ello. No tenía familia ni dinero. Hay gente que pasa desapercibida para el sistema, papá, te lo aseguro.

«Me pasó a mí, y tú ni siquiera te diste cuenta».

Mi padre puede pensar que lo de Samson se ajusta a un patrón de conducta, pero yo diría que se encontró en una situación de la que no supo salir. Sé perfectamente lo que es tomar malas decisiones a causa de la necesidad.

—¿Podemos pedir una orden de restricción contra él? No quiero que se acerque ni a mi casa ni a mi hija.

No lo puedo creer. Ni siquiera ha escuchado la versión de Samson y ¿ya se siente amenazado por él?

—Papá, es inofensivo.

Mi padre me mira como si la irracional fuera yo.

—Entra dentro de sus derechos proteger su propiedad —responde la agente Ferrell—, pero su hija ya es adulta y tendría que pedir su propia orden de restricción.

—¿Por qué iba a hacer eso? Es una buena persona.

Nada, silencio.

—Fingía ser una buena persona, Beyah. Ni siquiera lo conoces.

—Lo conozco mucho mejor que a ti.

Mi padre frunce los labios, pero no dice nada más.

No sé qué cosas habrá hecho Samson en el pasado, pero sé que no las hizo por voluntad propia, estoy convencida de ello. Nunca se ha mostrado amenazador, al contrario. Ha sido lo más acogedor y reconfortante que he encontrado en Texas.

Y, sin embargo, mi padre ya decidió que no es de fiar.

—Necesito ir al baño —digo, porque es verdad, aunque de hecho lo que necesito es un respiro antes de meterme en el coche con mi padre.

La agente señala el final del pasillo. Me dirijo hacia allí a toda velocidad y espero a que se cierre la puerta para inspirar todo el aire que me cabe en los pulmones. Luego me acerco al espejo mientras lo suelto despacio.

Contemplo mi reflejo. Antes de conocer a Samson, cuando me miraba al espejo veía a una chica que no le importaba a nadie, pero desde que lo conocí pasé a ver a una chica que era importante para alguien.

Me pregunto qué verá Samson cuando se mire en el espejo.

¿Sabrá lo mucho que me importa?

Ojalá se lo hubiera dicho anoche, cuando tuve la oportunidad de hacerlo.

25

Son ya las siete de la mañana cuando mi padre y yo nos estacionamos delante de casa. Pepper Jack Cheese nos recibe meneando la cola. Cuando abro la puerta del acompañante, me está esperando.

Ahora mismo, lo único de lo que tengo ganas es estar con mi perro.

Estoy cansada de responder preguntas y PJ es el único ser que me he topado en estas últimas horas que no me ha preguntado nada.

Mi padre sube la escalera, pero yo me quedo abajo, entre los pilares. Me siento en la mesa de pícnic y le rasco la cabeza a PJ mientras contemplo el mar. Disfruto de unos tres minutos de paz antes de oír el sonido de unos pasos que bajan la escalera a toda velocidad.

«Sara».

—¡Ay, Dios! ¡Beyah! —se acerca rápidamente y se sienta frente a mí. Alarga el brazo por encima de la mesa y me aprieta la mano mientras fuerza una sonrisa triste—. ¿Estás bien?

Niego con la cabeza antes de hablar.

—No estaré bien hasta que hable con él.

—Estaba tan preocupada. Me desperté al oír todo el relajo. Luego tu padre le escribió a mi madre y le dijo que habían arrestado a Samson. ¿Qué pasó?

—Que esa no es su casa.

—¿La allanó?

—Algo así.

Sara se pasa una mano por la cara.

—Discúlpame. Me siento fatal. Fui yo quien te empujó a que cayeras en sus brazos —se inclina hacia delante y me dirige una mirada abierta y sincera—. No todos los chicos son como él, Beyah. Te lo prometo.

En eso estamos de acuerdo, pero para mí es un alivio que Samson no sea como los demás. Podría ser como Dakota, o como Gary Shelby. Prefiero mil veces enamorarme de un chico con un pasado turbio que me trate tan bien como Samson a hacerlo de un tipo que me trate a patadas mientras mantiene una fachada impecable de cara al público.

—No estoy enojada con él, Sara.

Ella se ríe, pero es una risa nerviosa, como la de los primeros días, cuando aún no me conocía y no sabía si hablaba en serio o no.

—Sé que Samson ahora parece un tipo terrible, pero tú no lo conoces tan bien como yo. No estaba orgulloso de su pasado, y pensaba contármelo todo antes de separarnos. Si no me lo contó antes fue para no arruinar los días que nos quedaban para estar juntos.

Sara apoya los brazos cruzados sobre la mesa y se echa hacia delante.

—Beyah, sé que estás disgustada y preocupada por él, pero te engañó. Nos mintió a todos. Marcos y yo lo conocemos desde marzo y nos ha estado mintiendo desde entonces. Nada de lo que nos ha dicho es verdad.

—¿Por ejemplo?

Ella señala hacia la casa de al lado.

—Que esa casa era suya.

—Pero ¿algo más?

Frunce los labios y se revuelve en el asiento mientras piensa.

—No lo sé. Ahora mismo no se me ocurre nada.

—¿Lo ves? Nos mintió sobre dónde vivía y les siguió el juego sobre lo de ser un niño rico, pero esa etiqueta se la pusieron ustedes. Él trataba de no contar nada sobre su vida para no tener que mentirnos.

Sara chasquea los dedos.

—¡El tipo del restaurante! El que lo llamó Shawn. Nos mintió sobre lo del internado de Nueva York.

—Nos mintió porque lo obligamos a darnos una explicación.

—Lo respetaría más si nos hubiera dicho la verdad en aquel momento.

—No es cierto. Lo habrían juzgado entonces, igual que lo están juzgando ahora —aunque para la gente como Sara todo es blanco y negro, en la vida las cosas no son así. El bien y el mal no son absolutos, pero los que nunca han tenido que vender un trozo de su alma a cambio de comida o techo no entienden la cantidad de decisiones desesperadas que uno puede llegar a tomar—. No quiero seguir hablando de esto, Sara.

Ella suspira, como si quisiera seguir convenciéndome de que debo olvidarme de él, pero va a hacer falta algo más que una reputación dudosa para olvidarme de alguien que no pestañeó al enterarse de mi turbio pasado.

Es evidente que Sara ve las cosas como mi padre; estoy segura de que todo el mundo lo ve igual.

—Necesito estar a solas, en serio.

—Está bien... —Sara se levanta—. Pero aquí me tienes si necesitas hablar.

Al fin me deja sola con mis pensamientos y se dirige a la escalera. Cuando entra en la casa, vuelvo a rascarle a PJ detrás de las orejas.

—Supongo que ya solo quedamos tú y yo en el bando de Samson.

PJ levanta las orejas cuando el celular empieza a vibrar. Me levanto de un salto y lo saco del bolsillo. Se me forma un nudo en la garganta cuando veo que la llamada proviene de un número desconocido.

Respondo al instante.

—¿Samson?

—Esta llamada proviene de un interno de la cárcel del condado de Galveston —me informa la grabación—. Por favor, presione el uno para aceptar la llamada o el dos para...

Presiono el uno y me llevo el celular a la oreja.

—¿Samson? —estoy aterrorizada y se me nota en la voz. Me aprieto la frente y me echo hacia atrás en el asiento.

—¿Beyah?

Lo oigo como si estuviera muy lejos, pero ahora que al fin siento su presencia suspiro aliviada.

—¿Estás bien?

—Sí —su voz no suena tan asustada como la mía. De hecho, parece estar tranquilo, como si todo esto no lo hubiera tomado por sorpresa—. No puedo hablar mucho. Yo solo…

—¿Cuánto tiempo tienes?

—Dos minutos, pero me acaban de decir que mañana a las nueve podré recibir visitas.

—Lo sé, ahí estaré. Pero ¿qué puedo hacer hoy? ¿Quieres que me ponga en contacto con alguien?

Él guarda silencio. Cuando la pausa se alarga, pienso que tal vez no me escuchó, pero luego suspira y responde:

—No, no hay nadie.

Es verdad que solo nos tiene a PJ y a mí.

«Odio tener razón en esto».

—No creo que mi padre te pague la fianza. Está bastante molesto.

—No es su responsabilidad. Por favor, no le pidas que lo haga.

—Ya se me ocurrirá algo.

—Voy a estar aquí una temporada, Beyah. En serio lo arruiné.

—Y por eso mismo te ayudaré a encontrar un buen abogado.

—Me asignarán uno de oficio. No es la primera vez que paso por esto.

—Sí, pero los abogados de oficio no se dan abasto. Te iría mejor con un abogado que disponga de más tiempo para preparar el caso.

—No puedo permitirme un abogado. Por si aún no te has dado cuenta, no soy rico.

—Me alegro. Ya sabes que el dinero era lo que menos me gustaba de ti.

Samson guarda silencio, aunque se nota que tiene mucho que decir.

—Voy a pasarme el día buscando trabajo y empezaré a ahorrar para ayudarte a pagar el abogado. Ya no estás solo, Samson.

—Mis errores tampoco son tu responsabilidad. No puedes hacer nada, Beyah. Además, el juicio no se celebrará hasta dentro de varias semanas y para entonces ya estarás en Pensilvania.

—No pienso ir a Pensilvania —está loco si cree que voy a abandonarlo. ¿En serio piensa que voy a dejar que se pudra en la cárcel mientras yo me voy a la otra punta del país como si no me hubieran crecido huesos en el corazón este verano? Ni hablar—. ¿Y el hijo de Marjorie? ¿Qué clase de abogado es?

No me responde.

—¿Samson? —aparto el teléfono y veo que la llamada se cortó—. ¡Mierda!

Me pongo el teléfono en la frente. Dudo que pueda volver a llamarme; tendré que esperar y hablar con él personalmente mañana.

Cada vez tengo más preguntas que se van añadiendo a la lista, pero hay cosas más urgentes de las que debo ocuparme, por lo que cruzo la calle, me dirijo a casa de Marjorie y no dejo de tocar el timbre hasta que abre.

Me había olvidado de que era tan temprano, por eso me extraño cuando la veo aparecer en camisón y bata. Me examina de pies a cabeza antes de hablar.

—¿Se puede saber por qué estás tan alterada?

—Es Samson, está en la cárcel.

Me dirige una mirada preocupada y se aparta para dejarme pasar.

—¿Por qué?

—Porque la casa donde estaba no era suya. Lo arrestaron esta madrugada, cuando se presentaron los dueños de sopetón.

—¿Samson? ¿Estás segura?

Se lo confirmo asintiendo con la cabeza.

—Yo estaba allí. Va a necesitar un abogado, Marjorie. Uno que pueda dedicarle al caso algo más de tiempo que un abogado de oficio.

—Sí, me parece buena idea.

—Su hijo. ¿Qué clase de abogado es?

—Abogado defensor... No. No puedo pedirle eso a Kevin.

—¿Por qué no? Voy a buscar trabajo; le pagaré.

Marjorie parece estar en un dilema, y no me extraña. La primera vez que hablé con ella me dijo que apenas conocía a Samson. Aunque yo me juego más con todo esto que ella, no puede olvidarse de todos los favores que le ha hecho Samson a lo largo de estos meses.

Uno de los gatos de Marjorie se sube a la barra y se acerca a su dueña. Ella lo levanta y se lo acerca al pecho.

—¿Cuánto dinero le cobró Samson por todo el trabajo que hizo en la casa?

Ella tarda como un minuto en reaccionar, y cuando lo hace se encoge un poco.

—Nada. Nunca quiso que le pagara.

—Exacto. No es mala persona y lo sabe, Marjorie —le ofrezco mi celular—. Por favor, llame a su hijo. Se lo debe a Samson.

Tras dejar al gato en el suelo, hace un gesto despectivo con la mano en dirección al teléfono.

—Yo no sé usar esas cosas.

Se dirige a la cocina, levanta el auricular del teléfono fijo y marca el número de su hijo, el abogado.

Kevin aceptó ponerse en contacto con Samson, pero solo porque sabe lo mucho que ha ayudado a Marjorie durante estos meses. No se comprometió a llevar su caso sin cobrarle, ni siquiera es seguro que acepte el caso, pero ya estoy un poco más cerca de conseguirlo que antes de acudir a Marjorie.

Antes de salir de la cocina, me endilga una bolsa de un kilo de nueces pecanas.

—La semana que viene tendré almendras.

Se me escapa una sonrisa.

—Gracias, Marjorie.

Vuelvo a casa y dejo las nueces en la cocina antes de tomar las dos mochilas que le pedí a mi padre que dejara en casa. Cuando empiezo a subir la escalera, él se acerca al recibidor.

—¿Beyah?

Pero no me detengo.

—Pasaré el día en mi habitación. Preferiría que no me molestara nadie; me voy a la cama.

—Beyah, espera —insiste mi padre.

Cuando llego al último escalón, oigo la voz de Alana.

—Dijo que quiere estar sola, Brian, y creo que lo decía en serio.

No se equivoca, lo digo muy en serio. No estoy para aguantar un sermón de mi padre sobre lo terrible que es Samson. Estoy demasiado triste y demasiado cansada.

Anoche dormí un par de horas cuando mucho, y a pesar de la adrenalina que me ha estado circulando por las venas desde que me desperté, se me cierran los ojos.

Dejo las mochilas junto a la cama y me dejo caer en ella. Permanezco acostada, con la vista fija en los ventanales. El día es radiante, cálido, feliz.

Me levanto y cierro las cortinas con brusquedad antes de volver a arrastrarme hasta la cama. Quiero que este día pase cuanto antes, pero ni siquiera es la hora de comer.

Doy vueltas y contemplo el techo durante al menos una hora. No puedo dejar de pensar en lo que va a suceder. ¿Cuánto tiempo tendrá que estar en la cárcel? ¿Tendrá que cumplir condena en prisión? Y si ha acumulado tantos cargos, ¿de cuánto tiempo estamos hablando? ¿Seis meses? ¿Diez años?

La mente me va a mil por hora; no voy a poder dormir a menos que me tome algo. Abro la puerta y escucho para asegurarme de que no queda nadie en la cocina. Bajo y me dirijo a la despensa porque sé que allí guardan medicinas. Reviso los nombres de los frascos, pero no veo nada que pueda ayudarme a dormir.

Tal vez lo guarden en el baño. Mi padre y Alana ya deben de haberse ido a trabajar, por lo que me dirijo a su baño y abro el botiquín, pero dentro no encuentro más que pasta de dientes, cepillos de dientes de repuesto, una pomada y cotonetes para las orejas.

Malhumorada, cierro la puerta del botiquín y me sobresalto al ver a Alana reflejada en el espejo a mi espalda.

—Perdona, pensaba que te habías ido al trabajo.

—Me tomé el día libre. ¿Qué buscas?

Me vuelvo hacia ella, desesperada.

—Necesito NyQuil o algo que me ayude a dormir. No he dormido en toda la noche y mi mente no para de dar vueltas.

Me abanico la cara con las manos, en un intento de mantener a raya las lágrimas que he logrado contener desde anoche de manera milagrosa.

—Puedo prepararte una infusión.

«¿Una infusión? ¿Quiere prepararme una infusión?».

Es dentista, podría recetarme un tranquilizante de caballo si quisiera; seguro que tiene recetas en algún rincón de la casa.

—No quiero una infusión, Alana. Necesito algo que funcione. No quiero seguir despierta —me cubro la cara con las manos—. Pensar duele demasiado —susurro—. Ni siquiera tengo ganas de soñar con él. Solo quiero dormir, sin soñar ni pensar, no quiero sentir nada.

Siento como si me estuvieran dando puñetazos en el pecho. Todo lo que Samson me dijo por teléfono me golpea con tanta fuerza que tengo que apoyarme en el lavabo para mantener el equilibrio. Su voz me resuena en la cabeza:

«Voy a estar aquí una temporada, Beyah».

¿Cuánto tiempo va a tener que pasar antes de que se me permita ser feliz de nuevo?

No quiero volver a ser la persona que era antes de conocerlo, esa persona en cuyo interior no había nada más que rabia y amargura; que desconocía los sentimientos positivos como la alegría o el consuelo.

—¿Y si pasa tanto tiempo encerrado que ya no quiere formar parte de mi vida cuando salga?

No pretendía decirlo en voz alta. O tal vez sí.

Cuando no puedo contener más las lágrimas, Alana reacciona al momento. No me regaña por estar triste; se limita a abrazarme y a apoyar mi cabeza en su hombro.

Es un consuelo con el que no estoy familiarizada en absoluto, pero es justo lo que necesitaba. El consuelo de una madre. Lloro en su hombro durante unos minutos. No tenía ni idea de que esto era lo que tanto necesitaba: unas migajas de consuelo por parte de alguien.

—Ojalá hubieras sido mi madre —logro decir entre lágrimas.

La oigo suspirar.

—Ay, cariño —susurra en tono compasivo. Se aparta para mirarme a la cara y me dice en tono amable—: Te daré un Ambien, pero será el último que te dé.

Asiento con la cabeza.

—No te lo volveré a pedir.

26

Al final caí en un sueño demasiado profundo y ahora siento como si tuviera el cerebro comprimido en el lado derecho de la cabeza.

Sentada en la cama, miro por la ventana. Ya casi oscureció. Al consultar la hora en el celular, veo que ya pasan de las siete. El estómago me ruge de una manera tan escandalosa que no me extrañaría que fuera eso lo que me despertó.

Dejé el sonido del celular activado y al máximo de volumen, pero no ha sonado y tampoco hay ninguna llamada perdida.

«Faltan catorce horas para volver a verlo».

Alargo el brazo y tomo la mochila de Samson. La vacío sobre la cama y empiezo a revisar su contenido.

Todo lo que posee en el mundo está sobre mi cama ahora mismo y no estoy exagerando, es literalmente así.

Tiene dos trajes de baño y dos camisetas de la marca de Marcos. Llevaba otra cuando lo arrestaron. ¿Significa eso que solo tiene tres mudas? Me había dado cuenta de que repetía mucho la ropa, pero pensaba que lo hacía para apoyar a Marcos. Probablemente las lavaba a menudo para que nadie se diera cuenta.

Hay objetos de neceser en una bolsa: pasta de dientes, desodorante, un cepillo de dientes y un cortaúñas, pero no encuentro su cartera.

¿Será verdad que la perdió antes de ir a hacernos los tatuajes o es que nunca ha tenido cartera? Si ha estado solo desde que murió su padre, ¿cómo demonios iba a sacar su licencia de conducir?

Tengo tantas preguntas que es imposible que mañana me las responda todas.

Al fondo de la mochila encuentro una bolsa de cierre hermético que protege lo que parecen trozos de papel doblados. Están desteñidos y amarillentos, por lo que deben de ser antiguos.

Abro la bolsa, saco uno de los papeles y lo desdoblo.

Pequeño

> Medio loco como yo,
> hay fatiga en su mirar
> porque empieza a odiar el mar.
> Tan pequeño y está ya
> harto de su libertad.
>
> Rake Bennett
> 13-11-07

Samson mencionó que Rake solía escribir poesía. Releo el poema tratando de descifrarlo.

¿Habla sobre Samson? ¿Son notas de su padre? Por la fecha, Samson debía de tener doce años cuando lo escribió, un año antes del huracán.

«Harto de su libertad».

¿Qué significa ese verso? ¿Pensaba Rake que su hijo se estaba cansando de vivir en el mar con él?

Saco el resto de las hojas de la bolsa, porque necesito leerlas todas. Están escritas por Rake y fechadas antes del huracán Ike.

Vive

El día que tú naciste,
tu madre nació a su vez.
Y mientras tú sigas vivo,
ella lo estará también.

Rake Bennett
30-08-06

Se fue

La primera vez que vi a tu madre estaba en la playa,
   con los pies hundidos en la arena.
Me arrepiento de no haberme arrodillado a venerar
   la tierra tocada por esa sirena.
Cada vez que camino por la playa me pregunto si sus
   pies pisaron algún día esa arena.
O si todos esos granos habrán sido ya arrastrados por
   el mar que todo lo desordena.

Rake Bennett
16-7-07

Querido Shawn

Todo niño acaba deseando vivir en otro lugar.
Fui yo quien decidió que tu primera casa fuera
   un barco, pero ahora me pregunto:
¿Es este barco el lugar del que vas a renegar?
Si es así,
   que el peso de la culpa recaiga sobre mí,
porque cuando un hombre dice: «Vuelvo a mi
   hogar»,
su destino siempre debería ser el mar.

                              Rake Bennett
                              3-1-08

En la bolsa hay al menos veinte poemas y cartas. Solo unas cuantas están dirigidas directamente a Samson, pero por lo que voy leyendo, tengo la sensación de que lo que me contó sobre su padre era verdad. Rake vivía en el mar, aunque se olvidó de comentarme que el barco era también su casa.

27

—¿Beyah Grim?

Me levanto de un brinco. Mi padre también se levanta, pero no quiero que entre conmigo a ver a Samson, por lo que le digo:

—No es necesario que entres.

—No pienso dejarte entrar sola —su tono de voz indica que no hay margen para la discusión.

—Papá, por favor —temo que Samson no se atreva a ser sincero conmigo si tiene a mi padre enfrente—. Por favor.

Él asiente, tenso.

—Te espero en el coche.

—Gracias.

Sigo al guardia, que me guía hasta una sala grande y abierta. Hay varias mesas, casi todas llenas de gente que vino a visitar a otros internos.

Es deprimente, pero no tanto como pensaba que sería. Pensaba que estaría al otro lado de un cristal y que no podría tocarlo.

Recorro la sala con la mirada y encuentro a Samson sentado a solas en el otro extremo. Lleva un overol azul oscuro. Verlo con ropa distinta a sus habituales bermudas de playa me ayuda a asimilar que esto está pasando de verdad.

Cuando al fin levanta la cara y me ve, se pone de pie enseguida. No sé por qué esperaba que estuviera esposado, por lo que me alivia mucho comprobar que no lo está. Corro hacia él y me lanzo a sus brazos. Él me abraza con todas sus fuerzas.

—Lo siento —se disculpa.

—Ya lo sé.

Sigue abrazándome un instante más, pero no quiero que tenga problemas por mi culpa, por lo que me separo y me siento frente a él. La mesa es pequeña, por lo que en realidad no estamos tan lejos, pero siento que nos separan varias galaxias.

Me toma una mano, y sosteniéndola entre las suyas las apoya juntas en la mesa.

—Te debo tantas respuestas. ¿Por dónde quieres que empiece?

—Por donde quieras.

Él se queda un momento pensando por dónde empezar. Uno mi otra mano a las suyas, hasta que las cuatro quedan apiladas en el centro de la mesa.

—Todo lo que te conté sobre mi madre era verdad. Se llamaba Isabel. Yo tenía cinco años cuando murió, pero aunque no recuerdo gran cosa de antes de su muerte, sé que mi vida sufrió un cambio drástico después de que se fuera. Rake es mi padre, eso no lo mencioné. Tras la muerte de mi madre, parecía perdido fuera del agua, como si no pudiera soportar estar en lugares donde ella ya no estaba. Por eso me sacó de la escuela y pasamos años viviendo en su barco. Y esa fue mi vida hasta que Darya me lo arrebató.

—¿A eso te referías cuando me dijiste que Darya te rompió el corazón?

Él asiente en silencio.

—¿Dónde estabas cuando llegó el huracán?

Samson aprieta los dientes, como si odiara revivir esos momentos, pero lo hace, con la vista fija en nuestras manos.

—Mi padre me dejó en una iglesia, que es donde se refugiaron muchos residentes, pero no se quedó conmigo. Quería asegurarse de que el barco estaba bien amarrado, ya que era nuestra vida. Me aseguró que volvería antes de que se hiciera de noche, pero no volví a verlo nunca más —me mira a los ojos—. Me habría gustado quedarme en la península, pero el huracán lo destruyó todo. Tenía trece años y no encontré la manera de esconderme ni de sobrevivir por aquí, y al final tuve que irme. Sabía que si le contaba a alguien que mi padre había desaparecido me enviarían a una casa de acogida, y no quería, así que me pasé los siguientes años tratando de ser invisible. Acabé en Galveston con un amigo. Trabajábamos en lo que salía, cortando el pasto o lo que fuera. Era el tipo al que viste en el restaurante. Éramos jóvenes y cometimos estupideces que, al final, nos pasaron factura.

—¿Lo del incendio intencional?

—No fue intencional y, técnicamente, no fue culpa mía. La instalación eléctrica estaba en un estado lamentable, pero si no me hubiera metido en aquella casa y no hubiera encendido la luz, no se habría incendiado, así que, sobre el papel, soy culpable —Samson entrelaza nuestros dedos—. Cuando me enteré de que tenía una nueva orden de arresto, quise volver aquí antes de entregarme. No sé si buscaba una despedida que me permitiera darle vuelta a la página o si tenía la esperanza de encontrar a mi padre, pero al final acabé encontrando las dos cosas. Con lo que no contaba era con encontrarte a ti también. Al conocerte, la idea de irme se me hizo insoportable —me acaricia la mano con el pulgar—. Sabía que cuando entrara en la cárcel sería para una buena temporada, por eso quería aprovechar el tiempo hasta que te fueras —suspira y añade—: ¿Qué más quieres saber?

—¿De dónde sacaste el código de la alarma?

—El dueño le puso el número de la casa. Lo adiviné a la primera.

No soy capaz de juzgarlo, porque sería muy hipócrita de mi parte. Además, admiro su capacidad de sobrevivir sin ayuda de nadie.

—¿Y lo de las fuerzas aéreas? ¿Era mentira?

Él baja la mirada, incapaz de sostenérmela, y niega con la cabeza.

—Siempre quise ingresar en las fuerzas aéreas. Ese era mi plan hasta que la cagué. Pero te mentí en lo de que era una tradición familiar. He dicho un montón de cosas que no eran verdad, pero tenía que hacer que resultara creíble mi estancia en esa casa. Nunca quise mentirte, por eso no respondía a muchas de tus preguntas. Odiaba no poder ser sincero contigo, o con los demás, pero…

—No tenías elección —acabo la frase por él. Lo entiendo perfectamente, así es como he pasado gran parte de mi vida—. Fuiste tú quien dijo que las malas decisiones eran fruto de la fuerza o de la debilidad. No fue la debilidad la que te llevó a mentir, Samson.

Él inspira hondo, como si necesitara armarse de fuerza para lo que llega a continuación. Cuando vuelve a mirarme a los ojos, veo que su actitud ha cambiado y la habitación se me empieza a caer encima bajo el peso de su mirada.

—Cuando hablamos ayer por teléfono, me dijiste que no pensabas ir a Pensilvania.

Aunque no es una pregunta, me doy cuenta de que espera una respuesta.

—No puedo dejarte así.

Él niega con la cabeza y retira las manos para frotarse la cara, como si le agotara la paciencia, pero luego vuelve a apoderarse de ellas y las aprieta fuerte.

—Vas a ir a la universidad, Beyah. Tú no tienes por qué arreglar mi desastre.

—¿Tu desastre? Samson, lo que hiciste no es tan grave. Eras un niño y prácticamente te criaste solo en las calles. ¿Cómo ibas a salir adelante después de que te soltaran la primera vez? Estoy segura de que si les explicas por qué inició el fuego y por qué violaste la libertad condicional lo entenderán.

—A los jueces les da igual por qué alguien viola la ley; solo se fijan en si la infringes o no.

—Ya, bueno, pues ¡no debería darles igual!

—El sistema falla por todas partes, ya lo sabemos, pero tú y yo no vamos a cambiarlo de la noche a la mañana. Me van a caer varios años de cárcel y no podemos hacer nada para evitarlo, así que no hay ninguna razón para que te quedes en Texas.

—Tú eres razón suficiente. ¿Cómo te voy a visitar si estoy en Pensilvania?

—No quiero que me visites, quiero que vayas a la universidad.

—Puedo estudiar aquí.

Él se ríe, pero no es una risa alegre, sino exasperada.

—¿Por qué eres tan tozuda? Este fue el plan desde el principio: separarnos cuando te fueras a la universidad.

Sus palabras se me clavan y me retuercen las entrañas.

—Pensaba que las cosas habían cambiado —susurro—, dijiste que nos habían salido huesos en el corazón.

A Samson también le afectan mis palabras. Se encoge un poco, como si lo hubiera lastimado. No quiero hacerle daño, pero tampoco quiero que piense que lo nuestro ha sido una relación de usar y tirar. Para mí, desde luego, no lo ha sido.

—No puedo estar tan lejos de ti —insisto en voz baja—, las llamadas y las cartas no serán suficiente.

—Es que tampoco quiero que me llames ni que me escribas. Quiero que vivas tu vida sin llevar a cuestas el lastre de la mía —no se le pasa por alto mi expresión de sorpresa, pero no me da tiempo a discutírselo—. Beyah, llevamos toda la vida aislados, viviendo solos en nuestras islas. Ambos nos reconocimos en la soledad del otro, y eso fue lo que nos llevó a conectar. Pero esta es tu oportunidad de escapar de tu isla desierta y me niego a retenerte aquí los años que pase encerrado.

Siento que se me escapan las lágrimas. Al bajar la cabeza, la primera cae sobre la mesa.

—No puedes terminar conmigo. No saldré adelante sin ti.

—Ya saliste adelante sin mí —replica con decisión. Alarga el brazo y me alza la cara para que lo mire a los ojos. Parece tan roto como yo—. Yo no tuve nada que ver con tus éxitos. No le debes lo que eres a nadie más que a ti. Por favor, no me conviertas en la causa por la que renuncias a todo.

Cuanto más insiste en la idea de cortar toda relación conmigo, más furiosa me siento.

—Me parece muy injusto. ¿Quieres que me vaya y que no vuelva a ponerme en contacto contigo nunca más? Y entonces ¿por qué dejaste que me enamorara de ti si sabías cómo iban a acabar las cosas?

Él suelta el aire con brusquedad.

—Quedamos en que todo acabaría en agosto, Beyah. Dijimos que nos mantendríamos en la orilla.

Lo miro exasperada.

—Fuiste tú quien dijo que la gente también se ahoga en la orilla —me inclino hacia delante para que me preste toda su atención—. Me estoy ahogando, Samson. Y eres tú el que no me deja salir del agua.

Me seco los ojos con rabia y Samson me toma las manos, pero no es lo mismo. Cuando habla, no puede disimular el dolor.

—Lo siento mucho.

Es todo lo que dice, pero sé que me está diciendo adiós. Se levanta como si no hubiera nada más que decir, pero me mira como si quisiera que yo también me pusiera de pie. Yo me cruzo de brazos.

—No pienso darte un abrazo de despedida. No te mereces abrazarme nunca más.

Él asiente con poco convencimiento.

—Nunca lo he merecido.

Cuando se da la vuelta para irse, me aterra pensar que esta sea la última vez que lo vea. Samson no dice las cosas por decir, y menos con esa decisión en la mirada. No va a permitir que vuelva a visitarlo. Lo nuestro acaba aquí.

Me pongo de pie de un salto cuando echa a andar.

—¡Samson, espera!

Se da la vuelta justo a tiempo para recibirme cuando me lanzo hacia él y le rodeo el cuello con los brazos. Hundo la cara en su cuello y, cuando él me devuelve el abrazo, me pongo a llorar.

No puedo mantener el control cuando la vida me ataca por todos los flancos. Ya empecé a extrañarlo y estoy furiosa. ¡Nunca había sentido tanta rabia! Sabía que el momento de la despedida tenía que llegar, pero no me imaginaba que sería en estas circunstancias. ¡Qué impotencia! Pensaba que podría decidir el momento y el modo de despedirnos, pero ¡no pude decidir nada!

Me da un beso en la sien.

—Acepta la beca, Beyah. Y diviértete, por favor.

Se le rompe la voz al pronunciar ese «por favor». Me suelta y se dirige hacia un guardia que espera junto a la puerta. Sin él me siento pesada, como si mi sistema locomotor ya no aguantara mi peso y no fuera capaz de sostenerme sola.

Mientras se lo llevan de la sala, ni siquiera se da la vuelta para contemplar la destrucción que dejó a su paso.

Llorando a lágrima viva llego al coche de mi padre y cierro azotando la puerta, rota de rabia y de dolor. No logro asimilar lo que acaba de suceder, no me lo esperaba. De hecho, me esperaba justo lo contrario. Pensaba que trabajaríamos juntos, en equipo, pero me dejó sola, carajo, igual que todas las personas que han pasado por mi vida.

—¿Qué pasó?

Niego con la cabeza, porque soy incapaz de darle una explicación.

—Vámonos.

Mi padre aprieta el volante hasta que se le ponen los nudillos blancos. Arranca el coche y pone la reversa para salir del estacionamiento.

—Debería haberle dado una paliza la noche en que te lo quité en la regadera.

No me molesto en explicarle que esa noche no me protegió de Samson, ya que él me estaba ayudando, porque sé que a estas alturas no serviría de nada. Opto por una frase neutra:

—No es mala persona, papá.

Mi padre detiene el coche y voltea hacia mí con determinación.

—No sé en qué me equivoqué como padre, pero me niego a aceptar que crie a una hija que defiende al tipo que le ha estado mintiendo todo el verano. ¿Crees que le importas? A ese tipo solo le importa él mismo.

¿En serio?

¿Se atrevió a decir que me crio?

Busco la manija mientras lo fulmino con la mirada.

—Tú no criaste a ninguna hija, así que si alguien está mintiendo aquí eres tú —abro la puerta y bajo del coche. No pienso estar encerrada en un coche con él hasta la península de Bolívar.

—Vuelve al coche, Beyah.

—No. Llamaré a Sara para que me venga a buscar.

Me siento en la banqueta, frente al coche. Mientras saco el celular, mi padre baja del coche y patea la grava.

—Entra —señala hacia el coche—. Te llevaré a casa.

Tras marcar el número de Sara, me seco los ojos.

—No pienso ir en tu coche. Ya puedes irte.

Pero mi padre no se va. Sara accede a venir a buscarme, pero él se queda sentado pacientemente en el coche hasta que ella llega.

28

Llevo una semana sin noticias de Samson, nada en absoluto. Ha sido una auténtica tortura. Intenté visitarlo dos veces, pero se niega a hablar conmigo.

No tengo ningún modo de comunicarme con él. Solo puedo aferrarme a los recuerdos del tiempo que pasamos juntos, y me preocupa que incluso eso se vaya desvaneciendo si no puedo ni siquiera oír su voz.

¿Cómo se supone que voy a salir adelante? ¿Cómo voy a olvidarlo? ¿Pretende que vaya a la universidad como si no me hubiera obligado a convertirme en una versión distinta y mejorada de mí misma durante este verano?

Ya no hablo de Samson con nadie en casa. Ni siquiera quiero que pronuncien su nombre, porque lo único que conseguimos es discutir. Apenas he salido de mi habitación en toda la semana. Paso las horas viendo cualquier cosa en la tele o visitando a Marjorie. Con ella sí hablo de Samson, porque sé que está de mi lado.

He ido alternando las dos camisetas que estaban en la mochila de Samson durante toda la semana, pero ya no conservan su olor. Ahora huelen a mí, y por eso estoy abrazada a su mochila mientras veo un capítulo tras otro de un programa inglés de repostería.

No sé qué hacer con sus cosas. Dudo que quiera conservar el neceser, y aparte de los poemas que le escribió su padre no hay nada más de valor en la mochila. Me resisto a darle los poemas a Marjorie para que se los guarde, porque siento que son lo único que me une a él.

Tal vez algún día se ponga en contacto conmigo gracias a ellos.

Sé que voy a tener que seguir adelante con mi vida en algún momento. Mi mente lo sabe pero, mientras esté en esta casa y él siga en la cárcel del condado, no puedo concentrarme en nada más.

Cuando recoloco la mochila para usarla como almohada, siento que algo duro se me clava en la sien. La abro para comprobar si dejé dentro, pero no veo nada. Busco con la mano y encuentro un cierre que se me había pasado por alto.

Enseguida me siento y desabrocho el cierre del bolsillo oculto, donde encuentro una libretita de tapa dura de unos diez centímetros de largo. Al abrirla, veo que está llena de nombres, direcciones y lo que parecen listas de la compra.

Doy un vistazo a las primeras páginas, pero no entiendo lo que significan las anotaciones. Llego a una página con el nombre de Marjorie junto a su dirección. Debajo hay anotado:

<u>Marjorie Naples</u>
Fecha de alojamiento: Del 4-2-15 al 8-2-15
Me comí cosas por un valor de 15 dólares.

Reparé el tejado. Cambié dos piezas del revestimiento en la cara norte de la casa dañadas por el viento.

Detrás de Marjorie vienen más nombres y direcciones. Necesito saber qué significan las fechas, por lo que tomo el celular y la llamo.

—¿Hola?

—Hola, soy Beyah. Una pregunta rápida: ¿te dicen algo las fechas del 4 al 8 de febrero?

Marjorie lo piensa unos instantes.

—Estoy casi segura de que son los días que pasé hospitalizada tras el ataque al corazón. ¿Por qué?

—Por una cosa que encontré en la mochila de Samson. Luego te la llevo para que puedas dársela a Kevin.

Me despido y cuelgo antes de ponerme a leer el resto de las cosas que anotó en la libreta. La dirección que aparece más a menudo es la del vecino de al lado, cuyo nombre es David Silver. Hay varias fechas anotadas, casi todas entre marzo y la semana pasada, y bajo el nombre de David aparecen las reparaciones que ha realizado:

Apreté varios barrotes sueltos en el barandal del dormitorio.

Cambié un fusible roto del panel eléctrico.

Sellé una gotera de la tubería de la regadera exterior.

Hay muchas más listas. También anotó trabajitos que hizo para vecinos de la zona y cuánto le pagaron por ello, lo que explica que a veces tuviera dinero para pagarse la cena o un tatuaje. Y también hay una lista de personas para las que realizó trabajos sin cobrarles nada.

Hay anotaciones sobre cada día de los últimos siete meses: cada alimento que tomó del refrigerador de alguien sin permiso, cada reparación que hizo en las casas... Todo está registrado.

«Pero ¿por qué?».

¿Pensaría que reparar las propiedades gratis compensaba el hecho de alojarse en ellas sin permiso?

¿Y si esta fuera la prueba que necesita el tribunal para decidir que no merece todos los cargos que le imputan?

Bajo corriendo la escalera y entro en la sala. Mi padre y Alana están en el sillón de tres plazas, mientras que Sara y Marcos comparten el de dos. Están viendo *La ruleta de la suerte*, pero mi padre quita el volumen al verme fuera de mi habitación por primera vez en todo el día.

—Esta libreta es de Samson —se la entrego a mi padre, que la abre y se pone a hojearla—. Es una lista detallada de las casas en las que se alojó y de las reparaciones que hizo para pagar su estancia.

Mi padre se levanta sin dejar de leer.

—Podría serle útil —mi voz suena esperanzada por primera vez desde que lo arrestaron—. Si podemos probar que trataba de hacer las cosas bien, podría ayudar en su defensa.

Mi padre suspira y cierra la libreta sin haber llegado al final.

—Es una lista detallada de todo lo que hizo mal —me devuelve el cuaderno—. No lo ayudará en absoluto, todo lo contrario.

—¿Cómo lo sabes?

—Beyah, está acusado de dos casos de allanamiento de morada. Si entregas eso a la policía y ven que entró en muchísimas más casas, le van a caer más cargos y su situación empeorará —se acerca a mí con gesto frustrado—. Por favor, déjalo ya. Eres demasiado joven para permitir que un chico al que apenas conoces te robe la vida. Cometió errores y ahora debe pagar las consecuencias.

Alana se levanta y lo toma del brazo para mostrarle su apoyo.

—Tu padre tiene razón, Beyah. Lo único que puedes hacer es seguir adelante con tu vida.

Sara y Marcos continúan sentados y las miradas que me dirigen me hacen sentir patética.

Los cuatro piensan que soy patética.

A ninguno de ellos le importa lo que pueda pasarle a Samson. Y ninguno de ellos cree que lo nuestro fue una relación seria. Por primera vez en mi vida había encontrado a alguien que se preocupaba por mí de verdad, pero nadie me cree capaz de diferenciar el amor auténtico de un romance de verano.

Sé perfectamente lo que es el amor, porque me he pasado la vida sin él.

—Mi madre murió —suelto de sopetón, lo que parece dejarlos a todos sin aliento.

Alana se cubre la boca con la mano.

Mi padre niega con la cabeza, incrédulo.

—¿Qué? ¿Cuándo?

—La noche que te llamé y te pedí si podía venir. Murió de sobredosis porque era adicta a las drogas desde que tengo uso de razón. Nunca he podido contar con nadie, ni contigo ni con mi madre. Nadie. He estado sola toda mi puta vida. Samson ha sido la primera persona que me ha apoyado, hasta vino a animarme a un partido de volibol.

Mi padre se acerca a mí, con expresión confundida pero también compasiva.

—¿Por qué no me lo contaste? —se frota la cara y musita—: Por Dios, Beyah —trata de darme un abrazo, pero yo me alejo de él. Me doy la vuelta para volver a mi cuarto, pero mi padre me llama—: Beyah, espera. Tenemos que hablar de esto.

Ahora que la rabia salió a la superficie, siento que me ahogo en ella. Debo sacarlo todo mientras tengo la oportunidad. Me doy la vuelta y me encaro con mi padre.

—¿De qué quieres hablar? ¿Quieres saber qué más cosas te he ocultado? ¿Quieres que te diga que te mentí en el aeropuerto? Pues sí, lo hice. La aerolínea no perdió las maletas. Nunca he tenido nada, porque cada céntimo que le enviabas a Janean se lo quedaba ella. Tuve que empezar a tener sexo con un tipo a los quince años a cambio de dinero para poder comer. Así que jódete, Brian. No eres mi padre. Nunca lo has sido y nunca lo serás.

No me molesto en esperar para ver sus reacciones. Subo corriendo la escalera y me encierro en la habitación azotando la puerta.

Mi padre abre la puerta unos treinta segundos más tarde.

—Por favor, vete —mi voz perdió toda emoción.
—Tenemos que hablar de esto.
—Quiero estar sola.

—Beyah —insiste en tono de súplica mientras entra en la habitación.

Yo me acerco a grandes zancadas para impedírselo; me niego a dejarme conmover por su mirada.

—Pasaste diecinueve años sin formar parte de mi vida. No estoy de humor para que pases a formar parte de ella justo esta noche. Por favor, déjame sola.

Veo una retahíla de emociones en los ojos de mi padre: tristeza, arrepentimiento, compasión, pero no permito que sus sentimientos afecten los míos. Le devuelvo una mirada estoica hasta que él se rinde y sale de la habitación.

Cierro la puerta, me dirijo a la cama y me desplomo sobre ella, abrazada a la libreta de Samson.

Para ellos, esta libreta es una prueba de toda la gente a la que ha perjudicado, pero yo sigo pensando que demuestra que nunca tuvo mala intención. Siempre trató de hacer lo correcto, pero le faltaban los medios.

Releo la libreta sin saltarme ni una página, y acaricio las palabras con la punta del dedo, siguiendo su descuidada caligrafía. Leo las direcciones de todas las casas donde se alojó. La mitad de las páginas están escritas con su letra, que es poco cuidada y difícil de leer, como si hubiera escrito siempre con prisas para poder esconder la libreta antes de que lo descubrieran.

Hacia el final, encuentro una página que es distinta a las anteriores, y lo que la diferencia de las demás es que mi nombre está escrito en ella.

Me apoyo la libreta en el pecho y cierro los ojos. Lo que hay escrito en la página es corto, pero lo escribió para mí.

Inspiro hondo y suelto el aire muy lentamente varias veces hasta que se me normaliza el ritmo cardiaco. Luego me separo el cuaderno del pecho y leo sus palabras.

Beyah:

    Mi padre me contó una vez que el amor es como el agua.

    Puede estar en calma o rugir enfurecida. Puede ser amenazadora o relajante.

    El agua puede presentarse de muchas maneras, pero, en cualquiera de ellas, sigue siendo agua.

    Tú eres mi agua.

    Y creo que yo puedo ser la tuya.

    Si estás leyendo esto significa que me evaporé, pero eso no implica que tú también debas evaporarte.

    Ve a inundar este maldito mundo, Beyah. Inúndalo por completo.

Es lo último que anotó en el cuaderno. Es como si tuviera miedo de que lo detuvieran sin poder despedirse de mí.

Leo la nota varias veces mientras mojo la página con mis lágrimas. Este es el verdadero Samson. Me da igual lo que crean los demás. Yo pienso aferrarme a este Samson hasta el día en que lo suelten.

Esta es otra de las razones por las que me resisto a irme de aquí. Samson necesita mi ayuda; soy lo único que tiene y no tengo ninguna intención de dejarlo en el abandono. Y no es que sea una persona altruista, al contrario, lo hago por egoísmo. La idea de irme de aquí sin saber a qué se enfrenta me resulta insoportable. Samson cree que me hace un favor al apartarme de él, pero no tiene ni idea del daño que me causa su decisión. Si lo supiera, me rogaría que me quedara.

Alguien llama a la puerta con delicadeza.

—Beyah, ¿puedo pasar?

Sara asoma la cabeza, pero no estoy de humor para discutir. Ni siquiera sé si me quedan fuerzas para responder en voz alta. Abrazada a la libreta, me doy la vuelta hasta que estoy de cara a la pared.

Sara se acuesta a mi lado y me abraza por atrás.

No dice nada. Se pone en modo hermana mayor y me acompaña hasta que me duermo.

29

El amanecer es el único momento tranquilo y apacible que queda en mi vida a estas alturas.

Llevo aquí esperándolo desde las cinco de la mañana porque no podía dormir. ¿Cómo voy a dormir después de todo lo que pasó esta semana?

Cada vez que cierro los ojos veo a Samson alejándose de mí sin mirar atrás. Quiero recordar todas las veces que me miró con esperanza, entusiasmo e intensidad, pero lo único que visualizo es el momento en que me dejó sola llorando.

Me temo que así es como voy a recordarlo, y no quiero que nuestra despedida sea así. Estoy convencida de que podré hacerlo cambiar de opinión; estoy segura de que puedo ayudarlo.

Tengo una entrevista de trabajo en la única tienda de donas de la península. Voy a ahorrar cada céntimo que pueda para ayudarlo. Sé que él no quiere que lo haga, pero es lo mínimo que puedo hacer para corresponder a todo lo que me ha aportado este verano.

Sé que va a ser un motivo de disputas constantes entre mi padre y yo durante el tiempo que pase bajo su techo.

Él piensa que es ridículo negarme a ir a Pensilvania, pero yo creo que lo ridículo es suponer que voy a dejar sola a una persona que no tiene a nadie más en el mundo. Si de algo entendemos Samson y yo es de soledad.

Tampoco entiendo que mi padre espere que vuelva a empezar de cero en un nuevo estado por segunda vez este verano. No tengo fuerzas para volver a empezar; estoy totalmente agotada.

No me siento con energía para mudarme a la otra punta del país, y menos todavía para ganarme la beca jugando volibol.

No sé de dónde voy a sacar las fuerzas para levantarme todas las mañanas para ir a preparar donas, pero saber que el dinero que cobre servirá para ayudar a Samson hará que valga la pena.

Justo cuando el sol empieza a apuntar por el horizonte, algo me llama la atención junto a la puerta de la habitación. Es mi padre, que asoma la cabeza. Mi cuerpo entero suspira al verlo.

Anoche era demasiado tarde para discutir con él, pero ahora es demasiado temprano.

Parece aliviado al verme en la terraza. Tal vez pensó que había huido durante la noche al no encontrarme en la cama.

Y no es que la idea no me haya pasado por la cabeza. He querido irme un montón de veces, pero ¿adónde iba a ir? Tengo la sensación de que ya no pertenezco a ninguna parte. La primera vez que me sentí en casa fue entre los brazos de Samson, pero eso también me lo arrebataron.

Mi padre se sienta a mi lado, pero no me siento tan cómoda como cuando era Samson quien lo hacía. Estoy tensa, a la defensiva.

Él contempla el amanecer a mi lado, pero solo consigue estropear el momento. Es difícil encontrar la belleza cuando siento tanta rabia dirigida hacia el hombre sentado a mi lado.

—¿Recuerdas la primera vez que fuimos a la playa? —me pregunta.

Niego con la cabeza.

—Nunca había estado en la playa antes de este verano.

—Sí, sí habías estado, pero eras pequeña. Tal vez no te acuerdes, pero te llevé a Santa Mónica cuando tenías cuatro o cinco años.

Dejo de resistirme y lo miro a los ojos.

—¿Estuve en California?

—Sí. ¿No te acuerdas?

—No.

Parece compungido durante unos instantes, pero luego retira el brazo del respaldo de la silla y se levanta.

—Ahora vuelvo. Tengo fotos en alguna parte. Busqué el álbum en casa, en Houston, cuando supe que ibas a venir.

¿Tiene fotos de mi infancia? ¿En una playa?

«Lo creeré cuando lo vea».

Minutos más tarde, mi padre regresa con un álbum de fotos. Vuelve a sentarse a mi lado, abre el álbum y lo desliza hacia mí.

Al hojear el álbum, tengo la sensación de estar viendo imágenes de la vida de otra persona. Está lleno de fotos que no recuerdo que me tomaran, de días que he olvidado por completo.

Llego a una página llena de imágenes mías corriendo por la playa, pero no logro conectarlas a un recuerdo real. Me imagino que a esa edad no era consciente de lo que significaba ir de excursión.

—Y esto, ¿de cuándo es? —señalo una foto en la que se me ve delante de un pastel de cumpleaños, aunque hay un arbolito de Navidad a mi espalda.

Es raro, porque mi cumpleaños es varios meses después de Navidad y yo solo visitaba a mi padre en verano.

—No recuerdo haber pasado la Navidad contigo.

—Técnicamente no lo hiciste. Como solo venías en verano, juntaba todas las celebraciones en una.

Ahora que lo menciona, me vienen recuerdos borrosos de estar medio empachada de tanto comer mientras abro regalos. Pero de eso hace tanto tiempo que se me había olvidado…, igual que él se olvidó de mantener las tradiciones.

—¿Por qué dejaste de hacerlo?

—La verdad es que no lo sé. Al ir creciendo, cada vez te mostrabas menos interesada en esas tonterías. O tal vez yo di por hecho que no te interesaban. Eras tan callada que era muy difícil sacarte las cosas.

Eso es culpa de mi madre, lo tengo clarísimo.

Sigo hojeando el álbum y me detengo ante una foto en la que estoy sentada sobre el regazo de mi padre. Los dos sonreímos a la cámara. Él me rodea la cintura con un brazo y yo estoy acurrucada en su pecho.

Durante todos estos años he pensado que no era cariñoso conmigo. Es que han pasado tantos años en los que no ha sido cariñoso conmigo que eso es lo que recuerdo.

Mientras acaricio la foto con el dedo, apenada, me pregunto qué debió de pasar para que nuestra relación cambiara tanto.

—¿Cuándo dejaste de tratarme como a una hija?

A mi padre se le escapa un suspiro cargado de mil emociones.

—Cuando naciste, yo tenía veintiún años y ni idea de lo que suponía ser padre. Era más fácil fingir cuando eras pequeña, pero a medida que ibas creciendo..., cada vez me sentía más culpable, y esa culpa acabó interponiéndose entre los dos. Tenía la sensación de que las visitas te suponían una molestia.

Niego con la cabeza.

—Me pasaba el año esperándolas.

—Ojalá lo hubiera sabido —susurra.

Estoy empezando a desear habérselo dicho.

Si algo he aprendido de Samson este verano es que guardarte las cosas no sirve de nada, solo hace que la verdad duela más cuando sale a la luz.

—No tenía ni idea de cómo era tu madre, Beyah. Anoche Sara compartió conmigo alguna de las cosas que le contaste sobre ella, y yo... —la voz le tiembla, como si estuviera haciendo un esfuerzo por no llorar—. Me equivoqué en muchas cosas, no tengo excusa. Tienes todo el derecho del mundo a guardarme rencor, porque tienes razón.

»Debería haberme esforzado más en conocerte, tendría que haber insistido en pasar más tiempo contigo —mi padre me quita el álbum de fotos y lo deja en otra silla. Cuando vuelve a mirarme, su rostro muestra un gran desasosiego—. Temo que lo que estás haciendo, lo de permitir que el destino de ese chico determine tu futuro, es culpa mía, porque no he sido un ejemplo para ti. Pero a pesar de todo acabaste siendo una persona increíble. Y lo eres gracias a ti misma, a nadie más. Es normal que quieras quedarte a luchar por Samson, porque eres una luchadora..., y tal vez te ves reflejada en él, pero ¿y si no es quien crees que es y tomas una decisión equivocada?

—¿Y si es exactamente quien creo que es?

Mi padre me toma la mano y me mira. Es la viva imagen de la honestidad.

—Si Samson es la persona que piensas que es, ¿qué crees que desearía para ti? ¿Crees que desearía que renunciaras a todo lo que tanto te ha costado conseguir?

Yo aparto la mirada y la fijo en el amanecer mientras lucho por controlar mis emociones, que se me quedaron atascadas en la garganta.

—Te quiero, Beyah. Lo suficiente para admitir que te han defraudado demasiadas personas, y me cuento entre ellas. La única persona que te ha sido fiel en la vida has sido tú misma, y no te haces un favor al no pensar en ti en estos momentos.

Me inclino hacia delante, me sujeto la cabeza con las manos y cierro los ojos con fuerza. No necesito imaginarme qué querría Samson porque ya sé que quiere que me olvide de él y piense en mí; lo que pasa es que yo no quiero que lo quiera.

Mi padre me acaricia la espalda y la sensación es tan reconfortante que me inclino hacia él y lo abrazo. Él me devuelve el abrazo y me acaricia la cabeza.

—Sé que te duele —susurra—. Ojalá pudiera quitarte el dolor.

Me duele muchísimo, de un modo brutal. ¡Es tan injusto! Cuando al fin tengo algo bueno en la vida, me veo obligada a dejarlo atrás.

Sin embargo, tienen razón; todo el mundo tiene razón, excepto yo. Tengo que velar por mis intereses. Es lo que he hecho siempre, y hasta ahora siempre me ha salido bien.

Pienso en la carta que Samson me escribió, especialmente en la última línea, que se me quedó clavada en el corazón.

«Ve a inundar este maldito mundo, Beyah. Inúndalo por completo».

Inspiro una bocanada del aire salado de la mañana, sabiendo que no podré seguir haciéndolo demasiado tiempo antes de irme a Pensilvania.

—¿Cuidarás de Pepper Jack Cheese mientras esté fuera?

Mi padre suelta un suspiro de alivio.

—Por supuesto —me besa la cabeza con dulzura—. Te quiero, Beyah.

Su voz es tan sincera que, por primera vez, me permito creérmelo.

Y en este momento lo suelto todo; me deshago de todas las cosas que me han estado pesando en el corazón desde que era pequeña.

Dejo escapar la rabia que sentía por mi padre.

Dejo escapar también la furia que sentía por mi madre.

A partir de este instante, solo me aferraré a las cosas buenas.

Tal vez no termine el verano junto a Samson, pero voy a acabarlo con algo que no tenía cuando llegué aquí.

Una familia.

30

Mi compañera de habitación es una chica de Los Ángeles. Se llama Cierra, con C.

Nos llevamos bien, pero estoy centrada en los estudios y el volibol, por lo que no nos hemos visto nunca fuera de las cuatro paredes de nuestra habitación. Aparte de los ratos que compartimos mientras hacemos los trabajos de clase o dormimos, no coincidimos mucho. Es curioso. Me pasé el verano durmiendo sola, con Sara al otro lado del pasillo, pero la vi más de lo que veo a mi compañera de habitación.

Extraño a Sara, a pesar de que nos escribimos todos los días, igual que con mi padre.

Sin embargo, nunca hablamos de Samson. No ha vuelto a aparecer en las conversaciones desde la mañana en que decidí venir a Pensilvania. Necesito que todos crean que le he dado vuelta a la página, pero no sé cómo hacerlo. Pienso en él todo el tiempo. Oigo algo o veo algo y siento la necesidad de comentarlo con él, pero no puedo porque rompió cualquier tipo de contacto.

Le escribí una carta, pero me la devolvieron. Me pasé toda la tarde llorando, pero decidí que no volvería a escribirle.

Esta mañana tenía audiencia en el juzgado. Con los cargos que se le imputan pueden caerle varios años de cárcel. Llevo todo el día pegada al teléfono, esperando una llamada de Kevin.

No he hecho nada más aparte de mirar el teléfono fijamente y aguardar. Cuando no puedo más, llamo a Kevin. Sé que me dijo que me llamaría cuando supiera la sentencia, pero tal vez lo entretuvieron. Sentada en la cama, miro por encima del hombro para asegurarme de que Cierra sigue en la regadera y enderezo la espalda cuando Kevin responde.

—Estaba a punto de llamarte.

—¿Qué pasó?

Kevin suspira y siento todo el peso de la sentencia de Samson en ese suspiro.

—Tengo buenas y malas noticias. Conseguimos que rebajen el cargo de allanamiento de morada a violación de propiedad, pero no pudimos hacer nada contra el cargo de incendio intencional porque tenían imágenes de las cámaras de seguridad.

Me abrazo la cintura con fuerza.

—¿Cuánto tiempo, Kevin?

—Seis años, pero probablemente saldrá a los cuatro.

Me apoyo la mano en la frente y dejo caer la cabeza.

—¿Por qué tanto? Es mucho tiempo.

—Podría haber sido mucho peor. Se enfrentaba a diez años solo por el incendio. Si no hubiera violado la libertad condicional, posiblemente le habría caído una buena reprimenda y algo más, pero tenía antecedentes, Beyah.

—Pero ¿le explicaste al juez por qué violó las disposiciones de la libertad condicional? No tenía dinero. ¿Cómo pretenden que la gente pague las penalizaciones económicas de la libertad condicional sin dinero?

—Sé que no es lo que esperabas oír, pero podría haber sido bastante peor.

Estoy muy disgustada. Si soy franca, conservaba la esperanza de que no le cayeran tantos años.

—Los violadores tienen condenas más cortas. ¿En qué falla el sistema judicial?

—En todo. Estás en la universidad. ¿Por qué no estudias Derecho y haces algo para cambiarlo?

Tiene razón. Todavía no decido en qué voy a especializarme, y no hay nada que me enoje más que pensar en las personas a las que el sistema ignora.

—¿A qué prisión federal lo enviarán?

—A la de Huntsville, aquí, en Texas.

—¿Podrías pasarme la dirección?

Noto que Kevin titubea.

—No quiere visitas ni cartas. Solo nos autorizó a mi madre y a mí.

Ya me lo imaginaba. Sé que no va a cambiar de opinión hasta que salga de la cárcel.

—Pues te llamaré a ti todos los meses hasta que lo liberen. Pero por favor llámame si hay algún cambio y si le dan la libertad condicional antes. Avísame de cualquier cosa, aunque solo sea un cambio de prisión.

—¿Puedo darte un consejo, Beyah?

Hago una mueca, harta de recibir sermones de gente que no conoce a Samson en absoluto.

—Si fueras mi hija, te diría que siguieras adelante con tu vida. Estás dedicando demasiadas horas y esfuerzo a este chico, y en realidad no sabemos si se merece tanto.

—¿Y si Samson fuera tu hijo? ¿Te gustaría que todo el mundo le diera la espalda?

Kevin inspira hondo y suspira antes de responder.

—Tocado y hundido. Espero tu llamada el mes que viene.

Cuando cuelga, dejo el celular sobre la cómoda, abatida por la impotencia.

—¿Tienes un novio en la cárcel?

Me volteo hacia mi compañera de habitación. Mi primer impulso es mentir, porque es lo que he hecho toda la vida, esconder la verdad a todos los que me rodean, pero estoy harta. No quiero seguir siendo esa persona.

—No, no es mi novio; es alguien importante en mi vida.

Cierra se voltea hacia el espejo y se sujeta una blusa frente el pecho para ver cómo le queda.

—Pues mejor, porque esta noche hay una fiesta y quiero que vengas. Habrá un montón de tipos —lanza la blusa sobre la cama y toma otra—. O de tipas, lo que prefieras.

Observo a Cierra mientras ella se contempla en el espejo, ilusionada, apenas dañada por la vida. Cómo me gustaría poder ser como ella, poder ilusionarme por la parte divertida de la vida universitaria y no sentir el lastre de las cosas que he tenido que superar para llegar aquí.

Me parecía injusto divertirme mientras Samson estaba entre rejas, por lo que lo único que he hecho desde que llegué al campus ha sido estudiar, jugar al volibol y buscar información sobre cómo sacar a la gente de la cárcel.

Pero sé que quedarme en la habitación, deprimida, no va a cambiar el destino de Samson. Igual que sé que, aunque rompió todo tipo de comunicación conmigo, lo hizo por un buen motivo. Sabe que me pasaré estos años obsesionada con él si mantenemos el contacto. ¿Cómo voy a enojarme con él por eso?

Y si no puedo odiarlo, ¿cómo se supone que lo voy a olvidar?

Sé que nada ni nadie lo hará cambiar de opinión. Lo tengo clarísimo porque, si la situación fuera a la inversa, yo querría para él lo mismo que él quiere para mí.

Entiendo sus intenciones como si viviera dentro de mi mente. ¿Cómo reaccionaría si se enterara de que he pasado estos años en la universidad igual de deprimida que cuando iba a la escuela?

Se sentiría decepcionado conmigo por haber malgastado este tiempo.

Puedo aferrarme a una esperanza solitaria que tal vez nunca llegue a materializarse..., o puedo dedicarme a descubrir quién soy en este nuevo entorno.

«¿Qué versión de mí misma puedo llegar a ser mientras estoy aquí?».

Me seco las lágrimas con los dedos. Motivos no me faltan para dejarme arrastrar por las emociones, pero el principal es la sensación de que este es un momento crucial. Tengo que soltar a Samson o me va a pesar durante los próximos años. Y no, no quiero permitirlo, ni Samson tampoco.

—¡Eh! —Cierra voltea a mirarme—. No quería disgustarte. No es necesario que vengas si no quieres.

—No es eso, sí quiero —le sonrío—. Quiero ir a la fiesta contigo. Creo que puedo llegar a ser una persona divertida.

Cierra hace pucheros, como si mis palabras la entristecieran.

—Claro que sí. Eres divertida, Beyah. Toma —me lanza la blusa que se estaba probando—. Este color te quedará mejor a ti.

Me levanto y la sostengo ante mí. Al mirarme en el espejo, siento la tristeza en mi interior, pero no se ve reflejada en mi cara. Siempre se me ha dado bien ocultar mis emociones.

—¿Quieres que te maquille? —me propone.

—Sí —asiento—. Me encantaría.

Cierra regresa al baño y yo me quedo observando el cuadro de la madre Teresa que colgué en la pared el día que llegué.

Me pregunto en qué versión de sí misma se habría convertido mi madre de no ser por sus adicciones. Ojalá la hubiera conocido.

Creo que esa es la versión que voy a guardar en mi corazón y que voy a añorar: la persona que nunca tuvo la oportunidad de ser. Me beso los dedos y los pongo en la foto mientras me dirijo al baño.

Cierra está buscando entre sus productos de maquillaje. Cuando la conocí, me prometí que no iba a ponerle la etiqueta de chica de vestidor como casi hice con Sara. No importa quién era Cierra en la escuela, igual que no importa quién era yo. Nuestro pasado no nos define, ya sea bueno o malo; solo es una parte de nosotros. No quiero seguir siendo la versión de mí misma que prejuzgaba a la gente sin conocerla. Estaba reproduciendo comportamientos que siempre había odiado.

Cuando Cierra me mira a través del espejo y sonríe, me recuerda a Sara, a la que le encanta ponerme guapa.

Le devuelvo la sonrisa y finjo que estoy tan entusiasmada como ella.

Si tengo que fingir durante el resto del curso, lo haré. Sonreiré tanto que a mi sonrisa falsa no le quedará más remedio que volverse real.

31

Otoño de 2019

El día se levanta con potencial de ser una jornada perfecta. Estamos en octubre, hace sol, pero la temperatura es lo bastante agradable para poder sentarme en el cofre del coche. Llevo aquí dos horas, tan a gusto.

Sin embargo, a pesar de su potencial, el día podría acabar siendo un completo fiasco. No tengo ni idea de lo que pasará.

¿Cómo reaccionará Samson cuando cruce esa puerta?

¿Quién será?

¿En quién se habrá convertido?

Me viene a la mente una cita de Maya Angelou: «Cuando alguien te muestre cómo es, créele a la primera».

Me he aferrado a esas palabras con tanta fuerza que es como si las llevara grabadas en los huesos. Siempre recurro a ellas cuando me asaltan las dudas sobre si el chico con el que compartí aquel verano era el auténtico Samson. Quiero creer que él anhela que lo esté esperando con la misma fuerza con que yo anhelo que se alegre de verme.

Pero aunque no lo haga, creo que ha pasado el tiempo suficiente para que me hayan sanado los huesos del corazón. Me temo que me quedó una fisura, porque a veces me duele, sobre todo las noches en las que me cuesta dormir, pero nada grave.

Han transcurrido más de cuatro años desde la última vez que lo vi, y los ratos que paso pensando en él cada vez están más espaciados. Lo que no sé es si se debe a que trato de protegerme de lo que podría pasar hoy o si realmente lo nuestro no fue más que un amor de verano en una vida llena de estaciones.

Eso es lo peor que podría pasar, al menos para mí: que todos los momentos que compartimos y que me dejaron una huella tan profunda no hubieran sido importantes para él.

Más de una vez me he planteado no venir, para ahorrarme la posible humillación. Tal vez cuando me vea al salir apenas me recuerde o, aún peor, tal vez sienta lástima de la boba que lo ha estado esperando todo este tiempo.

Pero prefiero correr el riesgo, porque la idea de que salga de la cárcel y no haya nadie esperándolo me resulta insoportable. Prefiero estar aquí aunque él no quiera verme que no estar aquí y romper su ilusión de verme a la salida.

Kevin me llamó la semana pasada para anunciarme que habían aprobado la salida de Samson antes de terminar la condena. Cuando vi su nombre en la pantalla, supe que eso era lo que me iba a decir, porque nunca me llama. Siempre soy yo la que se pone en contacto por si ha habido novedades. Lo he llamado tanto durante estos años que debe de pensar que soy más pesada que una agente de *call center*.

Sigo sentada en el cofre, con las piernas cruzadas, y me estoy comiendo una manzana que llevaba en el bolso. Ha pasado el tiempo y llevo aquí ya cuatro horas.

En el coche de al lado hay un hombre que también está esperando a alguien. Baja para estirar las piernas y tras caminar un poco se apoya en el cofre de su vehículo.

—¿A quién esperas? —me pregunta.

No sé cómo responderle, así que levanto los hombros.

—A un viejo amigo que tal vez no quiera volver a verme.

El tipo le da una patada a una piedra.

—Yo espero a mi hermano. Es la tercera vez que vengo a buscarlo. Espero que esta sea la última.

—Ojalá —digo, aunque me cuesta creerlo.

Durante mi etapa universitaria aprendí lo suficiente sobre el sistema penitenciario para perder la fe en su capacidad de rehabilitar a los delincuentes.

Por eso estoy estudiando Derecho. Estoy convencida de que Samson no habría tenido que pasar por lo que ha pasado si hubiera tenido recursos a su disposición cuando salió de la cárcel por primera vez. Aunque Samson y yo no acabemos juntos, conocerlo despertó en mí una nueva pasión.

—¿A qué hora suelen abrir las puertas? —le pregunto.

El hombre le echa un vistazo a su reloj de pulsera.

—Pensaba que los soltarían antes de comer, pero parece que van retrasados.

Meto la mano en la bolsa que tengo al lado, sobre el cofre.

—¿Tienes hambre? Tengo papas fritas.

Cuando el tipo alza las manos, le lanzo la bolsa.

—Gracias —me dice mientras la abre. Tras meterse una en la boca, me dice—: Buena suerte con tu amigo.

—Buena suerte con tu hermano —replico con una sonrisa.

Le doy otro bocado a la manzana mientras me reclino en el parabrisas. Levanto el brazo y me acaricio el tatuaje del rehilete.

Durante una temporada, tras el arresto de Samson, odié este tatuaje. Se suponía que iba a traerme buena suerte, pero tenía la sensación de que el viaje a Texas había hecho que mi vida empeorara. Tardé al menos un año en cambiar mi modo de ver las cosas.

Aparte de lo que sucedió con Samson, todos los demás aspectos de mi vida mejoraron después de hacerme el tatuaje. Por ejemplo, la relación con mi padre y su nueva familia. Sara ya no es solo mi hermana, sino también mi mejor amiga del mundo mundial.

Me aceptaron en la facultad de Derecho. Si la primera vez que tomé un balón de volibol me hubieran dicho que sería la llave para convertirme en abogada, no lo habría creído. La niña solitaria que tuvo que hacer cosas inimaginables para poder comer va a ser abogada, increíble.

Así que sí, es posible que el tatuaje me diera buena suerte al final. No de la forma en que me lo imaginé en aquel momento, pero buena suerte al fin y al cabo. Necesité tomar un poco de distancia para darme cuenta de todo lo bueno que salió de aquel verano. Y sí, sigo considerando que Samson fue una de las mejores cosas, sin importar lo que pase hoy. Estoy en un punto en mi vida en que sé que mi futuro nunca va a depender de una posible relación.

¿Quiero que Samson sea la persona que siempre me he imaginado que es? Por supuesto.

¿Me derrumbaré si no lo es? En absoluto.

Sigo siendo de acero.

«Ven por mí, mundo. No puedes lastimar lo invulnerable».

—Ya están abriendo —comenta mi compañero de espera.

Al instante meto la manzana a medio comer en la bolsa y me siento más erguida.

Me llevo una mano al pecho y suelto el aire lentamente cuando alguien sale del edificio. No es Samson.

Me bajaría del coche, pero tengo miedo de que las piernas no me sostengan. Estoy cerca de la puerta, a unos cinco metros, pero es posible que no me vea si no espera que nadie lo venga a buscar.

El hombre que acaba de salir aparenta unos cincuenta años. Recorre el estacionamiento con la vista y se detiene al ver el coche que está a mi lado. Saluda con la cabeza, pero su hermano ni siquiera baja a recibirlo. El hombre sube al coche y se van, como si esto fuera un aeropuerto y acabara de subir a un taxi para un trayecto cualquiera.

Sigo sentada en el cofre con las piernas cruzadas cuando al fin lo veo.

Samson sale del edificio y se protege del sol con la mano mientras mira hacia la parada del autobús.

El corazón me late desbocado, mucho más de lo que me imaginaba. Es como si todas las emociones que sentí a los diecinueve años se me hubieran despertado de golpe.

Está casi igual. Es más hombre que antes y tiene el pelo un poco más oscuro, pero, aparte de eso, es el mismo

Samson que guardo en mis recuerdos. Se aparta el pelo de la cara y echa a andar hacia la parada de autobús sin mirar hacia el estacionamiento.

No sé si llamarlo o correr hacia él. Al ver que sigue alejándose, apoyo las manos en el cofre del auto para deslizarme hacia el suelo, pero él se detiene.

Permanece inmóvil durante unos instantes, dándome la espalda, mientras contengo el aliento. Es como si quisiera mirar, pero no se atreviera por miedo a no encontrar a nadie.

Finalmente empieza a voltearse, como si sintiera mi presencia. Cuando establecemos contacto visual, me observa un buen rato. Sigue siendo tan inescrutable como hace unos años, pero no necesito saber lo que piensa para sentir las emociones que circulan entre nosotros.

Se lleva las manos a la nuca y se da la vuelta, como si no soportara mirarme ni un segundo más. Veo que hace rodar los hombros mientras exhala despacio.

Cuando me encara de nuevo, su expresión me conmueve.

—¿Fuiste a la universidad, Beyah? —grita, como si fuera la pregunta más importante del mundo, más importante que cualquier otra cosa que le esté pasando por la cabeza.

Al oírlo, una lágrima gruesa y solitaria me cae por la mejilla.

Asiento en silencio, y es como si en ese momento él soltara todas las tensiones que le atenazaban el alma. Sin embargo, sigue frunciendo el ceño. Quiero acercarme a él, acariciarle la zona con el dedo para que se relaje del todo y asegurarle que todo está bien.

Baja la vista hacia el suelo como si no supiera qué hacer. Pero de pronto se decide y echa a andar a toda prisa hacia mí. Los últimos tres metros los hace corriendo y contengo la respiración al ver que no frena al llegar al coche. Sube al cofre y se abalanza sobre mí hasta empotrarme en el parabrisas. Cuando su boca se apodera de la mía, siento que se está disculpando con una fiereza muda que me llega a lo más hondo.

Lo abrazo por el cuello y es como si no hubiera pasado el tiempo. Nos besamos ahí mismo durante unos instantes, hasta que Samson parece que no lo soporta más. Se aparta y baja del coche antes de agarrarme por la cintura y jalarme hasta el borde. Cuando mis pies tocan al suelo, me abraza, y este abrazo es aún más fuerte que el primero que me dio.

Los siguientes minutos son una combinación de lágrimas (básicamente mías), besos (mutuos) y miradas incrédulas. Cuando llegué aquí, tenía mil preguntas para hacerle, pero ya no me acuerdo de ninguna.

Deja de besarme para decir:

—Probablemente debería haberte preguntado si estabas saliendo con alguien antes de hacer esto.

Sonrío y niego con la cabeza.

—Estoy solterísima.

Él me da un beso lento y se queda contemplando mi boca, como si fuera lo que más ha extrañado durante estos años.

—Lo siento.

—Te perdono.

Y listo. Así de sencillo.

Las cejas se le separan cuando relaja la expresión. Vuelve a abrazarme con fuerza y suspira con la cara hundida en mi pelo.

—No puedo creer que estés aquí —me levanta del suelo y me hace dar una vuelta en el aire. Con la frente apoyada en la mía, me pregunta—: Y ahora, ¿qué?

Me echo a reír.

—No tengo ni idea. No he hecho planes porque no sabía cuál iba a ser el resultado de este momento.

—Igual que yo —me toma las manos, se las acerca a la boca y me besa los nudillos. Luego se lleva mis puños al pecho y añade—: Necesito ver a Darya.

Sus palabras me recuerdan uno de los poemas de su padre. Los he leído tantas veces que acabé memorizándolos.

—«Porque cuando un hombre dice: "Vuelvo a mi hogar", su destino siempre debería ser el mar» —recito.

Trato de apartarme de él para abrir la puerta del coche, pero Samson me toma de la mano y me jala.

—Eso lo escribió mi padre. ¿Tienes mi mochila?

En ese momento me doy cuenta de que Samson debió de pasar estos años pensando que su mochila se había perdido para siempre.

—Sí, me la llevé la noche que te arrestaron.

—¿Guardaste los poemas de mi padre?

Asiento en silencio.

—Por supuesto.

Veo en sus ojos el dolor y el esfuerzo que hace por contener las lágrimas. Me hunde las manos en el pelo para sujetarme la cabeza y mirarme a los ojos.

—Gracias por creer en mí, Beyah.
—Tú creíste en mí primero, Samson. Era lo menos que podía hacer.

32

Cuando llegamos a la playa ni siquiera se detiene a disfrutar del paisaje. Sale del coche, se quita la camiseta y se mete en el agua sin pensarlo. Llevo aquí un rato, observándolo nadar. Él es la única persona que está en el agua y yo soy la única en la arena. La playa está vacía porque estamos en octubre, y Samson está loco por meterse en el agua con este frío.

De todos modos lo entiendo. Lo necesita. Este baño debe de estar surtiéndole el mismo efecto que varios años de terapia.

Por fin sale del agua y se sienta a mi lado. Está empapado y tiene la respiración alterada, pero se ve contento. Apenas habló durante el trayecto hasta aquí, pero es verdad que yo tampoco le hice preguntas. Pasó tanto tiempo apartado de las cosas que ama que quiero darle tiempo para que se empape de todo antes de bombardearlo con preguntas sobre estos años.

Echa un vistazo a su espalda.

—¿No vive nadie en casa de Marjorie?

—No.

Es normal que lo pregunte porque se nota que nadie se ha ocupado de ella desde que está vacía. Faltan piezas en el tejado y la maleza crece descontrolada alrededor de la zona de los pilares.

Marjorie falleció en marzo, así que me imagino que Kevin no tardará en poner la casa en venta. Me dio mucha rabia que Samson no pudiera acudir a su funeral, porque sé lo mucho que significaba para él. Y el cariño era mutuo. Ella no dejó de visitarlo en la cárcel hasta poco antes de morir.

Samson cambia de postura. Se acuesta boca arriba en la arena y apoya la cabeza en mi regazo, desde donde me contempla sereno y satisfecho. Le acaricio el pelo mojado y le sonrío.

—¿Dónde está Pepper Jack Cheese? —me pregunta, y yo señalo hacia nuestra casa con la cabeza.

—Ahora es un perro casero. Papá y él se hicieron buenos amigos.

—Y ¿qué tal se llevan tu padre y tú?

Vuelvo a sonreír.

—Nosotros también nos hicimos buenos amigos.

Samson se lleva mi mano a la boca y la besa. Luego la agarra con las manos y se la lleva al pecho.

Las cosas entre nosotros han sido fáciles y naturales desde el primer instante. Es como si no nos hubiéramos separado nunca. No tengo ni idea de qué nos deparará el futuro, pero en estos momentos no necesito nada más.

—Te veo distinta. Estás mejor, más feliz.

—Porque lo soy —siento su corazón latiendo contra la palma de mi mano—. No te voy a mentir, al principio estaba furiosa contigo, pero tenías razón, fue lo mejor. Si no, no me habría ido.

—Fue horrible —admite él, con una sonrisa que contradice sus palabras—. Una auténtica tortura. No te imaginas las veces que estuve a punto de rendirme y suplicarle a Kevin que me diera tu dirección.

Me echo a reír.

—Me alegra saber que pensabas en mí.

—Todo el tiempo —no hay rastro de duda en sus palabras. Cuando me acaricia la mejilla, me recargo en su mano—. ¿Puedo hacerte una pregunta personal?

Le doy permiso asintiendo con la cabeza.

—¿Has salido con otros chicos?

Pestañeo un par de veces. Esperaba que me lo preguntara, pero tal vez no tan pronto.

Se incorpora y quedamos cara a cara. Me pone una mano en la nuca con delicadeza.

—Te lo pregunto porque espero que la respuesta sea un sí.

—¿Esperas que haya salido con otros chicos?

Él levanta los hombros.

—No digo que no vaya a sentir celos; solo espero que te hayas divertido en la universidad y que no hayas estado encerrada en tu cuarto como si fuera una cárcel.

—Salí con otros chicos. Incluso tuve un novio en tercero.

—¿Era lindo?

Asiento con la cabeza.

—Era lindo, pero no eras tú —me inclino hacia delante y le doy un beso—. Hice amigos, salí, saqué buenas calificaciones y disfruté mucho jugando volibol. Éramos las mejores del puto mundo.

Samson sonríe antes de volver a acostarse con la cabeza en mi regazo.

—Bien. En ese caso, no me arrepiento de las decisiones que tomé.

—Bien.

—¿Cómo está Sara? ¿Sigue con Marcos?

—Sí, se casaron el año pasado. Está embarazada de cuatro meses.

—Me alegro por ellos. Deseaba que lo suyo funcionara. ¿Y la empresa de ropa de Marcos? ¿Pudo echarla a andar?

Señalo hacia una casa que queda un poco más lejos. Samson se apoya en los codos para ver hacia dónde señalo.

—Esa de ahí es su casa. Acabaron de construirla hace seis meses.

—¿La amarilla?

—Exacto.

—Carajo.

—Sí, la marca de ropa va bien. Tiene muchos seguidores en TikTok, y eso ayuda mucho.

Samson niega con la cabeza.

—¿TikTok?

Me echo a reír.

—Luego te lo enseño, cuando tengas celular.

—Vaya, vaya, cómo han cambiado las cosas —Samson se sienta a mi lado y se sacude la arena—. ¿Podemos ir a verlos?

—¿A Sara y a Marcos? ¿Ahora?

—No, ahora mismo no. Primero quiero ponerme al día contigo. Y también me gustaría ver a tu padre. Le debo una disculpa, o diez.

—Ya, no te lo va a poner fácil, te lo advierto.

—Lo sé, pero puedo ser muy tenaz.

Me rodea con un brazo, me atrae hacia él y me da un beso en la coronilla.

—¿Cómo quieres que te llame, Shawn o Samson?

—Samson —responde sin dudar—. Nunca me he sentido tan cómodo en mi piel como el verano que pasé contigo. Esa es la persona que quiero ser de aquí en adelante.

Me abrazo las rodillas y escondo la boca en el hueco del codo para que no me vea sonreír.

—¿Dónde vives ahora? —me pregunta.

Señalo la casa de mi padre con la cabeza.

—Esta semana estoy con mi padre y con Alana, pero tengo un departamento en Houston. Estoy estudiando Derecho.

—¿Es broma?

Me echo a reír.

—No. Empecé el primer semestre en agosto.

Samson niega con la cabeza mientras me mira con una mezcla de orgullo e incredulidad.

—No sabía que esa fuera tu vocación.

—Yo tampoco, lo descubrí cuando te arrestaron. Kevin me ha ayudado muchísimo. De hecho, estoy a punto de empezar a hacer prácticas en su despacho.

Samson me dirige una sonrisa apacible.

—Estoy muy orgulloso de ti.

—Gracias.

—Yo también estudié durante estos años. Me inscribí a algunos cursos que ofrecía la universidad a distancia. Me gustaría seguir estudiando si alguna facultad me acepta.

Cuando acaba la frase aparta la mirada, como si le preocuparan los retos a los que va a tener que enfrentarse.

—¿Qué tal la cárcel?

Él suspira.

—Una mierda integral. Le pongo un uno sobre diez. No lo recomiendo.

Me echo a reír.

—Y ahora, ¿qué? ¿Dónde vas a vivir?

Samson levanta los hombros.

—Kevin tiene toda la información. Me dijo que me había preparado algo temporal. De hecho, tenía que haberlo llamado al salir.

—¡Samson! —exclamo boquiabierta—. Han pasado cuatro horas. ¿Por qué no lo has llamado aún?

—No tengo teléfono. Iba a pedirte el tuyo, pero me distraje un poco.

Hago una mueca mientras busco el celular.

—Si violas la libertad condicional por esta tontería, te llevo a la cárcel yo misma.

Samson se sacude la arena de las manos y toma el teléfono, donde ya marqué el número de Kevin.

—No sé nada de él —dice Kevin creyendo que soy yo quien habla—. Te prometí que te llamaría en cuanto supiera algo.

Samson me sonríe antes de hablar.

—Soy yo, Kevin. Estoy fuera.

Kevin guarda silencio unos instantes.

—Este es el número de Beyah. ¿Estás con ella? —pregunta al fin.

—Sí.

—¿Dónde están?

—En la playa.

—¿Puede oírme Beyah?

—Sí —respondo acercándome al teléfono.

—Supongo que no te equivocabas con él.

—Claro que no —confirmo sonriendo.

—Te dije que tu manera de comprometerte con las cosas te iba a convertir en una abogada de primera. Samson —añade Kevin—, ¿estás escuchando?

—Sí.

—Hoy te enviaré por correo electrónico los documentos que deberás llevarle a tu agente de la libertad condicional. Tienes siete días para ir a verlo. Y encontrarás la llave debajo de la piedra que hay a la derecha del bote de la basura.

Samson me mira y alza una ceja.

—¿Qué llave?

—La de la casa de mi madre.

Samson mira la casa de Marjorie por encima del hombro.

—No te entiendo. ¿A qué te refieres?

—Ya, claro. Verás: mi madre me hizo prometer que no te diría nada mientras estuvieras en prisión; precisamente por eso te dije que me llamaras en cuanto salieras. Te cuesta seguir instrucciones, para que lo sepas. Tengo la escritura de donación en el despacho, te la llevaré un día de esta semana. Hice lo que pude con la casa, pero he estado muy ocupado. Necesita reparaciones.

Ojalá pudiera fotografiar la expresión de sorpresa de Samson. Y estoy segura de que yo estoy poniendo la misma cara.

—¿Es broma?

—No. Cometiste algunos errores, pero también te portaste muy bien con muchos miembros de la comunidad, mi madre entre ellos. Y ella decidió que te merecías ser el dueño de la casa porque sabía el cariño que le tenías.

Samson suelta el aire entrecortadamente y deja caer el celular en la arena. Se levanta, camina hacia la orilla y observa el mar con la mano en la nuca.

Recojo el celular y le limpio la arena.

—¿Podemos llamarte en un rato, Kevin?

—¿Está todo bien?

Observo a Samson, que intenta asimilar lo que Kevin acaba de decirle.

—Sí, creo que Samson necesita un poco de tiempo para procesarlo.

Tras colgar, me acerco a la orilla. Me sitúo ante él y levanto las manos para secarle las lágrimas, como tantas veces hizo él conmigo.

Él niega con la cabeza.

—No me merezco esa casa, Beyah.

Le apoyo las manos en las mejillas y lo obligo a mirarme a los ojos.

—La vida ya te castigó bastante; acepta todo lo bueno que te está dando hoy.

Él deja escapar el aire con brusquedad y me abraza con fuerza, pero no permito que el abrazo se alargue demasiado porque me muero de ganas de encontrar la llave. Le doy la mano y lo jalo para alejarlo de la orilla.

—Vamos, quiero ver tu casa.

Encontramos la llave justo donde Kevin dijo que estaba. Samson trata de insertar la llave en la cerradura, pero le tiemblan tanto las manos que tiene que hacer una pausa y apoyarse en el marco.

—Esto no puede ser real —susurra.

Dentro está oscuro, pero percibo la capa de polvo que cubre el suelo ya antes de que encienda la luz. El interior huele a humedad y a sal, pero, conociendo a Samson, sé que lo arreglará todo muy pronto.

Samson lo toca todo a su paso mientras recorremos la casa: los clósets, las paredes, los picaportes de las puertas, todos los muebles de Marjorie que siguen donde estaban. Entra en cada una de las habitaciones y suspira, como si no pudiera creer que esta es ahora su vida.

La verdad es que a mí también me cuesta trabajo creerlo.

Samson dejó para el final la puerta que lleva al tejado. Lo sigo escaleras arriba y salgo al exterior tras él. Cuando se sienta, separa las piernas y da unos golpecitos en el espacio que dejó libre para mí.

Hago lo que me indica y me reclino contra su pecho. Él me rodea con sus brazos y, por muy bonita que sea la vista desde aquí, cierro los ojos, porque he extrañado muchísimo los sentimientos que me despierta. No era consciente de lo mucho que los añoraba.

He pasado tanto tiempo tratando de no sentirlos que empezaba a temer que nunca volvería a sentir nada. Pero los sentimientos no habían desaparecido ni se habían ido a ninguna parte; solo los había obligado a dormirse para que no dolieran tanto.

De vez en cuando, Samson niega con la cabeza, sin acabar de creerlo. Siempre ha sido una persona callada, pero nunca lo había visto así: se quedó sin palabras. Me gusta su reacción y me encanta ser testigo directo de cómo su vida acaba de dar un vuelco tan grande y positivo.

«Quién nos ha visto y quién nos ve. Dos niños solitarios que se cayeron por todas las grietas del sistema, pero volvieron a salir a la superficie y ahora están en la cima del mundo».

Samson me acaricia la cara para que voltee la cabeza hacia él. Me está mirando como me miraba aquel verano, como si fuera lo más fascinante de la península entera.

Me besa en los labios y luego baja la boca hacia mis hombros. Permanece un rato con los labios pegados a mi piel, como si tratara de compensarme por todos los años en que no ha podido hacerlo.

—Te quiero.

Son solo dos palabras susurradas contra mi piel, pero tienen la capacidad de hundirse en mi cuerpo y sanarme por completo los huesos del corazón.

Echo la cabeza hacia atrás para apoyarla en su hombro y contemplo el mar.

—Yo también te quiero, Samson.

AGRADECIMIENTOS

Gracias a mi hermanita, Murphy Rae, por diseñar la portada de este libro años atrás. La contemplaba constantemente mientras esperaba que llegara el momento de escribir una historia que le hiciera justicia. ¡Y ahora hiciste una nueva versión igual de bonita! Eres maravillosa en tu trabajo. ¡Te quiero!

Muchas gracias a mis lectoras cero: Vannoy Fite, Erica Russikoff, Gloria Green, Tasara Vega, Karen Lawson, Maria Blalock, Talon Smith, Ashleigh Taylor, Susan Rossman, Kelly Garcia, Stephanie Cohen, Erica Ramirez, Lauren Levine, Katie Pickett Del Re, Racena McConnell, Gloria Landavazo, Mandee Migliaccio, Jen Benando y Alyssa Garcia. Agradezco muchísimo su labor.

Unas gracias INMENSAS a Anjanette y a Emilee Guerrero por responder a mis dudas sobre el volibol.

Este libro pasó por las manos de varias editoras en distintas fases de su escritura. Si encuentran algún error, la culpa es solo mía, ya que seguía añadiendo cosas cuando ellas ya habían terminado de editar. Muchísimas gracias a

Murphy Rae, Lindsey Faber, Ellie McLove y Virginia Tesi Carey por la revisión de la novela.

Gracias a Social Butterfly y a Jenn Watson por buscar siempre la mejor opción para los autores y libros que representas.

Gracias a Ariele Stewart y a Kristin Dwyer. Son increíbles y me siento muy afortunada por contar con ustedes, a pesar de que no tienen por qué hacerlo.

Gracias también a todo el personal de Dystel, Goderich & Bourret por su apoyo, por los ánimos y por el gran trabajo que hacen con cada uno de mis libros.

Gracias a los equipos de Atria Books, Montlake Publishing y Grand Central Publishing por apoyarme en todos mis proyectos. No hay nada mejor que contar con un equipo de personas que me arropan y me animan a escribir sobre lo que me gusta en cada momento, y luego trabajan para que acabe siendo la mejor versión posible.

Quiero expresar el agradecimiento descomunal que siento hacia mis lectores por apoyar mi carrera, mi afición, mi sueño.

Cuento con un montón de personas en mi vida sin las cuales no podría llegar a todo. Los *sponsors* y voluntarios de los actos benéficos, las personas que se ocupan de mis grupos de Facebook, los blogueros que reseñan mis libros, los unicornios que echan una mano con el Book Bonanza, las CoHorts que me hacen sonreír todos los días. Si tuviera que citarlos uno por uno, los agradecimientos serían más largos que el libro, porque son miles los que tienen un impacto positivo en mi vida. Les doy las gracias a TODOS.

No quiero olvidarme de las personas que aportan su valioso tiempo no solo a las CoHorts, sino también a nuestras entidades benéficas, el Book Bonanza y el Bookworm Box. Susan Rossman, Stephanie Cohen, Erica Ramirez, Vannoy Fite, Lin Reynolds y Murphy Rae. ¡Gracias a todas! ¡Forman un impresionante equipo de mujeres poderosas!

Y gracias a los hombres de mi vida que son la razón de que me crecieran cuatro huesos en el corazón: Heath, Levi, Cale y Beckham. Te quiero, te quiero, te quiero, te quiero.